新・水滸後伝(下)

田中芳樹

講談社

新・水滸後伝（下）

目次

（上巻　目次）

水滸伝百八星　一覧表

（●＝『水滸伝』完結時、生き残った者）

天罡星三十六星（てんこうせいさんじゅうろくせい）

	（宿星名）	（綽名）	（姓名）
	天魁星（てんかいせい）	呼保義（こほうぎ）	宋江（そうこう）
	天罡星（てんこうせい）	玉麒麟（ぎょくきりん）	盧俊義（ろしゅんぎ）
	天機星（てんきせい）	智多星（ちたせい）	呉用（ごよう）
●	天間星（てんかんせい）	入雲竜（にゅううんりゅう）	公孫勝（こうそんしょう）
●	天勇星（てんゆうせい）	大刀（だいとう）	関勝（かんしょう）
	天雄星（てんゆうせい）	豹子頭（ひょうしとう）	林冲（りんちゅう）
	天猛星（てんもうせい）	霹靂火（へきれきか）	秦明（しんめい）
●	天威星（てんいせい）	双鞭（そうべん）	呼延灼（こえんしゃく）
	天英星（てんえいせい）	小李広（しょうりこう）	花栄（かえい）
●	天貴星（てんきせい）	小旋風（しょうせんぷう）	柴進（さいしん）
●	天富星（てんふうせい）	撲天鵰（はくてんちょう）	李応（りおう）
●	天満星（てんまんせい）	美髯公（びぜんこう）	朱仝（しゅどう）
	天孤星（てんこせい）	花和尚（かおしょう）	魯智深（ろちしん）
●	天傷星（てんしょうせい）	行者（ぎょうじゃ）	武松（ぶしょう）
	天立星（てんりっせい）	双鎗将（そうそうしょう）	董平（とうへい）
	天捷星（てんしょうせい）	没羽箭（ぼつうせん）	張清（ちょうせい）
	天暗星（てんあんせい）	青面獣（せいめんじゅう）	楊志（ようし）
	天祐星（てんゆうせい）	金鎗手（きんそうしゅ）	徐寧（じょねい）
	天空星（てんくうせい）	急先鋒（きゅうせんぽう）	索超（さくちょう）
●	天速星（てんそくせい）	神行太保（しんこうたいほう）	戴宗（たいそう）
	天異星（てんいせい）	赤髪鬼（せきはっき）	劉唐（りゅうとう）
	天殺星（てんさっせい）	黒旋風（こくせんぷう）	李逵（りき）
	天微星（てんびせい）	九紋竜（くもんりゅう）	史進（ししん）

●天究星（てんきゅうせい）　没遮攔（ぼっしゃらん）　穆弘（ぼくこう）
天退星（てんたいせい）　挿翅虎（そうしこ）　雷横（らいおう）
●天寿星（てんじゅせい）　混江竜（こんこうりゅう）　李俊（りしゅん）
天剣星（てんけんせい）　立地太歳（りっちたいさい）　阮小二（げんしょうじ）
天平星（てんぺいせい）　船火児（せんかじ）　張横（ちょうおう）
天罪星（てんざいせい）　短命二郎（たんめいじろう）　阮小五（げんしょうご）
天損星（てんそんせい）　浪裏白跳（ろうりはくちょう）　張順（ちょうじゅん）
●天敗星（てんはいせい）　活閻羅（かつえんら）　阮小七（げんしょうしち）
天牢星（てんろうせい）　病関索（びょうかんさく）　楊雄（ようゆう）
天慧星（てんけいせい）　拚命三郎（へんめいさんろう）　石秀（せきしゅう）
天暴星（てんぼうせい）　両頭蛇（りょうとうだ）　解珍（かいちん）
天哭星（てんこくせい）　双尾蝎（そうびかつ）　解宝（かいほう）
●天巧星（てんこうせい）　浪子（ろうし）　燕青（えんせい）

地煞星七十二星（ちさつせいしちじゅうにせい）

●地魁星（ちかいせい）　神機軍師（しんきぐんし）　朱武（しゅぶ）
●地煞星（ちさつせい）　鎮三山（ちんさんざん）　黄信（こうしん）
●地勇星（ちゆうせい）　病尉遅（びょううつち）　孫立（そんりつ）
地傑星（ちけつせい）　醜郡馬（しゅうぐんば）　宣贊（せんさん）
地雄星（ちゆうせい）　井木犴（せいぼくかん）　郝思文（かくしぶん）
地威星（ちいせい）　百勝将（ひゃくしょうしょう）　韓滔（かんとう）
地英星（ちえいせい）　天目将（てんもくしょう）　彭玘（ほうき）
地奇星（ちきせい）　聖水将（せいすいしょう）　単廷珪（たんていけい）
地猛星（ちもうせい）　神火将（しんかしょう）　魏定国（ぎていこく）
●地文星（ちぶんせい）　聖手書生（せいしゅしょせい）　蕭譲（しょうじょう）
●地正星（ちせいせい）　鉄面孔目（てつめんこうもく）　裴宣（はいせん）
地闊星（ちかつせい）　摩雲金翅（まうんきんし）　欧鵬（おうほう）
地闘星（ちとうせい）　火眼狻猊（かがんしゅんげい）　鄧飛（とうひ）

	星	渾名	名
	地強星(ちきょうせい)	錦毛虎(きんもうこ)	燕順(えんじゅん)
●	地暗星(ちあんせい)	錦豹子(きんひょうし)	楊林(ようりん)
●	地軸星(ちじくせい)	轟天雷(ごうてんらい)	凌振(りょうしん)
●	地会星(ちかいせい)	神算子(しんさんし)	蔣敬(しょうけい)
	地佐星(ちさせい)	小温侯(しょうおんこう)	呂方(りょほう)
	地祐星(ちゆうせい)	賽仁貴(さいじんき)	郭盛(かくせい)
●	地霊星(ちれいせい)	神医(しんい)	安道全(あんどうぜん)
●	地獣星(ちじゅうせい)	紫髯伯(しぜんはく)	皇甫端(こうほたん)
	地微星(ちびせい)	矮脚虎(わいきゃくこ)	王英(おうえい)
	地急星(ちきゅうせい)	一丈青(いちじょうせい)	扈三娘(こさんじょう)
	地暴星(ちぼうせい)	喪門神(そうもんしん)	鮑旭(ほうきょく)
●	地然星(ちぜんせい)	混世魔王(こんせいまおう)	樊瑞(はんずい)
	地好星(ちこうせい)	毛頭星(もうとうせい)	孔明(こうめい)
	地狂星(ちきょうせい)	独火星(どくかせい)	孔亮(こうりょう)
	地飛星(ちひせい)	八臂那吒(はっぴなた)	項充(こうじゅう)
	地走星(ちそうせい)	飛天大聖(ひてんたいせい)	李袞(りこん)

	星	渾名	名
●	地巧星(ちこうせい)	玉臂匠(ぎょくひしょう)	金大堅(きんたいけん)
	地明星(ちめいせい)	鉄笛仙(てってきせん)	馬麟(ばりん)
●	地進星(ちしんせい)	出洞蛟(しゅつどうこう)	童威(どうい)
●	地退星(ちたいせい)	翻江蜃(ほんこうしん)	童猛(どうもう)
	地満星(ちまんせい)	玉旛竿(ぎょくはんかん)	孟康(もうこう)
	地遂星(ちすいせい)	通臂猿(つうひえん)	侯健(こうけん)
	地周星(ちしゅうせい)	跳澗虎(ちょうかんこ)	陳達(ちんたつ)
	地隠星(ちいんせい)	白花蛇(はくかだ)	楊春(ようしゅん)
	地異星(ちいせい)	白面郎君(はくめんろうくん)	鄭天寿(ていてんじゅ)
	地理星(ちりせい)	九尾亀(きゅうびき)	陶宗旺(とうそうおう)
●	地俊星(ちしゅんせい)	鉄扇子(てっせんし)	宋清(そうせい)
●	地楽星(ちがくせい)	鉄叫子(てっきょうし)	楽和(がくわ)
	地捷星(ちしょうせい)	花項虎(かこうこ)	龔旺(きょうおう)
	地速星(ちそくせい)	中箭虎(ちゅうせんこ)	丁得孫(ていとくそん)
●	地鎮星(ちちんせい)	小遮攔(しょうしゃらん)	穆春(ぼくしゅん)
	地稽星(ちけいせい)	操刀鬼(そうとうき)	曹正(そうせい)

星	渾名	名
地魔星	雲裏金剛	宋万
地妖星	摸着天	杜遷
地幽星	病大虫	薛永
地伏星	金眼彪	施恩
地僻星	打虎将	李忠
地空星	小覇王	周通
地孤星	金銭豹子	湯隆
●地全星	鬼臉児	杜興
地短星	出林竜	鄒淵
●地角星	独角竜	鄒潤
地囚星	旱地忽律	朱貴
地蔵星	笑面虎	朱富
地平星	鉄臂膊	蔡福
●地損星	一枝花	蔡慶
地奴星	催命判官	李立
地察星	青眼虎	李雲

星	渾名	名
地悪星	没面目	焦挺
地醜星	石将軍	石勇
●地数星	小尉遅	孫新
●地陰星	母大虫	顧大嫂
地刑星	菜園子	張青
地壮星	母夜叉	孫二娘
地劣星	活閃婆	王定六
地健星	険道神	郁保四
地耗星	白日鼠	白勝
地賊星	鼓上皂	時遷
地狗星	金毛犬	段景住

飲馬川
沙門島
登州
黄
河
北京大名府
登雲山
梁山泊
大
運
河
東京開封府
河
淮
建康府
暹羅本島
太湖
長
江
杭州
江州
清水澳
金鰲島
韮山門
黄茅島

新・水滸後伝の世界

地図作成／らいとすたっふ

※地図上の△は山を示し、
○は都市を示しています。

新・水滸後伝(下)

第九章　蜜柑（みかん）と青梅

I

雪はまだ残っているが、空は晴れて澄みわたっている。風は弱いが、それでも触れれば肌を裂くかのようだ。燕青は決意した。

「この天候なら、まずよしとせねばなるまい。今日は心願をはたしにいく」

燕青は、ふたりの客、戴宗と楊林に向かって告げた。

「私は今日、楊林哥哥とさるところへ出かけ、心願をはたそうと思う。戴宗どのは、ここでお待ちください」

燕青は通事（通訳）の姿に身を変えた。宋の時代は職業によって服装が変わったのである。漆をかけた藤蔓であまれた小盒を取り出すと、かたく封印した。中身は何かわからないが、それを楊林にささげ持たせ、北へ向かって歩き出す。戴宗は首をひねりながら、それを見送った。

十五里（宋代の一里は約五五三メートル）ほども歩くと、ゆるやかな丘の斜面に、かぞえきれぬほどの皮帳（皮のテント）が並んでいる。金軍の陣営だったのである。

「何でまた、こんなところにやって来たんだ？」

「しっ、あんたは口をきいちゃいけない。ただ私について来てくれればいい」

いよいよ陣営に着いてみると、戟や槍がかさなりあうように林立し、黒鷲の軍旗は黒雲のようだ。黄皮の帳は一面の麦畑に似ている。各処に白骨の山がつまれ、血臭が鼻を刺す。

楊林はもともと人を斬っても、まばたきひとつしない男だが、それらを見ると、我知らず冷汗が出てくるのを、とめようもなかった。

燕青は平然として、顔色ひとつ変えず、眉一本動かさず、営門を警備する士官と何やら話しこんでいる。士官は兵士を呼んで令箭を渡し、燕青と楊林を営内にみちびき入れた。

いくつかの大きな陣営をまわって、中央の帳房まで来ると、内外を二、三百名の精鋭がかため、ぎらつく刀槍が列をなしている。

見れば、捕虜とされた徽宗上皇は、黒い紗にやわらかい羽をかざった帽子をかぶり、暗緑色の地に九つの竜がまつわった袍子を身につけ、伽南香をしこんだ碧玉の帯をしめていた。緋色の毛氈をしきつめた上座にすわっているが、顔色は悪く、表情は悲痛。

燕青は帳房の中に進み入ると、上皇に向かって礼節ただしく三回拝し、さらに三度叩頭した。ひざまずいて奏上する。

「草野の微臣（世間の身分の低い臣下）・燕青、かつて陛下に罪をお赦しいただき、ご恩徳はまことに報じがたきものがございます。いま北地に狩猟にお出であそばすとうけたまわり、死を冒して竜顔（天子の顔）を拝すべく参上つかまつりました」

「狩猟に出る」というのは、「捕虜となって拉致連行される」という意味だが、それをふくめて楊林には半分ほどしかわからなかった。

徽宗はとっさに思い出せない。

「卿はいま何の官職についておるか」

「臣は在野の布衣（民間人）にございます。梁山泊の宋江の輩下におりました。かつて陛下が李師師のもとへお運び召されたとき、お傍にひかえることを得まして、臣の罪をお赦しいただきました。そのとき拝領した竜劄はここにございます」

李師師は徽宗上皇の愛人である。燕青は彼女に気に入られ、徽宗に直接、紹介されて赦免状をもらった。その赦免状を、燕青は徽宗にうやうやしく差し出した。

徽宗は思い出した。

「そうか、卿は宋江の部下であったな。卿の働きによって、梁山泊は朝廷に帰順し、大功を立てたのであった。朕の不明のために、奸臣どもにあざむかれ、みすみす死なせてしもうたのは、惜しいかぎり。朕の罪を赦してくれよ」

「もったいなきお言葉」

燕青は楊林に小盒をのせた盆をささげ持たせ、

「いま、ここに、蜜柑十個、青梅百個をたてまつり、苦みの後には甘みの吉兆になぞらえ、いささかの赤心をささげたく存じます」

徽宗の傍に侍する、ただひとりの老宦官が受けとって蓋を開く。徽宗上皇は、手ずから青梅一個をとって口に入れた。

「北の涯にあっては、梅も蜜柑も手にははいるまい。最後の味じゃ」

つぶやくと、宦官に命じて筆と墨をとりよせ、手にしていた団扇、玉の骨に白絹を張り、金で縁どりしたものに七言絶句の詩を記して署名し、

「これを卿につかわす」

と言って、手ずから燕青に下賜した。燕青は平伏して拝謝する。徽宗はまた、蜜柑と青梅の半分を老宦官に分かたせた。

「そち、これを持参して皇帝（欽宗）に差しあげよ。在野の忠臣・燕青の献上だと申

してな」

燕青は涙を流したが、金兵に、「もうよかろう」とうながされ、ついに別れを告げた。

「和議も、もはやととのったことゆえ、金国の国主も、われら父子をいずれ都にかえしてくれるであろう。それまで息災(そくさい)でな」

徽宗の言葉に送られて、燕青と楊林は金の軍営の外に出た。ふたりは黙々と歩いていったが、

「そこのふたり、待て!」

鋭い声に鞭(むち)打たれて、立ちすくんだ。

見れば、フェルトをつけた冑(かぶと)をかぶり、黒いマントをまとった金国の将軍が二名、燕青たちを見つめている。いわれずとも燕青はさとった。金軍の東元帥・斡離不(オリブ)だ。もうひとりは誰であろう。

「予は大金国の東元帥・斡離不、こちらは弟の副元帥・兀朮(ウジュ)だ」

兀朮、という名を燕青は胸にきざんだ。ふたりの周囲は百人ほどの金兵でかこまれている。

「暗愚の君に、わざわざ会いに来たと見える。ご苦労なことだ。何の用があって来

た？」

「臣は上皇さまにご恩があり、わずかながら、そのご恩報じに、と、献上物を持って参上したのです」

「献上物？　金銀の類（たぐい）か」

「いえ、蜜柑と青梅を」

「ほう」

斡離不は目をかるく細めた。兀朮が不審げに問う。

「どういうことだ、二哥（アルコー）」

「こやつ、凡者（ただもの）ではない」

斡離不は腰刀（ようとう）をつかみ、気づいたように放した。

「暗君もさぞよろこんだろう」

「上皇さまは聡明なお方でございます」

「聡明さを生かせぬのを暗愚というのだ」

吐きすてるようにいった斡離不は、「行け」と燕青に命じた。

「暗君にすぎたる忠臣よ。だが、今度会ったら殺すぞ」

燕青と楊林は拝礼をして、ふたたび歩き出した。一里ほどして、楊林が身慄（みぶる）いした。

「さてもまあ、小乙哥哥（燕青）は胆が太い。おれなんか慄えがとまらなかったよ。あんなところだとわかっていたら、あんたの随従なんかするんじゃなかった」

「謝々、おかげで心願がはたせたよ」

「あのふたりの金国の将軍も、おっかなかったな」

「斡離不に兀朮か……凡者でないのは、あいつらの方だ。彼らがいるかぎり、容易には勝てないぞ」

「上皇さまもなあ、梁山泊にいたころは、暗君だ暗君だといってたが、今日、あのありさまを見たら、さすがにおれも涙が出そうになったよ」

　さらに五里ほど歩くと、奇妙な行列に出会った。一隊の金兵が、三百人ほどの難民を引っ立てている。いずれも髪は乱れ、衣服は破れ、泣き叫びながらの連行だ。おくれる者は、金兵が容赦なく笞でなぐりつける。燕青と楊林が、かたえに避けてやりすごそうとしたとき、中年の女性が叫んだ。

「ああっ、燕青さん！　助けてちょうだい」

　おどろいて燕青はその女性を見た。若い娘がいっしょだ。

「何をぐずぐずしている！」

と、金兵が笞を鳴らす。

「燕青さん、夫はむごい責めに耐えられずに死にました。わたしと娘とは、どうしてもあと八百両、身代金を納めなければ、解放してもらえません。そんなお金銭のあるわけはなし、でも払えなければ北の涯へつれていかれ、娘は娼婦に売られてしまいます。それも三日以内にです。燕青さん、どうかお助けください。ご恩は一生、忘れませんから」

「三日以内ですね。わかりました」

燕青は即答した。

「ご心配なく、明日には解放してさしあげます。ご主人には親しくしていただきました。どうかお心を強く持って、一日だけ辛抱してください」

「お願いします、お願いします」

女性は娘の肩を抱き、泣きながら連行されていった。

II

徽宗上皇に会う、という心願をはたしたばかりで、燕青はまたまた心に重荷をせおうことになった。

家に帰りつくと、待ちわびていた戴宗に事情を話す。戴宗は、しきりにうなずいた。

「そういうことだったのか、ご苦労さん。本来、聡明なお方であるのに、奸臣を登用し、民の声を聴かなかったばかりに、このありさま。お気の毒だが、二度と都にもどりにはなれまいなあ」

「私もそう思います。今日のことも、私自身の気がすんだというだけで、何のお力にもなりません」

「いや、それは人間の限界というものだ。ところで、八百両の身代金が必要ということだが、そちらの方は大丈夫なのかね」

「何とかなります。これまでいただいた報賞金など、みんな貯ってありますから」

家じゅうを引っくりかえしてかき集めた結果、八百両ぴったりの銀子が見つかった。燕青はよろこんだ。

「よかった、これで人助けができる」

その夜は、燕青が射落とした烏と、楊林がつかまえた兎とで一杯飲って、心地よく眠りについた。

翌日、銀子八百両をふたつの包みにまとめてせおい、また楊林とつれだって、金軍の本営に向かって歩く。銀子をとりあつかう出納部の頭目をたずねた。

「開封府から送られてきた盧俊徳の妻・莫氏と娘・盧氏の未納金八百両を持参いたしました。両名の身柄の引き渡しを願います」

頭目は身代金の台帳を調べて、八百両の未納を確認する。そこで盧家の母子ふたりを呼んで燕青に面通しさせ、銀を量って不足なしと確認して領収書を出した。

そこで喜んだ母子が燕青について出ていこうとすると、

「待て」

頭目がどなった。

「かってに、どこへいく。開封府庁で納入するならこの額ですむが、金軍の陣営に連行されてきたからには、三百両の追加料金が要る。もし北京大名府まで行くとなれば、六百両が必要になるのだぞ」

聴いた燕青、あっけにとられて、とっさには声も出ない。泣きくずれる盧家の母子を見て、ようやく言った。

「わかりました。五日間、猶予をください。三百両を持参します」

「もし陣営を引きはらわぬとなれば、五日どころか十日待ってもいい。だが、金軍の動きはわからない。明日いきなり引きはらわんともかぎらん」

「そのときは北京大名府へ六百両持っていけばいいのですね」

「そうだ。金軍は何しろ銀子五千万両、要求しているからな。一両もまけるわけにはいかん」

傍で聴いていた楊林は赫(かっ)としたが、まさか金国の軍営内で刀を振りまわすわけにもいかない。歯ぎしりしてこらえた。

「かならず北京大名府までも身代金は持っていきます。ご婦人がたを虐待しないでください」

燕青は頭目にたのみ、盧家の夫人には銀子を五両渡して、

「とりあえず、この銀子をとっておいてください。かならずお救いいたします。くれぐれも早まったことをなさらぬように」

夫人は泣いて礼を述べ、あわれにもまた頭目に引ったてていかれた。

燕青と楊林は悄然(しょうぜん)として家にもどって来た。話を聴いた戴宗は、

「これはもう、飲馬川(いんばせん)まで行って銀子を借りてくるしかないな」

「ありがたい。ですが神行法(しんこうほう)を使って往復五日でまにあいますか」

「白手(すで)でもむずかしい。まして、銀子を持っていては神行法は使えない。いっそ最初

から六百両借りて、馬で北京大名府へ直行したほうがよかろう」

「そうしてくれますか」

戴宗は未明に飲馬川に向けて神行法で旅立った。

燕青と楊林は、昼すぎ、ふたたび駝牟岡の金軍の陣営が撤去されたかどうか確認にいった。おどろくべきことに、陣営はすでに消えていた。金軍は昨夜のうちに引きあげてしまったのだ。

徽宗上皇と欽宗皇帝、後宮の妃嬪たち、文武の官僚、身代金未納の人民、さらわれてきた女性たち、金銀珠玉財宝の類、ことごとくつれ去られ、持ち去られて、あとには人馬の死体や汚物が残されているだけだった。

「やることが早いやつらだ」

楊林が舌打ちする。燕青は歎息した。

「金軍の本営が撤去されたからには、ここにいる必要もない。いっしょに都のようすを見にいかないか。北京大名府に発つのは、明日でもいいだろう」

「よかろう、栄華のあとを見物するか」

ふたりはぶらぶら歩いて、宣化門から開封城内にはいった。眺めやれば、万戸蕭条として、人影はまれに、家々は門戸を閉ざして、荒涼きわまる風景である。高楼は雲をつくようにそびえ立っているが、楽の音にかわって風の吹きすさぶ音が聞こえるだけである。

燕青は盧家の近くへ行ってみた。梁山泊にはいる前は、いろいろと世話になったものだが、家はすでに焼かれて瓦礫（がれき）の山と化していた。

燕青の落胆の色を見て、楊林が気を使った。

「もう日も暮れる。飯を食うところもなさそうだし、家へ帰ろうや」

燕青はうなずいて歩き出したが、何歩も行かぬうち、ひとりの男がとぼとぼ歩いてくるのに出会った。燕青が目をみはる。

「盧成（ろせい）さんじゃないか！」

「アイヤー、小乙さん、こんなところで出会えるなんて」

盧成は盧家の店の小主管（こばんとう）であった。燕青に抱きついて号泣しはじめる。燕青は彼をなだめるのに骨をおった。おりから雨が降り出したので、盧成がいま住んでいる小屋にはいったが、ひと間だけで、家具らしい家具もない。

あわただしく会話がおこなわれた。

「そうですか、奥さまとお嬢さまは北京大名府へ……。小乙さん、ありがとうございます。千両以上の大金を用意してくださって。わたしなんぞ心配するだけで、一両もつくれやせんのです」

「盧成さん、ここでやることがないのなら、いっしょに大名府へ行かないか」

「ああ、そうできたら、わたしもありがたいです。よろこんで、ごいっしょします」

その夜は、盧成に米と酒と羊肉を買ってきてもらい、こわれた椅子にすわったまま寝た。

翌日は家に帰って旅の仕度をした。やとっていた小者ふたりのうち、年長のほうには、荷物をかついでついてくるよう、若いほうには、この家に住んで両親を呼び、土地を管理するよう、それぞれ指示する。

楊林は朴刀をひっさげ、燕青は腰刀を帯にはさんで弓矢を持ち、荷物は盧成と小者がかついで出立した。旅の間、小雨が降りつづいて道はぬかるみ、歩きづらいことこの上ない。五日ほどして、ようやく晴れたが、白手の燕青や楊林に比べると、荷物をせおった盧成や小者の歩みはおそく、ふと気がつくと、一里ほども距離が開いていた。

「すこし待とうか」

ふたりが松の下で休んでいると、ほどなく悲鳴が聞こえて、ころがるように盧成が走ってきた。

「たいへんです。小者が土匪(どひ)に殺されました。わたしも殺されそうになったので、荷物を放り出して逃げてきました」

燕青と楊林は現場へと走った。小者が頭から血を流して死んでおり、加害者の姿はどこにもない。

「かわいそうなことをした。何年か使っていたが、よく誠実に務(つと)めてくれた。かならず仇(かたき)はとってやるぞ」

三人は小者の埋葬をすませると、ふたたび歩き出したが、前方からこれまたところがるように旅人が走ってきた。

「たいへんだ、金の大軍がこの道を通りかかり、手あたり次第に人殺しをやってる。どこかに隠れたがいいぞ！」

燕青ら三人は樹木の蔭(かげ)に身をひそめ、金軍が一隊また一隊と通過していくのを見送ったが、隊列はあとからあとから、まるで永遠につづくようで、軍旗は陽光をさえぎり、騎兵と歩兵があげる土塵(どじん)は空の半分をおおう。

燕青は楊林にささやいた。

「これじゃ今日のうちに通りすぎるのは不可能かもしれん。間道をさがして大名府へ先まわりしたがよさそうだ」

「そうだな」

間道にはいって四、五里歩くと小さな村に出た。酒旗がひるがえっている店にはいり、酒食をたのむと同時に、大名府への道を問うと、

「山路が一本あって、街道を行くより百里も近うございますよ。ここから五里もいくと、金鶏嶺という山、そこを下ると野狐舗という村、そこから大名府までは一日で行けます」

「それなら急ぐとしよう、今日は野狐舗で泊まりだ」

燕青はそう決めた。

III

金鶏嶺のふもとまでやって来ると、雷鳴のような音がとどろいた。見れば、三十丈（宋代の一丈は約三・〇七メートル）ほどもある高処から滝が流れ落ち、飛沫には虹がかかっている。絶景である。

「絶景はいいが……」

楊林が溜息をついた。

「この山を登るのは、たいへんだぜ。道理で百里も短縮できるはずだ」

「ま、滝の見物でもしながら考えよう」

燕青の指さす先に、小さな酒亭がある。楊林は、うさんくさそうな表情をして、

「こんな間道に酒亭があるのか。何だかあやしいな」

「だからだよ」

燕青は笑って先に立った。楊林もうなずいて、あとにつづく。

「酒と、何か肉があったらくれないか」

ふたりの男が出てきて、じろりと燕青たちをながめた。

「肉なら雉子と兎がございますが……」

「両方くれ。滝を見物してくるから、その間につくっておいてくれればいい」

燕青ら三人は滝の近くにやって来た。飛沫をよけながら、燕青が問う。

「どうだね、盧成さん」

「あ、あのふたりのうち、顔に傷のあるほうが、小者を殺したやつです」

「やっぱりな。あんたは顔を見られていないかい」

「後ろも見ずにすっ飛んで逃げましたから……何の役にも立たなくて」

「気にしなさんな、人それぞれ役があるさ」

楊林は盧成の肩をたたく。

酒亭にもどると、素朴な肉料理に飯と酒が三人を待っていた。燕青と楊林は平然として飲みかつ食う。盧成はびくびくものである。

「あんた、ちゃんと銀子は持ってるだろうね」

しれっとして燕青が尋ねると、おなじ態度で楊林が答える。

「おうよ、ちゃんとここに五十両はいってらあな」

胸をたたいてみせて、男たちのようすをうかがうと、あきらかに、「五十両」という言葉に反応している。

「それじゃ、腹もくちくなったし、山越えといくか」

「おうよ」

楊林が銀の小粒をひとつ投げ出すと、男のひとりがそれを受けとって、

「だんながた、これから山越えをなさるおつもりで？」

「そうだ、それがどうした」

「もうそろそろ日が暮れます。虎や狼が出ますから、夜の山越えは危険です」

「だったら、どうしろっていうんだ」

「いかがでしょう、今夜はここにお泊まりになっては？」

楊林が燕青を見やった。

「どうするね、哥哥」

「うーん、酒を飲んで眠くなってきたし、そうするか」

男たちは床に草や柴を敷き、その上にかけぶとんをひろげた。三人はそこに横になった。

やがて大きないびきが聞こえてきた。ふたりの男は顔を見あわせて、にやりと笑うと、手斧を手に獲物に忍び寄る。

手斧を振りあげた瞬間、かけぶとんがはねあがった。「あっ」と声をあげて、土匪は咽喉(のど)に刺さった矢をそのままに横転する。もうひとりの土匪はあわてて身をひるがえしたが、躍りあがった楊林が、朴刀を一閃(いっせん)、その頸(くび)を両断した。

「盧成さん、もう大丈夫だよ」

ふとんを頭からかぶっていた盧成が、起きあがった。

「やれやれ、胆が冷えましたよ」

うばわれた荷物はすぐに見つかった。三人は安心してこんどは本格的に眠った。

翌朝は、盧成が飯をつくり、三人は息を切らしながら金鶏嶺に登った。見れば、金軍の列は、まだとぎれることなくつづいている。

下りも、上りにおとらぬ難業で、野狐舗に着いたのは、日も西にかたむいたころだった。楊林が周囲を見まわして、

「以前に来たときは、それなりに栄えて、にぎやかな村だったのに、何もなくなっちまってる。兵火のせいかな」

いったとたん、足もとに一本の矢が突き立った。宋の軍装をした兵士が、五、六十名あらわれ、包囲して刀槍を突きつける。

「宋軍がなぜ宋の民に刀を突きつけるんだ!?」

いきりたつ楊林を、燕青がなだめた。

「宋人どうしだ。将軍の前に出てから弁明しよう」

こうして、三人は、千人ばかりの軍隊の本営に連行された。上座にひとりの将軍がすわっている。年齢は五十歳をすぎているであろう。この時代なら老人といってよい。髪も髭(ひげ)も半分白くなっているが、血色はよく、眼光は鋭い。頭は金の縁どりをした藍絹(あいぎぬ)の包巾(ずきん)をかぶり、甲(よろい)の上から緑色の戦襖(じんばおり)をはおっている。

「三名の奸細(しのび)をとらえましたが、いかがいたしましょう」

中軍官(ふくかん)がいうと、老将軍は、

「何たる不敵な者どもよ、奸細となって忍びこむとは」

「奸細ではございません。戦禍をこうむった良民です」

老将軍は大いに怒り、烈しく机をたたいた。

「これが金国の者なら赦せもしようが、宋の人民とあっては赦しがたい。即刻、首をはねよ」

刀斧手が三人を引ったてようとする。盧成は腰がぬけて動けない。楊林は憤然として老将軍をにらみつける。燕青はおちついていた。

「我々は死ぬことなど恐れはしません。殺すなら殺しなさい。ただ、将軍のおっしゃることが腑に落ちない。どうして金国人なら赦せて、宋の良民は赦せないのですか」

老将軍は笑った。

「もし金国人であるなら、金国のためにはたらくのは当然のこと。だが、もし宋の人民であるなら、歴代の天子がたの仁慈の恩をこうむっているはず。その報恩も考えず、先をあらそって金軍に投降し、同胞を痛めつける。このような裏切り者は殺すのが当然と考えるが、どうじゃ」

燕青は笑いでそれに応えた。

「老将軍は、一を知って二を知らぬもの。朝廷が兵をやしなうのは、人民を守るため。そのために人民から税を召しあげるのでしょう。しかるに、いまの軍隊は、ろくに戦いもせず、人民を守るどころか、自分たちのみの安全をはかって逃げまわっている」

「む……」

「これでは人民が生きるため、やむをえず金軍に投降するのを責めるわけにはいきますまい。老将軍は難民をごらんになれば、守り、救ってしかるべきものを、逆に刑を加えようとなさる。いったい何のための軍隊ですか」

老将軍は、しばし絶句した。

「……なるほど、一理ある。すこし尋ねたいが、おぬしはどこの者か、して、いずこにまいる。姓名は何と申す？」

「本籍は東京開封府。捕虜となった知人の身柄を引きとりに、大名府へまいるところです。姓名は燕青。何をかくそう、もと梁山泊の浪子・燕青とは私のことです」

「なに、梁山泊!?」

老将軍は身を乗り出した。

「梁山泊におったなら、九紋竜・史進という者を知っておるはずだが……」

「もちろん知っております。史進どのとは、義兄弟の間柄。彼は私とおなじく方臘征伐に参加し、壮烈な最期をとげました」

老将軍は中軍官に命じた。

「すぐ凌将軍をお呼びしてまいれ」

ほどなく、もうひとりの将軍がやって来たが、燕青の顔を見るなり叫んだ。

「小乙哥哥！　何でこんなところに⁉」

「やあ、凌振どのではありませんか」

梁山泊で砲術の担当者だった凌振であった。

会話を聴くと、老将軍はあわてて座をすべり、礼をほどこした。

「これはご無礼いたした。どうかお赦しを」

凌振は楊林とも再会をよろこびあう。老将軍は燕青と楊林を上座にすえた。

「先ほどは老将軍に向かって、口はばったいことを申しあげ、まことに失礼いたしました」

燕青がいえば老将軍が応える。

「拙者は九紋竜・史進の師、王進でござる。奸臣・高俅めのために都を追われ、北方に逃がれておりました」

凌振と楊林は、これまでのことを語りあうので夢中である。王進は、都を追われ、史進と出会った後、北辺で武功をあげ、兵馬指揮使をさずけられた。梁方平の指揮下で黄河の守備にあたったが、汪豹の裏切りによって全軍崩壊、王進はかろうじて副将・凌振とともに残兵をまとめ、反撃の機会をうかがっているところだという。

「老将軍、また口はばったいことを申しあげますが、土地が開けております。四方から攻撃にさらされますゆえ、他にお移りあるべきかと存じます」

「ご教示かたじけない」

その夜、王進は宴席をもうけて客人たちをもてなした。夜は旧梁山泊の三人は、おなじ帳幕に寝み、深夜まで語りあった。

翌日、燕青と楊林は盧成をつれて大名府へ向かい、王進と凌振に別れを告げた。夕刻に大名府に着くと、戴宗はすでに到着しており、宿をとって、彼らを待っていた。

「李応どのは兵士をつけて銀子をここまで護送してくれたよ。仕事がすんだら、ぜひ飲馬川に来てほしい、とのことづけだった」

「謝々、お手数をかけました」

燕青はよろこび、さっそく楊林とともに六百両の銀子をかかえて金軍の陣営に乗りこんだ。駝牟岡で身代金の管理をしていた例の頭目をたずね、領収書とともに銀子を差し出す。

「これで文句はないでしょう」

「ないね。それにしても、お前さん、義理にも厚いし、働きもあるし、たいしたもんだ」

「お世辞はいいから、早くふたりを解放してください」

「あわてるな。すぐつれてくるよ」

こうして盧俊徳の妻と娘は、ようやく解放された。ふたりは涙を流して燕青たちに感謝する。燕青は二台の車をやとい、ふたりの女性を、戴宗の待っている宿へつれ帰り、ゆっくり休ませた。

「こんなところに長居は無用だ。明日になったら、さっさと飲馬川へ発とうぜ、小乙哥哥」

「そうしよう。だが、大名府は梁山泊にはいる前、私が住んでた街だ。ちょっとばかし、なつかしくもあるから、一杯飲りにいきたいんだが」

「君らはそうするといい。おれは、往ったり来たりで、すこし疲れたから、宿で飲んでるよ」

戴宗がそういうので、若い燕青と楊林は、夜の街へ飲みに出かけた。

Ⅳ

北京大名府の街は、一時的にも平和と活気を回復していた。大きな酒楼があったので、二階の窓ぎわの席をとり、にぎやかな街路を見おろす。

「やれやれ、ようやくひと仕事すんだな」

「戴宗どのじゃないが、すこしのんびりしたいね」

「だから飲馬川へ来いよ。みな大歓迎だぜ」

「歓迎はともかく、こうなったら、他に行くあてもないなあ」

飲みかつしゃべっていると、突然、大きな音がして、皿が飛んできた。ふたりがあわててかわすと、皿は柱にあたって割れくだける。見れば、金国の将軍とおぼしき服装の男が、酒瓶を振りまわしながら大声でわめきちらし、部下やら店員やらが必死でなだめている。

「ちっ、いい気になりやがって」

楊林が舌打ちする。燕青はすばやく看(み)てとっていた。将軍らしい男の懐から、長さ一尺（宋代の一尺は約三〇・七センチ）ほどの木札(もくさつ)がすべり落ちるのを。

燕青は何くわぬ顔で立ちあがると、騒動の中に割ってはいった。「まあまあ、ここはひとつ」とか、「お客さん、こまりますなあ」とか、意味のないことを言いながら、すばやく足で床の上の木札を蹴る。

木札は床の上をすべって、楊林の足もとにとどいた。今度は楊林がすばやく木札を足で踏みつけ、周囲の目がないことを確認してから、かがみこんで自分の懐に入れる。

「もうたくさんだ、出ようぜ」

燕青が言い、階段の方へ早足で歩き出した。いそいで楊林もあとを追う。ふたりは、半ば階段を駆けおりた。燕青は帳場に行くと、勘定台に十両ほどの銀子を放り出す。

「明日、精算に来るよ」

言うなり、楊林とともに飛ぶがごとく酒楼を離れてしまった。

「楊君、木札はあるな」

「あるある、ここに。しかし、こりゃ十両もする代物か？」

楊林から木札を受けとると、燕青は、にやりと笑った。

「その十倍じゃきかないね。金国ではこれを命令書がわりに使うんだ。これがあれば、死刑囚だって救える。きっと役に立つ」

いいながら、ひょいと前方を見て顔をこわばらせた。

豊かな髭を持つ偉丈夫が、後ろ手に縛られて護送されている。昂然と胸を張って、わるびれない姿には、囚人どころか大将軍の風格さえあった。

「あれは梁山泊の関勝どのじゃないか！」

燕青と楊林が茫然として見守っていると、関勝もふたりに気づいた。一瞬だけ表情が動いたが、すぐ泰然たる態度にもどって、連行されていく。

楊林が、見物人に尋ねた。

「あの人は、何で連行されてるんです？」

「あのお人を知らないのかい？　兵馬総管の関勝さまだよ。知府の劉予が金軍に投降したので、きつく諫めなさったところ、劉予の怒りを買って、明日、首を斬られなさるのさ」

劉予のほうは呼びすてである。人望の差が明らかだった。

「おい、たいへんだ、どうする、小乙哥哥」

「おどろいたな。もちろん助け出さなきゃならんが、考えてみれば、さっそくこの木札の出番が来たわけだ」

木札には、楊林の見たこともない異形の文字が記されている。女真(じょしん)文字と呼ばれるもので、楊林にはさっぱり読めないが、燕青には苦もなく読めるようだ。

「まったく何でもできるやつだな。あきれたよ」

「何かいったか？」

「いや、感心してるのさ」

一刻後、宿でひとり酒を飲んでいた戴宗は仰天する。帰ってきた燕青と楊林につづいて、三人めの男があらわれたからだ。

「か、関勝どの!?」

「やあ、戴宗どの、おかげで助かったよ」

関勝は、どっかと座につき、燕青、楊林、戴宗と拝礼をかわした。

「助けてもらったのはありがたいが、どうやったのかね。劉予の部下ども、ずいぶんあわてて解放してくれたが」

「この木札のおかげですよ。金軍の使者をよそおってね、関勝は殺すには惜しい人物だから、直接、東元帥・斡離不のもとに送れっていったんです」

「それだけで？」

「明日の正午、斡離不のもとに送るから、五十名の兵士を北門で待たせよ、と、つけ加えておきました。こちらは早朝のうちに南門から逃げ出せばいいわけです」

「いや、かなわんな、君には。しかし、これからこの身をどうしたものだろう」

楊林が身を乗り出す。

「ご心配なく、飲馬川でお引き受けしますよ」

「うむ、そうさせてもらうか」

燕青の大車輪の活躍はつづく。まず、戴宗と関勝を神行法で飲馬川へ先行させた。関勝は近辺でよく顔が知られている。万が一のことをおもんぱかったのである。夜が明けると、例の木札を持ち出して、関勝夫人を宿につれて来る。五台の車に関勝夫人や盧家の母子など女性陣を乗せ、早朝、出発した。

一日歩いて野狐舗に着いたが、王進の陣営は影も形もなく、死体がころがり、死臭がただようばかりだ。

「王老将軍の寨(とりで)も破られたと見える」

空には暮色(ぼしょく)が濃くなったが、ひとすじの人煙も見えない。やむなく十里ほど道を急ぐと、にわかに空が黒一色となって、雷光がひらめき、沛然(はいぜん)と雨が降り出した。

「あそこに荒れ寺があるぞ！」

楊林が叫び、一同はけんめいに走って寺へ駆けこんだ。仏殿に全員がはいることができた。

楊林は盧成に指示して大量の湯をわかし、炊餅と肉粑を取り出し、一同で分けあって食べた。その後、関勝夫人ら女性陣は東の廊下で、盧成や下男たち男性陣は西の廊下で、それぞれ寝むことになった。

疲れはてた人々は、ほどなく寝入ってしまう。燕青と楊林だけは仏殿で起きていたが、やがて雨があがり、空は澄みわたり、一輪の明月が光を放って、さわやかな雰気となった。すると眠気をもよおしてきたので、ふたりは武器を手にしたまま柱によりかかって眠ろうとした。と、突然、外から人の足音がして、眠気を吹き飛ばす。燕青は腰刀を抜き、楊林は朴刀をかまえて柱の蔭にひそむと、二名の将軍が十人ばかりの兵士をしたがえて仏殿の外にたたずんだ。月影をあおいで、ひとりの将軍が溜息をつく。

「燕青君が陣営を移すよう忠告してくれたが、すぐにしたがうべきじゃった。何の面目あって義軍の諸将に見えることができよう。さいわい、わしには家族もおらぬ。自刃して朝廷におわびするとしよう」

するともうひとりの将軍がなだめた。

「死闘のなかを斬りぬけて、やっととまっとうした生命でござるぞ。こんなところで徒死(むだじに)する必要はありますまい。今日は疲れはてました。今夜は寝んで、明日、今後のことを考えましょう」

燕青と楊林は柱の蔭から進み出た。

「老将軍、短慮はなりませぬ。我らがついておりますぞ！」

V

老将軍・王進と凌振は、おどろきかつよろこんだ。

「おお、またお会いできたとは意外でござる。足下(そっか)はまさに先見の明があられた。ご忠告にしたがって陣営を移そうとしたのでござるが……」

「劉予の息子で劉猊(りゅうげい)というやつが、一万の兵をひきいて殺到し、移動しかけていたわが軍をおそったのだ。力戦したが、多勢に無勢、兵士たちは全滅、我らは行くあてさえなくなってしまった」

と、凌振が無念の歯がみをする。

「いま私の義兄弟たちが、飲馬川に続々とあつまっています。そこへ赴(おもむ)いて、しばらく滞在なさり、機を見て義軍に合流なさってはいかがですか」

語りあううちに、白々と夜は明けてきて、王進も飲馬川行きを承知した。

半日ほど旅をつづけると、後方に土塵が舞いあがり、馬蹄の音がとどろいた。一群の兵馬が殺到してくる。数は三百ほど、劉予の軍隊であった。

燕青は、女性たちの乗った車をいそいで林の中に隠したが、まにあわなかった。めざとく、それを見つけた兵士がどなる。

「そこの、ものわかりのよい男、車の中の女どもを、さっさとこちらによこせ。おれたちの酒の相手をさせる！」

「恥知らずめが！」

どなり返した王進が腰刀を抜き放った。

「こいつはいい。たった十四、五人でおれたちと闘おうってか」

あざ笑った兵士の額に、鋭い音がして何かが突き立った。燕青の放った矢である。それと見た三百余の敵は、口笛を合図に、どっとなだれかかってきた。

今や危うし、と思われたとき、突然、反対方向からあらわれた、これも三百ほどの人馬。先頭に立った将軍は、双(ふた)つの鞭を舞わして、右に撃ち、左になぎ、一撃ごとにかならずひとりを倒し、みるみる十人以上を地に転落させた。

燕青が、誰かと見れば、何と、呼延灼(こえんしゃく)、戴宗、樊瑞(はんずい)の三人である。かなわじ、と見たか、劉予の兵たちは、口笛を合図に、馬首をめぐらして逃げ去った。

「李応どのが、道中、危険だろうと、兵三百をつけて、我らを迎えによこしたのだ。死傷者が出なくて幸いだった」

呼延灼は言って、王進と礼をかわしあった。

ついに燕青は、心願をはたして飲馬川に到着した。彼と楊林の働きで、あらたに、王進、関勝、凌振の三人が加わり、山寨の陣容はさらに強化された。

一方、劉予のほうでは、飲馬川の賊にさんざんな目にあわされたことを知って怒りくるった。

「おのれ、関勝にまで逃げられるとは。飲馬川の賊ども、もはや赦しておけぬ」

ただちに五千の兵を発して飲馬川を討伐させることにした。大将は畢豊、あの曇化の弟である。副将は張信。

数日ならずして、両軍は飲馬川の前で対峙した。まず畢豊が陣頭に出てどなる。

「盗賊ども、さっさと出てきて生命をよこせ」

飲馬川の側では、李応、呼延灼、関勝、王進の四名がそろって馬を進めてきた。

「梁山泊の死にぞこないども、ようもわが兄者を殺し、寺を焼きおったな。今日こそきさまらが地獄へ行く日だと思え！」

すると李応がどなり返す。

「ほざくな、無知の小どろぼうめ。きさまの兄は仏法を汚す極悪人。殺されて当然のやつだ。きさまはまた、一度はわが手に落ちた負け犬。夜中に塀を乗りこえて生命からがら逃げ出したおぼえがあろう。よせばいいのに、また生命を棄てに来おったか」

畢豊は激怒し、大桿刀を振りかざすと、馬腹を蹴って躍りかかる。李応は鉄槍をあげて応戦、三十合ほど渡りあったが勝負がつかない。張信はたまりかね、三尖両刃刀をふるって助戦に出てきた。これは尖端が三つに分かれた大なぎなたである。すかさず関勝が出会い、青竜偃月刀をとって加勢する。かくて四頭の馬は円陣を描くように駆けめぐった。

李応はわざと隙を見せ、槍を引きずりながら逃げ出した。畢豊が追いすがる。李応は槍を小脇にかいこみ、天下一の飛刀をとばせば、畢豊は左の肘にそれを受けた。血を流して馬を返すのを、今度は李応が追いかける。張信は畢豊が逃げるのを見て、自分も馬を返そうとするが、関勝にはばまれて逃れられない。

凌振は山上にあってそれをながめ、つづけざまに号砲を放つ。と、朱仝、樊瑞、呼延鈺、徐晟が一気に四方から討って出た。

　畢豊と張信は、あわてて兵を返したが、秩序をうしなった兵は逃げまどい、踏みつけあい、そこへ矢の雨が降りそそいで、千余もの兵がうしなわれてしまった。

　万慶寺の焼けあとまで敗走してくると、おりよく劉猊が後援として駆けつけた。

　劉猊は飲馬川の一党を降伏させようと、張保という男を説得に出したが、いっこうに帰って来ない。とらえられてしまったのだ。

　三日待っても反応がないので、腹を立てた劉猊は、みずから陣頭に立った。赤い馬にまたがり、頭上の紫金冠には二本の雉子の尾を高々と結び、手には方天画戟。さながら『三国志演義』の呂布を思わせる。

　ただし、形だけだった。関勝と闘った劉猊は、十合ともたずに逃げ出す。張信と畢豊が駆け出して助戦すると、朱仝と呼延灼が迎えうつ。畢豊は三十余合、呼延灼と撃ちあったが、飛刀の傷が完全に癒えていない。左肩を一撃され、もんどりうって落馬する。朱仝と渡りあっていた張信は、燕青の矢を右腕に受け、これまた馬上から転落した。ふたりとも致命傷ではなかったので、よろめきつつ自陣に逃げこむ。

　劉猊たちは万慶寺まで逃走した。

　万慶寺は焼失したものの、まわりの塀はそのまま残って、さながら城塞である。さらに柵や拒馬(うまよけ)をもうけて、防御はかたい。

深夜、将兵は、はっとして目をさました。すさまじい強風が荒れ狂っている、と思ったのだ。じつは公孫勝(こうそんしょう)の幻術で、風など吹いていなかったのだが、うろたえ騒ぐ間に、天地の裂けるような雷鳴が地中からわきおこり、万条(ばんじょう)の火光が天に冲(とど)いた。楊林、凌振、蔡慶(さいけい)、杜興(とこう)があらかじめ火薬を埋めておいたのだ。

大混乱の中、張信は劉猊をかばって逃げようとしたが、呼延灼の振りおろした鉄鞭に冑を割られて即死。畢豊も逃げるところを李応の槍に腹をつらぬかれ、さらに樊瑞の一刀で、肩から腰まで斬り裂かれた。

逃げのびたのは劉猊のみ。百名余の兵士にまじって、生命からがら逃走した。

大勝を博して飲馬川にもどると、李応は捕虜としていた張保をさらし首にしたが、いつまでも喜んではいられない。

「今度は五千でしたが、つぎは一万、そのつぎは二万とやって来るでしょう。ここは南下して他の義軍と合流し、金軍を国境の外に追いはらうべきかと思います」

燕青の意見に、反対する者はいなかった。

かくして、全軍三千、馬は五百、車二百台の軍列は、一路南へ向かい、黄河に達した。

　ここは宋金両軍にとって要地だから、金軍の防備もあつい。一大陣営をかまえ、大将は烏祿、副将は裏切り者の汪豹である。

　李応も陣をかまえ、諸将に諮った。

「烏祿と汪豹とが五千の兵で守っており、渡ろうにも船はない。どうあっても、やつらを撃破せねばならぬ」

　呼延灼と王進が手をあげた。彼らふたりには、汪豹に怨みがある。ふたりが先鋒になって敵営を陥す、といきりたった。

「汪豹はとるにたらんが、烏祿はあなどれない。先鋒はご両所におまかせするが、私も兵をひきいて応援しよう」

　李応が言い、呼延灼と王進は勇躍した。

　かくして両将は金の軍営にせまったが、営門はかたく閉ざされ、鹿角、鉄菱がびっしりと並べられて、攻めこむ術もない。やがて李応の本隊も到着し、あらゆる手段で敵を誘い出そうとするが、いっこうに反応なし。

　燕青が発言した。

「やつらが五千の兵を持ちながら、出撃する気配がないのは、我々を恐れているのではない。何かたくらんでいるのだ。こちらが糧食を費いはたしたころ、大軍を呼ばれて挟撃されたら、ひとたまりもない。ここは細作(しのび)を出して八方を探らせ、もし援軍を依頼する使者でも見つけてとらえたら、おのずとこちらの計策も立つでしょう」

李応は蔡慶と杜興に手下をつれて偵察に出したところ、はたして二名の「夜不収(みってい)」をとらえ、援軍依頼の密書も手に入れることができた。李応は、

「引っぱっていって斬れ」

と命じたが、呼延灼は、ひとりの顔に見おぼえがあったので質(ただ)してみた。

「はい、私めは呼延灼将軍の部下でした。汪豹が裏切って、関口（渡し場）を金軍に売り渡したので、やむなく投降したのです」

「烏祿はなぜ出て戦おうとせんのだ？」

「烏祿は戦う気充分なのですが、汪豹が援軍を求めて挟撃しようといったとか」

そこで燕青がやさしくなだめた。

「お前たち、こちらの味方になるなら、生命を助けるばかりか、手あつい恩賞をあたえるぞ」

「夜不収」は涙を流した。

「自分はもともと開封の人間。家族もおりますが、汪豹につかまって帰れずにいるところです。助命していただけるなら、どんなことでもいたします」

燕青は酒食を運ばせて両名をおちつかせ、陣中に拘留した。

「李応どの、大名府への往復には、すくなくとも五日かかります。六日めになったら、私に烏祿を破る計略がある。ただ、それまでは陣地をかたく守り、夜襲に注意してください」

こうして六日がたち、その間には何ごともなかった。

六日め、烏祿のもとに「夜不収」がもどってきて報告した。

「元帥は援軍をおことわりになりました。よって密書はそのまま持ち帰りましたが、おひとりの高官を差しつかわされ、ここにおつれいたしました」

その高官は、まだ若い美男子だったが、木札をしめして、きびしい口調で告げた。

「元帥のおおせあるには、五千の兵を持ちながら、たかの知れた盗賊どもを打ち破れないとは何ごとか、援軍など論外である、と」

烏祿は弁明した。

「わしは戦おうと言ったが、汪豹にとめられたのでござる」

「元帥がまた言われるには、汪豹はもと宋の人間、戦いをとめるのは、二心(にしん)あってのことであろう。もし、もういちど戦いを拒絶したら、斬首(ざんしゅ)せよ。軍法によって処断するのだ。よいな。この命令を拒否したら、処断されるのは汝だぞ」

汪豹は傍で聴いていたが、金国語どうしの会話だったので、何を話しているか、さっぱりわからなかった。

第十章　復仇(ふっきゅう)

I

金軍（きん）の営門を守る兵士から報告があったのは突然のことだった。

「営門の前に、四人の敵将があらわれて、しきりにわが軍の悪口を言い、挑発しております」

聴くや烏祿（ウロク）は槍をつかみ、大股に本営を出ていこうとする。汪豹（おうひょう）が制止した。

「援軍が来ないうちに出陣してはなりません」

烏祿はものすごい目つきで汪豹をにらんだ。

「無能の小輩（しょうはい）め！　きさまのいうことを諾（き）いたばかりに、とんでもない失態をしでかすところだったわ。きさまが出陣を拒否するなら、まずきさまの首を刎（は）ねてくれる！」

こうなると汪豹も意見は言えない。しかたなく刀をとって陣頭に出た。

とたんに汪豹めがけて馬を飛ばしてくる敵将がいる。呼延灼（こえんしゃく）である。双（ふた）つの鉄鞭が風を切って落ちかかってきた。かろうじて汪豹は刀で受けとめ、二十余合を撃ちあった。

烏祿は、汪豹が不利と見て槍をしごき、横あいから呼延灼に突きかかろうとする。と、関勝が青竜偃月刀をかざして彼をさえぎり、交戦三十合におよんだ。

そこへ一発の号砲。凌振が放ったのである。

金軍の若い高官が、官服をぬぎすてた。正体は燕青だ。四人の従者は、楊林、樊瑞、蔡慶、杜興だった。陣営に火を放ち、右に左に斬りまくる。

烏祿は陣営に火の手があがったのを見るや、関勝を振りはらって駆けもどる。燕青ら五人が同時に斬ってかかる。烏祿は歯がみしながら馬にひと笞くれ、人なき場所へと落ちのびていった。

汪豹はうろたえ、これまた逃げ出したところを、呼延灼が鞭で一撃、馬上からたたき落とした。手下たちが寄ってたかって、しばりあげる。金軍は潰乱し、てんでに逃げ散っていく。

「勝ったぞ！」

樊瑞が咆え、全将兵が歓声をあげる。

敵はいなくなった。だが黄河の流れは滔々として一同の行手をはばむ。そこへ例の

「夜不収」が来て、支流に三百隻もの船が隠してあることを告げた。

飲馬川の一党は、ついに黄河を渡った。

南岸の黎陽城は、宋軍が守っていたが、王進の旧部下だったので、問題なく入城できた。李応はそこで三百両の銀子を、ふたりの「夜不収」にあたえ、自由に帰らせた。

呼延灼は汪豹を引き出させてののしった。

「逆賊汪豹、朝廷の信頼を受けて黄河の要所を守りながら、ようも国を売って天下の万民を苦しめたな。自分の栄華のみを求め、今日という日が来ることを思わなかったか。いま、私は、苦痛にあえぐ何百万の人民にかわって、汝の罪を糺してくれるぞ」

呼延灼は一本の旗竿を立て、それに汪豹をしばりつけて、兵士たちに、「かってに射よ」と命じた。

四半刻もかからず、汪豹は蝟となって絶息する。

李応は戴宗を開封へ先行偵察させ、三日ほどの行軍で中牟県に到着したが、人民は逃げ散り、空虚な家並みが残っているだけである。

「とりあえずこの町に駐屯し、戴宗どのの帰還を待って、後事を考えるとしよう」

李応はそう決め、町にはいって、それぞれ宿をさだめた。

時は戦禍のあとである。周囲は蕭条として、めったに人の姿も見ない。狼や野犬の類が群れをなしてうろついている。

年長者たちにとっては、気がめいるような光景だが、呼延鈺と徐晟は元気だった。燕青と楊林をさそって野外で鳥打ちを楽しむ。燕青の弾弓の技を見て、呼延鈺と徐晟は目をみはった。

日も西にかたむいたので、獲物を手に帰ろうとしたとき、燕青はふと気づいた。めずらしく街道を行列らしきものが進んでくる。二台の車に乗った四人の男は、方巾に便服（平服）、騎馬の将校がひとり、荷物をかついだ人夫が三人。

「はてな、車に乗った連中は、どこか見おぼえがあるぞ。どうも思い出せん。馬上の将校が勅書をせおっているところを見ると、流罪になった貴族かな」

それ以上は気にとめず、やりすごして、燕青は町へと歩んだ。ところが半里ほど行くと、今度は十人ほどの兵士の一団に出会った。全員が腰刀を差し、朴刀を手にしている。先頭の男が、燕青を見て叫んだ。

「おうい、小乙哥哥じゃないか。こんなところで何をしてなさるね？」

燕青がよく見ると、往古、近所に住んでいた葉茂という男である。燕青も大声をあげた。

「葉さん、いったいどこにいくんだね」

「あほらしい話ですよ。千五百里も歩かなきゃならんのです」

「そりゃまた、たいへんだ。でも、いったいどうして？」

「みんなあの疫病神(やくびょうがみ)どものせいですよ。あの前の車に乗った四人を誰だと思います？」

「さあ、見当もつかないな。意地悪せずに教えてくださいよ」

葉茂は笑って答えた。

「宋朝の天下を金国に売り渡したおえらい大臣たちですよ」

さすがの燕青も仰天した。

「す、すると、蔡京(さいけい)や童貫(どうかん)かい!?」

「それに蔡京の息子と、高俅(こうきゅう)でさ」

「あいつら、とっくに流刑になったはずなのに、どうしていまごろ、こんな場所をうろついているんだろう」

「何たって蔡京は、古だぬきもいいとこですからね。都が陥(お)ちて天子さまたちが北へ拉致されたどさくさにまぎれて逃げまわってたんでさ。それがようやく発見されて、流刑のやりなおしってわけです」

燕青はすこし考えた。

「葉さん、あんたたち、今夜はどこに泊まる気だい？」

「いちおう中牟県になっちゃいるが、どうなっているやら」

「中牟県なら心配いらない。我々の義軍が駐屯してるからね。ひさしぶりだ、一杯やりましょうよ」

燕青は楊林ら三人をともなって県城へもどると、すぐ李応ら幹部たちの房室に顔を出した。

「偶然、四人のおえらいさんに会いましたよ。今夜は盛大に宴会を開いて歓迎しなきゃ」

「大貴人？　誰のことかね」

と関勝。

「我々と何度も戦い、宋江どのを毒殺した連中です」

「何だって？」

「蔡京とその息子、童貫、それに高俅ですよ」

豪胆な一同も、とっさに声が出なかった。

蔡京たち四人が到着すると、たちまち軍楽の音がわきおこった。左右には完全武装の兵士たちが列をつくり、客人を出迎える。

李応は階をおりて迎え、うやうやしく客院に案内した。主客たがいに礼をほどこし、客席につく。最上座はもちろん蔡京である。

童貫と高俅はちらちら目で会話した。

「歓待してくれるのはありがたいが、いったい何者だろう」

「宋将軍とかいってたな」

「おぼえがないぞ」

「わしもだ。どこの誰だろう」

「こんなご時世に我々を接待してくれるとは」

「金国の者かな」

「そうは見えんが……」

「とにかく知らぬ顔ばかりだ」

酒杯が三度まわされ、二の膳が運ばれてきたころ、とうとうたまりかねて童貫が口を開いた。

「わしらは流罪の身。かかる手厚いおもてなしはありがたいが、これまでご面識がないゆえ、どうもおちつきませぬ」

李応は笑って、

「太師とご子息には、たしかに今日はじめて御意を得ます。しかし、童貫、高俅のご両所には、二、三度はお目にかかったはず。お忘れとあっては、宋将軍も歎くでしょうなあ」

「それ、その宋将軍でござる。いったいどこのどなたでござるか。ここにおられるのか」

「残念ながら、ここにはおりません」

「何で……」

「毒殺されたゆえ」

童貫や高俅は愕然とした。

「そ、それはいったい」

「宋将軍、姓は宋、名は江、字は公明。梁山泊の総首領でござった」

四人は泡をくって立ちあがった。顔は蒼白、額には汗の粒。

「か、か、帰らせていただく」

「おや、これはつれない。これから座興もございますのに」

立ちあがった裴宣が、すらりと剣を抜くと、宴席の中央に出て剣舞をはじめる。右に左に剣光きらめきわたり、矢車のごとく旋回すれば、一座はやんやの喝采。四人だけが凍りついている。

樊瑞が大声を張りあげた。

「きさまら四人の奸賊、宋江どのを殺し、われら百八人の義兄弟を、ばらばらにしおったな。それは私事として措くとしても、国費を濫用してぜいたくをきわめ、反対派は暗殺して権力をほしいままにしただろう」

ついで楊林が言う。

「それだけでなく、何千万という庶民は重税にあえぎ、洪水の被害者には一両の銀子さえあたえない。あげくに、あたら錦繍の山河は、北方からの侵掠者によって、むざんな荒野となりはて、何百万の犠牲者が出たことか。今日こそ責任をとらせてやるぞ」

II

李応は宴席に机を運ばせ、五つの位牌をその上に置いた。

「宋江、盧俊義、林冲、楊志、李逵、五人の兄弟の霊よ、とくとみそなわせ。今日、蔡京、蔡攸、童貫、高俅、四人の奸賊をとらえました。やつらに謀殺された怨みを、今こそはらしてごらんにいれます。何とぞ照覧あれ」

「ゆ、赦してくれ！」

高俅が悲鳴をあげた。

「他人に赦してくれといわれて、赦したことが、きさまらにあったか。いま、きさまらを赦してくれるのは、宋江どのだけだろう。我々は何度もきさまらを殺そうといったが、宋江どのは頑として諾かなかった。その宋江どのも、いまは亡い。なぜだ？　きさまらが殺したからだ！　自分たちを救ってくれるはずの人を、自分たちの手で殺した。いま死ぬのはまさしく自業自得というものだ。怨むなら宋江どのを殺した自分たちを怨め！」

燕青が、烈しく問責すると、李応がつづけた。

「八つ裂きにしたいところだが、流刑の身とはいえ、大臣には刃を加えぬのが礼だという。つつしんで礼を守り、おぬしら四人には毒をあおいでいただくことにする」

杜興が四つの大碗に酒をそそいだ。四人の奸臣は目から涙を、鼻から鼻水をたらして、碗を受けとろうとはしない。李応が手をひと振りすると、手下ふたりでひとりの奸臣をつかまえ、鼻をつまんで口に毒酒をそそぎこんだ。四人は、げえげえと吐き出そうとし、「死にたくない」と喚いたが、まず最年長の蔡京が絶息、ついで高俅、童貫、蔡攸の順に息たえた。

飲馬川の好漢たちは、たがいに握手し、祝賀しあった。こうして、梁山泊の宿敵として非道のかぎりをつくした奸臣たちは亡び去ったのである。

陪席していた護送官は、茫然としていたが、ようやく声を出した。

「おぬしらのやったこと、さこそと自分も思うが、都に帰って報告のしようがない」

「気にせずともよい。梁山泊の残党たちに殺された、と言えばすむことだ」

護送官は二十両の迷惑金を受けとって立ち去った。

その直後に戴宗がもどってきた。奸臣たちの最期を聴くと、

「おれも見たかったな」

と残念がったが、彼の報告も残念なものだった。

「義軍は消えてなくなったよ」

「なくなった⁉　どうしてまた」

「前任の宗沢どののもとでは、三十万もの義兵があつまって、団結も強く、意気さか

んだった。ところが宗沢どのが亡くなって、後任の杜充は、無能、貪欲、暗愚、惰弱、臆病の五拍子ぞろい。有能な武将たちをつぎつぎと追放して権勢を独占した。あきれた武将たちはあいついで義軍から脱退してしまった。そこへ金軍の兀朮が攻めてくる、という報告があったので、慄えあがった杜充は戦いもせず逃げ出し、都はもとどおり、からっぽだ」

　李応や燕青たちは、奸臣を誅殺した喜びの頂点から、絶望の谷底に蹴りおとされた。しばらくは声も出ない。

「義軍が消えてしまった、とあっては、どこへいけばいいのだ」

　呼延灼が言うと、関勝が絶望の声をあげる。

「もはや天下に身を寄せるところもない。まして兀朮が南下してくるとあっては、どうしたものか」

　悄然とする一同を見やって、戴宗が言った。

「じつはおれは開封でもとの兄弟と会ったんだ」

「梁山泊のか？　いったい誰だね」

「穆春だよ。彼もやはり開封のようすをさぐりに来ていたんだが、登州の登雲山で、阮小七や孫立が旗あげしていて、兵も精鋭、糧食もたっぷりあって、盛んなもんだそうだ」

「ほう、知らなかったな」

「おれが飲馬川の一党のことを話すと、みんないっしょにいつでも来てくれ、とのことだった。どうだね、みんな」

「ううむ」

「おれが思うに、登雲山は海岸ぞいにあって、兀朮の南下路線からは離れている。どうせもとの兄弟だし、合流して、しばらく天下の形勢を見守ってから動くにしかず、と考えるが、どうかね」

諸将は長く考えることもなく賛成して、進路を東へ向けた。

しばらくは事もなく進んだが、東昌府(とうしょうふ)が近づいたころ、五千騎ほどの金軍と遭遇した。夕闇の中で戦い、夜が明けて点呼してみると、二百あまりの死者が出ていた。加えて、

「呼延鈺と徐晟が行方不明!」

との報である。

李応が軍をとめて四方を偵察しようとするのを、拒絶したのは呼延灼だった。

「ここは四方に開けた土地で、危険この上ない。まして逃げた敵が兀朮に報告でもし

たら、目もあてられぬ。登雲山へ急ごう」

「よいのか、呼延将軍？」

「あのふたりは私がしこんだ。大丈夫、あれたちは必ず帰って来る」

諸将は呼延灼の胸中を思いやりつつも、捜索をやめて先をいそいだ。


さて、呼延鈺と徐晟である。

乱軍の中を斬りまくったものの、闇の中で味方とはぐれ、金軍の中にまぎれこんでしまった。

敵の大将・阿黒麻は、兀朮麾下でも名の知れた男である。もっぱら十五歳から二十歳までの青少年を捕虜とし、これに武芸をしこんで「横衝営」と名づけ、人数はすでに五百名に達していた。阿黒麻は、返り血まみれで連行されてきた呼延鈺と徐晟を見ると、

「これは、ものになりそうだ」

と、むしろ喜び、名を尋ねた。呼延鈺が答える。

「私は張竜、弟は張虎と申します」

「武芸はできるか」

「何なりと」

ふたりが得意の武技を実演してみせると、阿黒麻はさらによろこび、二枚の木札を出して焼印を押し、ふたりに渡した。

「お前たち両名を横衝営の小飛騎、つまり隊長に任ずる。好きなようにやるがいい。功を立てれば恩賞を出す」

「ありがとう存じます」

「ただし脱走は許さん。脱走しようとしてつかまったら、その場で打ち首だ」

「かしこまりました」

ふたりはこうして金軍の五百人隊長になってしまったが、もちろん隙を見て脱走するつもりである。隙をつくるために、表面上は忠勤をつくし、努力した。ふたりが鞭や槍を使って横衝営の隊員をきたえ、呼ばれれば、「はいッ」と大声で返答し、骨身おしまず働くのを見て、金軍の他の将校も感心するほど。阿黒麻は得意満面である。

三日たつと、ふたりともすっかり金軍の作法を身につけてしまった。呼延鈺が徐晟に提案する。

「小飛騎になったからには、隊の兵士たちを点呼して、きちんと名簿をつくっておこう。何かと役に立つと思うんだ」

「そうしましょう。役についたら、それに合わせて礼をしろ、と言いますものね」

そこで机を持ち出し、朱塗りの硯箱に、墨、筆、紙を用意して名簿づくりをはじめた。ひとりずつ名前を呼びかけ、宋安平まで呼びあげる。ふと見ると、いかにも利発そうな少年だ。呼延鈺は、どこか顔に見おぼえがあるような気がして問いかけた。

「そなたは、どこの者だ」

「私は鄆城県の宋家村の者です。父親は宋清と申します」

「宋清？　鄆城県？」

呼延鈺はおどろいた。宋清といえば宋江の弟ではないか。つまりこの少年は亡き宋江の甥ということになる。

「そなたが読書人ということなら、記室（秘書）ということにしよう」

点呼が全部すむまで宋安平を残しておいて、呼延鈺はひそかに尋ねた。

「君は、ぼくたちふたりをおぼえているかい」

「ちょっと思い出せません」

「おどろかないでください。ぼくは呼延灼の息子で、呼延鈺といいます。こちらは徐寧どのの息子で、名は徐晟。君は宋江首領の甥ごさんですね」

「まさか！　そうだったんですか」

「このことは、けっして口外してはいけません、いつか隙を見て三人で脱走しましょう」

「おまかせいたします」

そうしてさらに三日たつと、阿黒麻は兀朮に呼び出されて軍議に出かけた。呼延鈺は決心した。

「脱走するなら、阿黒麻のいない今しかありませんよ」

「同感だが、銀子がない。ここは、おとなの悪いまねをしよう」

呼延鈺は、横衝営の全員を呼びあつめた。

「先刻、阿黒麻将軍が、名簿を持ってくるよう言われた。出陣だが、自信のない者は、すぐ釈放してもらうよう、とりはからってやる。私に手数料を出した者にかぎって、名簿から抹消してやるぞ」

少年たちは、釈放してもらおうと、あらそって手持ちの銀子を差し出す。しめて五十両ほどになった。徐晟がそれを身につける。さらに馬小屋にいって、三頭の駿馬（しゅんめ）を選び、木札を示して陣営を出た。

馬に笞をあて、疾風のごとく奔（はし）る。たちまち四、五十里を飛ばして、虎口（ここう）を逃れ去った。

Ⅲ

「やったやった」

三人の少年は、馬上で手をにぎりあった。

「さて、これからどうする?」

「ぼくたちの軍隊は、どうなったかわかりません。まっすぐ登雲山へ行きましょう」

呼延鈺と徐晟の会話を聴いていた宋安平が熱心に言った。

「君たちのおかげで助かった。ぜひ、ぼくの家へ来てくれないか。御礼をしたい。二、三日、泊まってから登雲山に行けばいいでしょう」

「それも悪くないね」

三人はまた四、五十里騎行した。と、路傍に酒亭があり、酒旗がひるがえっている。

「朝から何も食べてない。とりあえず、腹をふくらませよう」

徐晟がいうので、三人は馬から飛びおりた。

「酒と肉！」と注文は簡単である。もちろん、この時代、「未成年は飲酒禁止」などという法律はない。

酒保(ばんとう)が、まず、羊肉の皿、肥えた鶏、三十個ほどの包子(パオズ)を持ってきた。食べながら、

「酒はまだかい？」

「はいはい」

酒保が持ってきた酒をそそぎ分けて、三人、「乾杯！」と飲みほしたとたん、頭が重く、足は宙に浮き、そのまま気絶してしまった。

酒保は外に出て三頭の駿馬を見やり、

「こりゃ名馬ぞろいだ。三百両はかたいぜ」

と満足の声を洩(も)らした。

「ちょっと待ちな」

声がして、奥からひとりの男があらわれた。まだ若い。せいぜい二十二、三歳だろう。しかも痩せて小柄だが、酒保はぺこぺこおじぎをした。

「客を選んで仕事をしろといったろう。この子たちは、どう見ても悪党じゃない。目をさまさせてやれよ」

酒保は三人の口に、気つけ薬を流しこんだ。ほどなく三人とも目をさます。

「あー、強い酒だな。ひと口で寝こんじまった」

「先を急ぐから勘定をたのむ」

「まあ、そうあわてずに」

若い男がなだめた。

「郎君(わかさん)、お名前は？　どちらへお出かけで？」

宋安平が答える。

「ぼくらは宋家村の者で、家へ帰るところです」

「宋家村に、宋清という人がいますが、お知りあいで？」

「ぼくの父ですよ」

「そうでしたか！　それならどうぞこちらへ」

三人は奥の水亭(すいてい)（水辺のあずまや）にみちびかれた。窓ごしにながめると、湖がはるか遠くまでひろがり、山々には緑がしたたっている。

「ここは、ぼくらが小さいころ遊んだ蓼児洼(りょうじわ)そっくりだ」

「まことに失礼いたしました」

若い男はうやうやしく一礼した。呼延鈺が小首をかしげる。

「いったい、あなたは何者ですか」

「私は鄆哥と申しまして、梁山泊の武松どのと知りあいでした。もっとも、私はそのころほんの孩子でしたが。お三方のいらっしゃるここそ梁山泊の一角です」

「えっ、本当に!?」

「本当です。じつは三、四年前に阮小七という方がこの近くにお住まいでしたが出ていかれ、その直後に江忠という人物が住みつきました」

鄆哥の話はつづく。江忠は宋江の従者だったが、戦いで負傷して引退した。宋江の死後、当時の徽宗皇帝がこの地に精忠廟を建立して百八人を祠ったが、世話をする者が誰もいない。そこで江忠が廟に住みこんで、いわば墓守りをしながら酒亭をやっている。鄆哥は江忠の店の、支配人兼代理人という役どころである……。

「そんな廟があるなら、ぜひお参りしなくちゃ」

三人の少年は口をそろえた。

三人が廟にはいると、ひとりの老人が出てきて平伏した。三人はあわてて助けおこす。

「ぼくたちのような弱輩に、年長の方が先に礼をなさってはいけません。まして平伏なんて」

と宋安平。呼延鈺は江忠の手をとり、

「このようなご時世に、ご老人のように誠実な方がおられるとは」

「いやいや、この年寄りには何もできませんじゃ。ただ、往古をなつかしみ、目をかけてくださったご恩報じのまねごとをしているだけでございます。お三方のごりっぱなお姿を拝見していますと、かすむ目も明るくなったようでございます」

老人は香燭をともし、鼓を打ち、鐘を鳴らした。三人の少年はうやうやしく叩首の礼をする。

拝礼をすると、三人は、百八体の塑像を見てまわった。徐晟は、亡き父徐寧の像の前に平伏して三拝する。目に涙が光った。

廟を出ると、その周囲をぶらぶら見物してまわる。呼延鈺が徐晟に、

「兄弟、おぼえているかい。いつかの年の夏、小舟で花栄おじさんとこの息子さん（花逢春）と蓮の花を採りにいったとき、君は水の中に引っくりかえったろう」

「おぼえてる。あのときは水を飲んで、ひどい目にあった。もう五、六年も前のことだね」

「そうだ」

呼延鈺は手を拍（う）った。

「ぼくたち三人は、もとを正せば親の代からの兄弟だ。今日は神前で、生死をともにする誓いを立てたらどうだろう」

徐晟と宋安平は、よろこんで賛成した。

たがいに年齢を確認してみると、宋安平、呼延鈺、徐晟の順になった。そこで、血をすすって誓いをたて、神前に叩頭したあと、四拝の礼をかわした。これで三人は姓はちがえど骨肉の仲となったのである。

その後、食事をしていたら、酒亭の伙家（なかま）が駆けつけてきた。

「たいへんです。無法者の百足虫（むかで）というやつが、こちらへやって来ます」

「百足虫？」

「金軍が来た混乱につけこみ、百人ばかりのならず者をかりあつめ、金兵のふりをして、掠奪（りゃくだつ）、放火、女さらいと、悪事のやり放題。それがこの廟をのっとって、自分たちの寨（とりで）にするつもりなんです」

呼延鈺と徐晟は立ちあがった。

「宋哥哥（にいさん）はここにいてください。ぼくたちでやっつけてきますから」

ふたりは駆け出した。江忠と鄆哥は竹葉槍（ちくようそう）をつかんで、あとを追う。穂先が竹の葉の形をした槍である。

百歩ほどで、正面から百足虫に出くわした。どこで入手したのか黄馬（栗毛の馬）にまたがり、手には長柄の斧をさげ、酒に酔った顔でやって来る。したがう者は百人ほど。

呼延鈺と徐晟が馬の前に飛び出すと、百足虫は人生最後の笑いを浮かべた。

「おう、そこの小官（わかいの）、おれさまの門番にでもなりたいのか」

呼延鈺は答えようともせず、いきなり一刀を横に払う。血を噴いて馬上から転落するところを、徐晟がさらに一刀、首をかき落とす。つづいて先頭のやつからつぎつぎに斬り倒し、五、六人を地にころがすと、あとの者は我先に逃げ出す。

見れば、五、六人の女性がひとかたまりになって慄えている。呼延鈺が告げた。

「こわがらなくていい。あなたたちは、さらわれてきたんだろうから、めいめい家に帰りなさい」

と、そのなかにひとりの老婆がいたが、地面にころがって手足をばたつかせるだけで起きあがれない。鄆哥が笑い、手をとって引きおこした。

「王の乾娘（おっかさん）、あの百足虫が、あんたを山寨の頭目夫人にしようとしてつれて来たのかね」

「うるさいね、この小せがれ」

また、ひとりのうら若い女性がいた。美しいが、やつれはてている。

「わたしは御営指揮使・呂元吉の娘でございます。父が戦死し、母と南へ帰る途中、母も殺されたところを、このお婆さまに助けられました。そこをまた、この賊におそわれ、こちらにつれて来られたのです」

呼延鈺は目をみはった。

「これは呂将軍のお嬢さん。あなたのお父上は、ぼくの父の同僚でした。必ずお助けしますよ」

一同は廟の中にはいった。

鄆哥が軽口をたたく。

「王婆さん、ひとついい縁談があるんだがね。こちらの江爺さんは独り身、いっそ結婚したらどうだい」

「あたしゃ七十三になる。亭主を持つなら、五十以下でなきゃ。こんな老いぼれ、おかしくって」

「わしは生涯、独身で通してきたんだ。いまさら、あんたみたいな婆あはごめんだね」

　一同そろって笑う。王婆さんは呂元吉の娘の世話をして早く寝んだ。呼延鈺ら三兄弟は、江忠や鄆哥と、おそくまで話しこむ。

　翌朝、起きると、徐晟が言った。

「今日は宋哥哥を村まで送ってから登雲山へ行きましょう。ただ呂将軍のお嬢さんをどうしたものか」

「それは私の家でお引き受けしよう」

　と宋安平。呼延鈺が、

「それはありがたい。お願いします。で、王婆さんはどうする？」

「あたしゃ、呂家のお嬢さんのお世話をさせていただきたいけど」

「そうしてもらえば、ますますありがたい」

　鄆哥は登雲山についていく。江忠は店をたたみ、登雲山から進呈される五百両で老後をおくる。

　こうしてひとまず全員、身の振りかたが決まった。

Ⅳ

三兄弟に鄆哥、呂将軍のお嬢さんと王婆さん、合計六人は宋家村まで百里たらずの道を馬で進んだ。

「二、三日はいてくれないか。両親もあいさつしたいだろうから」

そう言った宋安平が、「あっ」と声をあげたのは、到着直前だった。

宋家の邸は焼き払われていた。人っ子ひとりいない。あわてて周囲の家を訪ねたが、どこも無人である。

涙を流す宋安平を、呼延鈺がなだめた。

「きっと兵火にかかったのでしょう。ご家族はどこかに避難されているはずですから、ご心配にはおよびません。夕方も近いことだし、どこかに宿をとって、ゆっくりさがしましょう」

馬に乗って三里ほどもいくと、ひとつのりっぱな廟があった。横額には「玄女行宮」とある。ここは還道村だ、と、宋安平はさとった。

「ここは九天玄女の廟で、伯父の宋江が夢のなかで兵書をさずかったところです。後に伯父が廟を建てなおし、道士も招きました。ここなら泊めてくれます」

六人が廟にはいると、道士たちが出迎えた。

宋安平がさっそく事情を問うと、

「三日前、鄆城の知県と団練使（地方軍の隊長）とが、いきなり二、三百名の兵をつれて乗りこみ、村を掠奪したあげく、お宅に火をつけて焼きはらい、ご両親を連行してしまったのです」

聴いて宋安平が泣き出すのを、他のふたりが、けんめいになぐさめる。

その日はもう寝るよりなく、翌日になると、朝から鄆哥に偵察にいってもらった。

日が西へまわったころ、鄆哥がもどってきて報告した。

「あの団練使は曽世雄といって、往古、梁山泊に亡ぼされた曽頭市の生き残りだそうです。宋さんのご両親をとらえてすぐ殺そうとしたのを、知県の郭京というやつが欲の深い男で、身代金三千両を払わせようと考え、牢に入れているということでした」

「そういうことなら」

と、呼延鈺が言う。

「登雲山に行って、大部隊を引きつれてやっつけるしかない。ぼくと徐晟兄弟は、すぐ出発します。十日ほどで必ずもどりますから、あとのみんなは、ここで待っていてください」

いくつか細々（こまごま）と取り決めると、ふたりは馬に飛び乗った。

二十里ほども走ったろうか、手を振る人がいるので、ふと見ると、戴宗である。ふたりは馬から飛びおりて礼をした。

「やれやれ、ふたりとも無事でよかった。お父上が、さぞよろこぶだろう。それにしても、何があったのかね」

呼延鈺と徐晟が、あわただしくこれまでの事情を語ると、戴宗はうなずいた。

「じつは、こちらもいろいろあって、まだ登雲山に着いていないのさ。ここから五里ばかりのところに宿営しているから、すぐに呼びにいくがいい。私は、朱仝（しゅどう）どのが消息不明になっちまったもんで、楊林君と探しまわっているところなんだ」

話しているところへ楊林がやって来た。四人そろって宿営へ行く。呼延灼のよろこびは、たいへんなものだった。

呼延鈺らが事情を話すと、李応が、

「宋清どのに危険がせまっているとしたら、ぜひ助けなくてはならぬ。だが、あのていどの町に、全軍を動かす必要はない。関勝、燕青、戴宗、楊林、樊瑞の諸君におまかせしよう」

そこで関勝は三百の兵をひきい、鄆城へと急行した。

深夜、城壁の真下まで、静かに忍び寄る。乱離のおり、城外の住民はすべて逃避し、人の住んでいる家は一戸もない。燕青は兵士たちに、こわれかかった人家の梁(はり)や柱を取りはずして、四、五組の梯子(はしご)をつくらせた。城壁に立てかけると、兵士たちはつぎつぎと上っていく。

楊林と樊瑞も上ってみたが、守備兵はひとりもいない。城内へ下りてみると、城門の傍に五、六人の兵がいるが、いずれも夢の中だ。

樊瑞と楊林は、その二、三人を斬り、城門を開ければ、関勝らはいっせいになだれこんだ。そのまま県庁に直行する。楊林、呼延鈺、徐晟は宋清を救出すべく牢へと走り、燕青と樊瑞は奥の官邸へ躍りこむ。

知県の郭京というのは、やはり、建康(けんこう)で、楽和(がくわ)にしてやられた、あの郭京だった。開封が落城して逃げ出したが、金軍に投降し、まんまと鄆城の知県になりおおせたのだから、ある意味たいした男である。しかし彼の強運もついに尽きた。

郭京は着任して半月もたたぬうち、もう人民から絞りあげることを考えていたが、この夜、牀(ベッド)で寝ていると、突如、松明(たいまつ)の火光が紅く彼を照らし出し、いくつかの人影が乱入してきた。泡をくってはね起きたのを、樊瑞が見て、

「まさかと思っていたが、やっぱりきさまだったか。ひっくくれ！」

と兵士たちに命じる。

楊林、呼延鈺、徐晟は牢へ飛びこむと、牢役人や牢番をかたはしから斬り殺し、囚人たちを解放した。ところが、よりによって宋清夫妻の姿だけが見えない。

「牢内に宋清どのはいません」

県庁にもどって関勝に報告する。

「宋清どのは、どこにおる!?」

関勝に叱咤（しった）されて、郭京は慄えながら答えた。

「済州（さいしゅう）だ」

「何でまた、そんなところへ？」

「宋清は曽世雄の仇だというので牢へ入れておいたんだが、昨日、済州の阿黒麻から要求があったので、そちらへ送ったのだ。何でも、やつの息子の宋安平というのが、張竜、張虎というやつらと脱走したので、宋清の身柄を引き渡せ、という。それで曽世雄に、済州へ連行させたのだ」

「張竜、張虎？　どこの何者だろう」

関勝が首をかしげると、徐晟が笑い出した。

「それは、呼延の兄長とぼくのことです。偽名を使ったんですよ」

「何だ、そうか、しかしやるものだな」

それから一同は鄆京を引ったてて、還道村にいる宋安平のもとへ赴いた。

宋安平は呼延鈺らの帰りをよろこんだが、両親が済州に送られた、と聴くと、はなはだ落胆した。燕青が言う。

「がっかりしなくてもいいよ。策はある。まず、戴宗、楊林、鄆哥のお三方は済州を偵察してきてほしい。あそこは都会で、草県とはちがう。まして阿黒麻の大軍が守っているとなれば、正面攻撃はとても不可能だからね」

かくして戴宗、楊林、鄆哥は済州に向かったが、途中、朱仝の家に立ち寄って、話を聴いた。朱仝は、梁山泊で親友だった雷横の戦死後、老母を引きとっていたが、彼の留守中、老母の甥の銭歪嘴という男が来て、むりやりつれていった。その銭という男は済州に住んでいるので、朱仝は訪ねていったという。

「ちょっとややこしいことになったが、いずれにしても済州には行かなきゃならん。急ごう」

戴宗ら三人が済州へと発ったころ、朱仝はすでに済州に到着していた。まっすぐ銭歪嘴の家へ向かう。

「これはこれは、朱仝閣下、よくぞご無事でお帰りで」

「雷横のおっかさんが、むりやりここへつれて来られたそうだな。会わせてくれ」

雷婆は掃除をさせられていたが、朱仝の大声が聴こえたので、よろこんで表へ出てきた。内心で銭歪嘴は舌打ちする。彼は叔母が持参していた多少の銀子を、何のかのと口実をつけて巻きあげた。そのあとは、ろくに食事もさせず、使用人なみにこき使い、虐待していたのだ。

「こちらでは何かとご不自由でしょう。また私の家へおいでください」

「いやいや、朱仝閣下、私の叔母ですから、身内としてめんどうをみます。他人様にご迷惑はかけられません」

雷婆は、甥とその嫁がこわくて、何もいえない。そのうち銭歪嘴は、

「ちょっと失礼します」

と一言、外へ出た。

「とんでもないお宝が飛びこんで来やがったぞ。もと宋の官員で潜伏している者を見つけて訴人(そじん)したら、銀千両の懸賞金が出るんだっけ。あの朱仝を訴人したら千両、千両」

まっすぐ阿黒麻の本営へ駆けていく。

V

梁山泊で獣医をつとめていた皇甫端は、金軍にとらわれたが、馬の治療ができるというので、阿黒麻の馬房で、馬の風邪薬を調合していた。

と、誰かが連行されてきて、馬房に押しこめられ、戸が閉ざされた。顔をあげて見れば、何と朱仝である。

「アイヤー、朱仝どの、どうなさったかね」

「皇甫端先生こそ、こんなところで」

「さては官員狩りにつかまりなさったな。ま、こちらへおいでなさい。私もすこし休みたい。つもる話がありますでな」

馬房の傍に、一間だけの小屋があった。そこが皇甫端の仮の宿であった。戸を開けると、ふたりの男女が顔をあげる。宋清夫婦である。

宋清は宋江の弟だが、特段の技能もなく、頭領中の地位も低かった。えらいのは、兄の権威をかさに着ることがまったくなかったことで、黙々と誠実に自分の仕事―宴会係―をつとめてきた。

「アイヤー、朱仝さん」

「おひさしぶりですなあ」

「皇甫先生のおかげで、小屋に入れてもらうことができました。外にはとてもいられませんから」

朱仝は、これまでの事情をすべて話した。皇甫端が言う。

「ここでは私は、馬医としてたいせつにされているから、あまりご心配なさらぬように。きっと梁山泊の兄弟たちが助け出してくれますよ」

さて、戴宗ら三人は、済州に着くと、まず銭歪嘴の家に行って朱仝を訪ねた。声をかけると、中から貧しげな老婆が出てきた。

「誰かお訪ねですかね」

「朱仝どのがこちらにおいでと聴きましたので」

「金軍につれていかれましたじゃ」

「そ、それはまたどうした理由で？」

老婆は奥の部屋を振り返り、左右の目から涙をこぼすばかりで、ものが言えない。と奥から半身をあらわした厚化粧の女が、

「うちには朱仝なんて人はいないよ！　このおいぼれ婆あ、よけいなめんどうを引き

おこすったらありゃしない。とっとと帰ってもらいな！」

と、どなった。

戴宗は一礼すると、楊林と鄆哥をうながして外へ出た。

「さて、どうしたものかな」

「あのお婆さん、虐待されてますよ」

と、鄆哥。戴宗と楊林は目をむいた。そういうことには、あまり気がまわらないのだ。十歳のころから老父をやしなって働いていた鄆哥のほうが、よほど世故に長けている。

「そうと聴くと放ってもおけんが、よその家のことだからなあ」

「戴宗どの！」

と呼ぶ声に振り向くと、何と皇甫端が立っている。

「こりゃまた皇甫先生、どうして……」

「いいから私についてきなさい、そっとな」

こうして、皇甫端の家に、朱仝、宋清、戴宗、楊林、鄆哥の五人が顔をそろえ、たがいに事情を語りあった。

「結局、阿黒麻は金銭がほしいんだ。銀三千五百両を八日以内に納めれば、朱仝、宋清の両名を解放するといっとるよ」

と、皇甫端。楊林は舌打ちして、

「銀子はどうにでもなるが、あんなやつらに渡すのは癪(しゃく)だなあ」

「とりあえず、曽世雄に、宋清どののご夫人を郷里に送って行かせることになった」

「そうとなったら、おれは鄆哥君といっしょに神行法を使って還道村にもどろう。小乙哥哥に、いい知恵があるかもしれん」

ふたりは半日もかからずに還道村に到着した。関勝と燕青が、「どうだった?」と問う。話を聴くと、燕青がくすりと笑った。

「事態は変にややこしいが、解決はむずかしくないよ。曽世雄がやって来るなら、銀子は一両も費(つか)わずにすむ」

午(ひる)すぎになると、曽世雄が五十名の金兵を引きつれ、精忠廟にはいってきた。宋清の妻は厳重に監視されている。

宋安平はただひとりで曽世雄に対峙した。

「銀子は持って来たであろうな」

「母と引きかえです」

「よしよし」

曽世雄は宋清の妻を廟内につれて来させた。母子は抱きあって泣く。

「銀子はどうした？」

とたんに、関勝の像の蔭から、本物の関勝が躍り出た。

「銀子なら、ここにあるぞ！」

曽世雄は何かわめいて腰刀を抜きかけたが、その半ばで青竜偃月刀が銀光一閃、曽世雄の首は血の尾をひいて宙に飛んだ。

金兵たちはいろめきたったが、周囲から百本近い矢にねらわれていることを知って、燕青の声で刀を捨てる。

「郭京、きさまもとうとう最期の刻が来たな」

樊瑞がいうと、しばられていた郭京がわめきたてた。

「お、おのれ、公孫勝（こうそんしょう）！」

「ちがうってば。おれは樊瑞、公孫勝先生の弟子だ。きさまは、よくまあ、大から小まで、あらゆる悪事をしでかして、天下の万民を苦しめてくれたな。あげくに金軍に投降してぬけぬけと栄華を求めるとは。今日は公孫勝ならぬ樊瑞さまが、手ずから、きさまの始末をつけてくれるぞ」

樊瑞は郭京を廟の外に引きずり出して、一刀で首を落とした。北宋の末期に実在し、世をさわがせた奇怪な男の、これが最期であった。

燕青が一同を見まわす。

「悪党ふたりは、これでかたづいた。あとは朱仝どのと宋清どのを救出するだけだ」

燕青は金兵たちに軍服をぬぐよう命じた。

「ちと借用するだけだ。明日は解放してやる」

燕青は樊瑞を曽世雄に変装させ、五十名の兵士に金兵の扮装をさせた。呼延鈺と徐晟をともなって済州へと出立する。

夕刻、城門が閉まる寸前に、樊瑞が門外にあらわれて告げた。

「団練・曽世雄、阿黒麻元帥の命により、還道村にまいって銀子を受けとり、帰参いたした」

番兵は本営の兵と思いこみ、易々として彼らを城内に入れてしまう。一隊はそのまま馬小屋までやって来た。

「朱仝と宋清を解放せよ」

木札を示して燕青が命じる。たちどころに、両者は解放された。

一同、わざとゆっくり歩いて大街に出ると、朱仝が告げた。

「みんな先へ行ってくれ。私は雷の婆さまをつれにいく。それに、あの銭歪嘴、生かしておくわけにいかん」

走り出すと、楊林があとにつづいた。

戸口に来て室内のようすをうかがうと、銭歪嘴が女房の巫氏と酒を飲んでいる。

「朱仝のやつ、ひょっとしてもう殺されやがったかな。おれはまだ賞金千両をいただいてないんで、明日にでも本営に行ってくるか」

「賞金がもらえたら、あたしゃ、よそいきの服を二着ほどつくるよ。それと、雷の婆あだけど、あんなのに飯を食わせる必要はないからね。明日にでも追い出して、街でかってに物乞いでもさせるんだね」

「のたれ死にしても、知ったことじゃないな」

聴いた朱仝、激怒して戸を蹴りあけると、

「賞金をくれてやるぞ！」

銭歪嘴は朱仝の姿を見るや、仰天して逃げ出そうとしたが、早くも朱仝の刀をあびて、首が吹っとんだ。女房の巫氏も、金切り声をあげて奥へ隠れようとするのを、楊林の一刀、背中から胸へ突きぬける。

雷の婆さまは、それとは知らず、厨房で酒の燗をつけていたのを、朱仝が手を引いて外につれ出した。

城門まで来ると、一同、番兵を斬り倒し、外へなだれ出た。と、街から五里もいかぬうちに、後方から喊声と馬蹄のとどろきがせまってくる。見れば、都監牛宝が兵をひきいて追ってきたのだ。

樊瑞、呼延鈺、徐晟の三人が馬を立てて待っていると、追いついた牛都監が大喝した。

「この盗賊ども、おれさまに首をささげるため、待っておったのか」

「反対だよ」

樊瑞が笑うと、憤激した牛宝は、大刀を振りかざして斬ってかかる。

樊瑞も剣をとって迎えうつ。七、八合渡りあったところ、呼延鈺と徐晟が助戦に出た。牛宝はささえきれず、馬首をめぐらして逃走する。と見るや、五百名の伏兵がいっせいに起って牛宝をはばんだ。うろたえて、また馬首の向きを変えようとしたところ、関勝が躍り出し、青竜偃月刀のただ一撃に、牛宝を斬って落とす。

これで敵勢は潰滅させた。あとは後始末をして登雲山に登るだけである。

朱仝は雷の婆さまをつれてくる。玄女廟に閉じこめておいた金兵五十名を解放する。約束どおり江忠に銀五百両を送りとどける。皇甫端も一党に復帰する。鄆哥は呼延鈺についていくことになる。

あわただしく済州から登州へ向かうと、途中で呼延灼と阮小七が部隊をひきいて迎えに来た。呼延鈺は父の口から、母と妹の無事を聴いてよろこぶ。

ほどなく山寨に到着すると、欒廷玉（らんていぎょく）と孫立が出迎えた。

こうして、飲馬川と登雲山の両勢力は、無事に合体をとげた。

第十一章　簒奪（さんだつ）

I

登雲山には、旧梁山泊の一党が集結することとなった。

公孫勝、関勝、呼延灼、李応、柴進、朱仝、戴宗、阮小七、燕青、朱武、黄信、孫立、樊瑞、裴宣、安道全、蕭譲、金大堅、皇甫端、孫新、顧大嫂、蔣敬、穆春、楊林、鄒潤、蔡慶、凌振、宋清、杜興。以上二十八名は、文字どおり梁山泊の残党である。王進、欒廷玉、扈成、聞煥章の四名は新規加入者。宋安平、呼延鈺、徐晟の三名は、いわば第二世代。

合計三十五名の頭領がそろった。これに、鄆哥、吉孚、唐牛児も小頭目としてついている。

三十五人あつまれば、三十五とおりの物語がある。祝宴は三日間つづいたが、飽きる者はいなかった。

「みな一度は、ばらばらになってしまったが、思わぬ事件に巻きこまれ、こうして一堂に会することとなった。これも天命か」

　李応がいうと、阮小七が受けて、

「墓参のじゃまをしやがった張のやろうを、おれがぶった斬らなきゃ、話は始まらなかったさ。さあ、みんな大杯に三杯ずつ飲んで、話はそれからだ」

　哄笑、談話、乾杯。日ごろ無口な関勝や、上品な聞煥章まで、誰がどうした、あのときはああだった、と、美酒に酔った。

　祭りもいつかは必ず終わる。欒廷玉と扈成が登州への偵察に出していた小頭目が、四日めにもどってきて報告した。

「金軍の阿黒麻元帥は、百隻の軍船を建造しておりましたが、それが終わったようです」

「百隻!?」

「それで海路、山東半島をまわり、まっすぐ銭塘江に進入して、海陸両面から杭州臨安府を同時攻撃するつもりだったらしいのです。ところが済州で牛宝が殺され、鄆城県で曽世雄と郭京が殺されたと知って、すぐ済州にもどり、みずから二万の大軍をひきいて、この登雲山を討ち亡ぼそうとたくらんでいるとか。近々、到着いたしましょう」

「……二万か」

酔っていた諸将の顔が引きしまる。飲馬川の兵力は三千、登雲山は二千。合計して敵の四分の一しかない。しかも敵は民兵や賊兵ではなく、金軍の正規兵である。

「さわぐな、さわぐな」

ひとり阮小七が昂然としていた。

「二万が何だ。おれたちゃ十万の方臘軍にも勝ったんだぜ。皆殺しにして開封を奪回し、みんなで順番に皇帝になりゃいいじゃねえか」

裴宣が制した。

「待った、あのときとは事情がちがう。金軍は方臘の叛乱軍とはものがちがうし、いくらでも兵力を補充できる。こちらは少数で土地もせまい。とうてい勝算はないぞ」

孫立が拳をにぎった。

「こうなれば、斬りまくって全員が死ぬまでだ。二度と、散りぢりになって、やつらの毒牙にかかるべきではない」

黄信がうめいた。

「せっかく新天地にあつまったというのに、我らを容れる場所はないのか」

「ありますぞ」

一同が声の主を見た。何と、医者の安道全である。関勝がふしぎそうに、

「あるとはいったい何が」

「だから、我らを容れる場所でござるよ。十万の人馬を収容できるばかりか、金軍も攻めてくることはできぬ」

「そんな場所が、いったいどこに!?」

「宋の国土の外ですじゃ。名は金鰲島という」

一同は顔を見あわせた。扈成が叫ぶ。

「そこなら私も知っております！　あの島なら、たしかに大丈夫だ」

「ここには李俊どのがおらんじゃろう？　彼は、楽和どのと童威どの、童猛どのと力をあわせて、この島の主となってな、『征海大元帥』と称しておった……」

安道全が、難破して救われた経緯を語ると、一同は歓声をあげた。

「すばらしい！　そんな場所があるとは！」

「たしかにすばらしいところです。風土、気候、風俗、いずれも建康や杭州のあたりと変わりません」

一同がさらによろこぶと、楊林が言った。

「たしかに、すばらしい場所らしいですな。ただ、大洋をへだてた島とあれば、渡る

にはどうしたって船が要る。こいつは急にはつくれんでしょう？」

燕青が応じて、

「阿黒麻が百隻の軍船をつくっているんだろう？　それを無料で買えばいいことさ。ただ、登州のようすをもっと知りたいが……」

孫立が身を乗り出した。

「登州の軍情なら、欒廷玉どのとおれが知ってるよ。金軍は重要視してないから、ろくでもない兵士が千人ばかりいるだけだ」

「それはけっこう。ただ、念のため、戴宗どのにもう一度、偵察してもらいましょう。その間に、我々は出発の準備をすすめるのです」

戴宗は一日でもどってきて報告した。

「はたして、阿黒麻は金国の四太子・兀朮の命を受け、登州で、劉夢蛟という人物に五百隻もの軍船を建造させている。もう百隻は完成して海岸につないであるが、水夫から帆柱まで、航海に必要なものは、みんなそろっているそうだ。ところが阿黒麻は二万の兵をあつめるため、済州に出張中で、登州は空屋同然。笑っちまうね」

戴宗の期待どおり、一同は哄笑した。李応と欒廷玉は、さっそく兵士たちに伝えた。

「航海に参加せぬ者には路銀をあたえるから山を下りよ。参加する者は整列！」

五千余の兵は、全員が参加を希望した。

登州攻略の計画は、すでに、朱武、燕青、扈成らによって定められていた。夜明けとともに登雲山を進発、半日で登州に着く。登州の知府は城門を閉ざしてかたく守った。

しかし旧梁山泊軍は登州の市街などに用はない。阮小七、蔣敬、樊瑞、穆春は兵をひきいて海岸に殺到し、百隻の軍船をことごとく奪いとり、水夫たちを降伏させてしまった。

「奪取成功！」

との報を受けた旧梁山泊軍は、いっせいに包囲を解いて船に乗りこむ。李応と欒廷玉は海岸で敵襲にそなえ、最後に乗りこんだ。

「出航！」

景気のいい声で阮小七が叫ぶ。

済州に出張していた阿黒麻が、二万の大軍をひきいて、威風堂々、登州にもどってきたのは、二日後のことであった。

「やあ、海とは広いもんだ。梁山泊の何倍あるかな」

阮小七は無邪気なものである。彼は扈成とともに、先頭の船に乗っている。金鰲島への海路を知っているのは、水夫たちの他には扈成だけだからだ。

三十五人の頭領は、五人ずつ七隻の船に分乗している。全員が一隻の船に乗っていたら、万が一のときに全滅してしまう。

阮小七と扈成の他には、黄信、樊瑞、裴宣が乗り組んでいたのだが、はじめてわかったことがある。樊瑞が船酔いの体質だったのだ。

波がおだやかなときは何の問題もないが、いったん波が荒れて船が揺れ出すと、舷側へ走って、げえげえやり出す。阮小七が、

「酒を飲め飲め、酒の酔いで船酔いを消しちまうんだ」

と無責任なことを言う。きまじめな黄信は、

「安道全先生を、この船に呼べんかな」

と言い出す。扈成は、海面と海図を交互ににらみながら、

「とにかく、じゃませんでください」

体験者として、彼の責任は重い。気の毒だが、樊瑞ひとりにかまってはいられない

のだ。

「おい、何だか顔が紫色になってきたぜ」

と、裴宣が心配するが、波がおだやかに、船が揺れなくなると、樊瑞も元気になって、

「船の揺れなど、どうということはござらん」

と強がるのだった。

十日ほど航海がつづいたころ、突然、風が変わった。闇が深く、月も星も見えぬ中を、たがいに、

「離れるな！」「流されるな！」

声をかけあいながら、風のまにまに運ばれていく。海のただなかとあっては、錨も おろせない。

夜が明けたころ、陸地が東方に見えた。

「おお、もしかして金鰲島？」

多くの者がそう思ったが、扈成が眉を寄せて、

「ちがいます」

と言う。

「それじゃどこだい」

「清水澳です」

「それは金鰲島の領分かな」

「いえ、ここから三百里ほど離れていますが、私が以前、来たときには無主の地でした。いまはどうなっているのかな」

いまは狄成が李俊の命を受け、三百名の兵をひきいて守備している。その狄成は、百隻もの軍船が沖に展開するのを見て、緊張に顔をこわばらせていた。

II

宋・金、両国が黄河をめぐって死闘をくりかえしていたころ、暹羅国は平和をことほいでいたが、それも永遠ではなかった。

国王・馬賽真は、李俊との戦いに敗れた後、花逢春を女婿とし、李俊とも友好関係を結んで、平和を回復し、以後は天象にもめぐまれて豊作がつづき、盗賊の類も絶え、仁君として君臨していた。

三月、清明節のころ、人々は祖先の墓参をすませると、そのまま郊外に出て花々を見物し、酒や食事を愉しむ。そのありさま、中華とことなるところはない。

ある日、国王は、女婿・花逢春をふくめた家族で、宮中で宴を開いていたが、急に言い出した。

「いま、都の男女は、いずれも郊外におもむいて、先祖の墓に詣でるかたわら、万花の咲き乱れるのを見物して愉しんでおるそうな。予はここ数年、政事に追われ、祖先の墓には代理の役人を派遣するばかりであった。このところは天候も好し、予自身で墓参をするついでに、丹霞山の風光を愛でたいと思うのじゃが、どうであろう、婿どの」

「よろしいかと存じます」

「そうか」

「国王たる御身が、おんみずから祖先を祠られるに、何のはばかりのありましょうや。また丹霞山は国家鎮護の山とも聞いておりますれば、おもむかれるに何の支障もないと存じまする」

国王はよろこび、司天監（天文台長）に黄道吉日を調べさせると、三月三日と出た。

当日になると、国家の儀典をつかさどる礼部がさまざまな儀式の品をととのえ、羽林軍（近衛隊）が整列する。国王、国母、七歳の王世子（世継ぎ）は玉輦に乗り、花逢春は紫騮馬にまたがって王宮を出た。

天気は晴朗、吹く風はなごやか、万色の花と樹々の緑がかさなって目にやさしい。

ほどなく万寿山に着く。歴代国王の墓所がここにある。

国王、国母、公主、王世子、駙馬の五人は礼部の役人が供物を並べ終えたところで、本殿に進み、拝礼する。役人が祭文を読みあげ、幣帛を燃やした。とたんに一団の火となって燃えあがり、舞いあがって、ひらひらと落ちてきたのは国王の肩先である。あっ、と声があがったときには、国王の袍には大きな焼け焦げができていた。

礼部の役人は蒼白になって平伏した。

「ひらに、ひらに、ご容赦を」

「この狗頭！」

宰相・共濤が一喝する。

「陛下のご威光を何と心得おるか。こともあろうに竜袍を傷つけまいらせるとは、不敬の大罪、赦されぬぞ！」

「もうよい、宰相」

竜袍をぬぎすてた国王が、苦い声で告げた。

「わざとやったわけでもあるまい。それ以上はとがめるな」

「でございますが、不吉な――」

「国王陛下のご仁慈、敬服いたしましてございます」

すばやく花逢春が礼をほどこす。不吉な、と彼も思ったが、あまりにいたけだかな宰相の態度が不愉快であったし、慄えて平伏している役人が気の毒であった。

「二度とこのようなことがないように」

やさしく国母がいい、役人は地に額をすりつけた。

内心おもしろくないのは、宰相の共濤である。

「何だ、これでは、おれが悪者みたいではないか。馬賽真め、仁君ぶりおって。花逢春のやつも、よけいな口をたたきおる」

祭祀をすませて、国王一行は丹霞山へと向かった。この山は鎮護国家の霊山とされ、周囲は六十里におよぶ。秀でた山容に、数々の滝、泉、洞窟、渓流。その深さ広さは測り知れない。

国王の巡幸と知って、おどろいた庶民が散ろうとするのを、国王みずから制する。

「よいよい、予はそなたらとともに愉しみたいのじゃ」

国王一行は徒歩になり、内侍は掌扇（ひよけ）をかざして日光をさえぎり、宮女たちは、はなやかに群れながらしたがう。

彼方にはひとすじの滝が流れ落ちて、あたかも白絹のよう。それをながめる共濤の胸には、どす黒い泉が湧いてくる。

国王はひとりぶらぶらと滝のほうへ歩いていく。その姿をにらみつけていた共濤は、自分の顔にも視線を感じ、はっとして振り向いた。国王の女婿・花逢春が、じっと共濤を見つめている。その視線は、きびしかった。

共濤は目をそらし、さりげなく国王と反対の方向へ歩き出す。さりげなく、とはいっても、花逢春に見すかされていることはわかるから、怒りと屈辱感が胸中をさらにどす黒くした。

「あやつは生かしておけぬ」

決心が、このとき固まった。

その間、国王はひとりの道士に出会っていた。青々とした草の上に円座をしいてすわっている。清雅な風貌で、やせ型、髪は白い。国王が来たと知っても身動きしない。

内侍(ないじ)の宦官が叱りつけた。

「国王陛下のおなりだぞ。立って礼をせんか」

道士はゆっくりと立ちあがって合掌した。

「貧道（道士の謙称）より、ごあいさついたします」

それだけである。ふしぎと国王は不快な印象は持たなかった。

「そちはどこから来た？　名は何と申す？」

「天下を行脚しつつ、気が向けば趺坐するのみ。どこから来たとも申せませぬ。さだまった姓名もございません」

「出家したら、どんな好いことがある？」

「べつに好いことはございません。ただ、俗世では、人とのつきあいがうとましく、富貴の身といっても、かえって庶民より危ない。あなたさまは王位を受けつぎ、幸福とお思いかもしれませぬが、危難は身辺に近づいておりますぞ」

「予はたしかに幸福、危難など感じたこともない」

そういう国王の声に不安がひそんでいることを、道士は見ぬいたようだった。

「これをごらんくだされ」

道士は袖の中から何か取り出した。それは小さな石の鏡で、光ったところのまったくない漆黒のもの。それを差し出すので、国王はのぞきこんで愕然とした。鏡面には高い山々と豪華な宮殿が映し出され、その前方には竜袍をまとったひとりの人間が地に伏せている。

国王のまわりに寄ってきた人々には、何も見えず、国王のようすをいぶかるばかりだ。

「では、これにて失礼つかまつる」

言いすてて鏡を袖の中にもどすと、道士は悠々と歩き去った。

国王の話を聴いた花逢春は、

「道士などというものは、とかく幻術なるものを振りかざしますゆえ、信じたもうことはございません。まして、富貴（ふうき）は天にあり、と申しますから、天理にしたがって事を運べば、おのずと吉となりましょう。お疲れのごようすなれば、今日はもう王宮におもどりください」

国母や公主も賛成したので、国王は玉輦に乗って王宮に帰った。

竜袍の焼け焦げのことといい、道士の鏡のことといい、国王は妙に気がかりだったが、翌日、執務をしていると、属領の白石島（はくせきとう）から奇妙な上申書がとどいた。

「海岸に一匹の異獣あらわれ、形は豺狼（さいろう）のごとく、全体が赤毛でおおわれ、頭には一本の角がございました。人をさらって食べますが、どうすることもできません。ある日、大雷雨とともに一匹の黒い大蛇があらわれ、異獣と格闘、大蛇は異獣にぎりぎりと巻きつき、巨大な口をあけて嚙み殺すと、また天へ帰っていきました。異獣の肉を食してみますと、すこぶる美味でございました」

国王はその上中書を国母に見せた。

「何とも気味の悪い話だ。不吉の前兆ではあるまいか」

「でも、天が黒い大蛇をつかわして、害を取り除いてくれました。お気になさるにはおよびませぬ」

国王はうなずき、執務にもどったが、気分はすぐれなかった。

さて、宰相の共濤である。

二、三日は執務に励んでいた。もともと、無能でも怠惰でもないのである。とある日、朝廷からの帰途、それまで晴れていた空が、にわかにかき曇ったかと見ると、雷光がきらめき、雷鳴がとどろきはじめた。

「はやく帰宅せよ」

と命じて車をいそがせる。いきなり周囲が紫色にかがやき、雷が車を直撃した。車夫は吹っとび、車はばらばらにこわれ、共濤は路上に放り出される。沛然たる雨の中に、共濤が見たもの。それは岩の上で脚を組んでいる巨漢の姿であった。左右の牙は口の端に飛び出し、全身、黒毛におおわれ、燃えるような紅い袈裟をまとっている。

「な、何者だ、そなたは」

あえぎながら問うと、巨漢が答えた。

「薩頭陀」

「薩頭陀とな」

「さよう、二本の戒刀をもて人を殺し、火を放つ。また妖法を用いて風を招き、雨を呼び、鬼神を役す」

「な、何の用があって参った？」

奇怪な妖人は、片手で天を指し、片手で地を指したあと、両手で輪をつくって、咆えるように笑った。

「汝は我と同類なれば、汝の心願をかなえてやるために参ったのよ」

暹羅国に巨大な惨禍を巻きおこすことになる、これが彼らの出会いであった。

III

翌日、共濤は後苑の静室を訪れた。薩頭陀をそこに住まわせることにしたのである。見れば、焼酒五升と小羊一頭の朝食をたいらげた薩頭陀は円座に脚を組み、目を半眼に閉じて、行のさなかであった。三本の線香が燃えつきるまで待って、行が終わると、共濤は薩頭陀に平伏した。

「大尊師、弟子(わたくし)はいかなるゆえあって、かかる聖僧にお会いできたのでしょうか」

「言うたであろうが、汝の心願をかなえてつかわすとな。そのため西天(せいてん)より参ったのじゃ。遠慮はいらぬ、くわしく申してみよ」

共濤は身を起こした。

「じつは弟子は、この暹羅国の王になりたい、と望んでおりました。と申すのも、現在の国王・馬賽真はただ血筋によって王位を継いだだけの柔弱者、真の権力はわが手にあったからでございます。いつなりとも、手に唾(つば)してそうできると思うておりました。ところが突如として『征海大元帥』と称する李俊なる者があらわれまして……」

以下、長々と現状をうったえると、薩頭陀はひととおり聴き終えてから告げた。

「わしは呪殺(じゅさつ)の法を心得ておる。ひとつ法壇をつくり、八卦(はっけ)の象(しょう)を描き、中央の太極図に木の人形を置くのじゃ。人形の長さは六寸三分（宋代の一寸は約三・〇七センチ。一分は一寸の十分の一）。その腹の中に、呪殺すべき人物の生年月日を記した紙を入れ、人形に七つの穴をあけて、七本の針を入れる。毎日、朝に一枚の護符を焼き、夕べには飯と羹(あつもの)を供える。こうして七日たてば、その人物は必ず死ぬ。ただ、これは凡人の場合でな。福運と英気をそなえた人物の場合は、三七二十一日(さんしち)かかるが」

「それは奇にして妙。さっそくに法をやっていただけましょうか」

「呪殺したい人物は誰じゃ」

共濤はひざを乗り出した。

「三人おります。まず、国王・馬賽真、ついで女婿の花逢春、最後は征海大元帥の李俊。この三人さえかたづければ、恐れるものは何もございません」

「順序が逆じゃな。まず李俊を、まっさきに取り除かねばならぬ。先に国王と女婿をかたづけたところで、李俊が兵をおこして攻めてきたら何といたす」

「おおせのとおりです」

「では、まず李俊の生年月日を探り出せ。あとはゆるゆるとやっていけばよい」

「そういたします」

とは言ったものの、共濤には、李俊の生年月日を知るのは困難に思えた。ところが、妙なことから、知れてしまったのである。

「五月五日、端午（たんご）の節句は、征海大元帥・李俊の満四十の誕生日。よって花逢春は、警護の将・高青（こうせい）と猊雲（げいうん）をともない、金鰲島に祝賀におもむく」

と、宮中に発表されたのである。よろこんだ共濤は、さっそく李俊の人形をつくり、法壇をしつらえると、薩頭陀に呪法をはじめてもらった。

花逢春は五月三日に暹羅国の本島を出発し、翌四日、金鰲島に到着した。よろこんで李俊は花逢春を迎える。花逢春は国王からの礼物の目録を差し出し、あいさつした。

「本来ならば、国王おんみずから祝賀にうかがうところですが、何分にも国事でおいそがしく、私が参上つかまつりました」

「国王にわざわざ来ていただくにはおよばぬが、君が来てくれたのはうれしいな」

こうして当の五月五日になると、大元帥府には色布や毬をかけ、広間には香花、灯燭、神仏の位牌、祝いの果物などが飾りつけられた。李俊は錦袍玉帯の姿であらわれ、香をたき、天地の神に拝をする。

楽和、童威、童猛、費保、高青、倪雲、狄成の順に祝辞を述べ、李俊が礼を返す。一同、菖蒲酒をくみかわす間、ジャーンと景気のいい音がして、港では十艘の竜頭の舟がにぎやかに水上競漕をはじめる。群衆には祝いの餅や果物が無料で配られ、たくさんのアヒルが海中に投げこまれると、それをとらえようと竜頭の舟どうしが先をあらそう。

歓声や音楽がうずまく中で、楽和が花逢春にささやいた。

「どうです、宰相の共濤は？」

花逢春もささやき返す。

「おとなしくしています、いまのところは」

「あいつは、事をおこす前に、かたづけてしまったほうが簡単なんだが……」

虫も殺さぬ顔で、梁山泊の残党は、物騒（ぶっそう）なことを口にした。

「国王は共濤を信頼しきっておられます。とてもそんなことはできません」

「ま、そうですな。ただ、あの陰険狡猾（こうかつ）なやつが機会をうかがっていることはたしかだ。それらしい兆候を見逃さないようにしてください」

「わかりました」

夜まで祝いがつづき、ようやく終わると、李俊は花逢春に、二、三日滞在して遊んでいくようすすめたが、楽和がさりげなく反対した。

「駙馬（むこぎみ）がご不在だと、国王も何かとご不安でしょう。いずれごゆっくりご夫妻で滞在していただくとして、今回はお帰りになったほうがよろしいかと」

李俊はその意見にしたがって、花逢春を帰らせた。

しかし、それでもおそかったのである。

薩頭陀の呪術は、奇妙な方向にはたらいた。国王、李俊、花逢春には何ごとも生じなかったのに、七歳になる世子が、突然死してしまったのである。五月三日、花逢春が暹羅本国を発って二刻もしないうちであった。

国王と国母は大いに歎いて、おさない息子を手厚く葬った。

その翌日、宰相の共濤が国王に上奏した。

「臣、このたびのご不幸に心よりお悔やみ申しあげます。ところで、明日は端午の節句。ささやかな席をもうけて陛下のご憂悶をおときしようと考えました。何とぞおいでくださいますよう」

「うむ……」

「さらには西天の一聖僧、長生不老の仙丹をもたらし、これを服用あそばせば、ご寿命一千年をこすと申しております。その仙丹を陛下にたてまつり、臣のささやかな赤心を表したく存じあげまする」

国王はその言を容れた。

「君臣は一体と申す。あまり、はでなことはせんでよい。よろこんで行かせてもらおう」

このことを知った国母と公主は、共濤を信じてはならぬ、と烈しく反対したが、

「宰相の好意を無にはできぬ。そもそも、そなたらは何かというと宰相に気をつけよ

と申すが、わが国はそんな危険人物を宰相にしておるのか」

そう言われると、一言もない。公主が、せめて二名の将軍に三百名の羽林軍をひきいさせて不測の事態にそなえるよう説得すると、その点だけは国王は承諾した。

翌朝、つまり五月五日、李俊の誕生日とおなじ日である。国王は、二名の将軍、三百名の兵、四名の内侍の宦官をひきつれて宰相邸へ向かった。到着すると、共濤は門前にひれ伏して出迎える。

客院にはいると、豪華そのもの。美女を描いた屛風に、色とりどりの幔幕が高くかかげられ、説きつくせぬ山海の珍味に美酒。階の下では楽器が演奏され、いきかう使用人たちの服装まではなやかだ。

共濤は国王に再拝し、席をすすめてくつろがせた。卓上の食器類はすべて金銀である。国王は共濤を自分の横の席につかせた。

三百名の羽林軍は宰相邸の門外に整列し、二名の将軍は国王の背後に剣をとって立つ。

酒が三巡したころ、共濤は座を立った。

「陛下の福は天に斉しく、また御年も壮年であらせられます。世子はご不幸になられましたが、必ず、あらたな世子がご誕生になりましょう。じつは臣に娘がございまして、齢は十五にあいなります。女徳、容姿、ともに具えておりますれば、何とぞ後宮にお入れ申して、掃除などさせていただきたく、ご採用くださいますよう」

「なに、いやいや、宰相の息女を妾になどできるものか。後宮にはいる女は、もっと身分の低い者でよい」

「とにかく拝謁させますゆえ、ひと目ごらんくださいませ」

共濤は呼び鈴を鳴らす。国王は制止もできなかったが、はいってきた少女の美しさに、思わずうなった。雪の肌、星の瞳、黒絹の髪。国王の杯に酒をそそぐと、国王の手が震えた。

娘が退出すると、共濤が口を開いた。

「いかがでございましょう。お気に召しませんでしたか」

「あ、いやいや、せっかくの宰相の好意。ことわっては罰があたろう。さっそく明日、納采の儀をとりおこなって、貴妃といたそう。宰相は位階を相国に上せ、国父と称する」

もはや国王は単なる好色の中年男と化していた。

「陛下、これは西天より参りましたひとりの聖僧が持ち来った霊薬にございます。名づけて紫金丸。これを召したまえば、ご寿命は千歳に至り、ひきつづき十人の御子をなすことがかないましょう」

「うむ、さだめし霊験があろうの」

「ご服用あそばしますか」

国王がうなずいたので、共濤は玉杯をとって琥珀色の酒をそそぎ、紫金丸を入れると、象牙の箸でかきまわした。

「さ、お飲みくださいませ」

いつもの国王なら、そこまで軽率な行動はとらなかったであろう。だが、共濤の娘の美しさに酔いしれていた国王は、すすめられるままに玉杯を干してしまった。

飲んでから百も算えぬうち、激痛が国王の腹をおそった。

「何じゃ、これは、痛い痛い、助けてくれ」

「良薬は口に苦し、と申します」

「痛い、医者を呼んでくれ、医者を……」

「その必要はございますまい」

国王は卓に両手をついて立ちあがろうとする。

「お、おのれ、謀ったな、逆賊――」

言い終えぬうち、国王の鼻、口、耳からどっと血が噴き出し、絶命した国王の身体は床にころがった。

Ⅳ

茫然としていた二名の将軍は、はっとして剣を抜いた。

「逆賊ッ！」

叫びながら共濤に斬りかかろうとしたとき、音をたてて屏風が倒れた。異様な風貌の巨漢が二本の戒刀を振りまわす。

撃ちあうこと、わずかに三、四合。二名の将軍は斬り倒されて、主君の傍に横たわった。内侍は外にころがり出、羽林軍を呼びたてる。三百名の兵士は門内になだれこんだが、薩頭陀が血刀をひっさげて咆哮すると、雷鳴とどろき、牙をむいた猛獣、鬼兵の類が空中からおそいかかる。仰天した兵士たちは、悲鳴をあげて四散した。

混乱に乗じて内侍は逃げ出し、宮中に駆けこんで、

「陛下ご崩御！　宰相・共濤、弑逆！」

と、わめいた。

王宮もまた、大混乱におちいる。花逢春は不在で、いるのは女性だけだ。ひとしき

り泣き騒ぐばかりだったが、公主が、

「わが夫（花逢春）と李大元帥に、一刻も早く知らせねばなりません。兵をひきいて、仇を報いに来てもらいましょう」

と提案、ただちに内侍のひとりが港へと走る。

共濤は、「ついにやったぞ」と、よろこびに慄え、早々と国王の遺体を郊外に運び、礼式もなく埋めてしまった。

ついで高札（こうさつ）を出す。

「国王は突然、崩じたまい、宰相・共濤を後継とするとのご遺言（ゆいごん）である。よって、正式に即位するまで、宰相が国政をつかさどる」

そのころ、港に二百隻余の異国の軍船が出現して、またまた大騒ぎになった。知らなかったので共濤もおどろいた。

「大尊師、あれは？」

「あれも、わしの弟子どもよ。南方の黄茅島（こうぼうとう）に住んでおる革鵬（かくほう）・革鵰（かくちょう）・革鵾（かくこん）の三兄弟、いずれも万夫不当（ばんぷふとう）の勇あり、五千の兵を持っておる」

「そ、それは……」

「この者どもがいなくて、李俊らに勝てるか、どうじゃ？」

「………」

「まあ、すべてわしにまかせておくがよい」

薩頭陀は、革家の兵に命じて、文武百官のおもだった者をとらえ、手足を斬り落とした上で、さらし首にし、都の各処にかかげさせた。

人民たちは慄えあがり、口を閉ざした。

革家の三兄弟は、いずれも身長七尺、肩幅ひろく、胸あつく、黄色の髪と髯に青い目をし、甲冑も異風のものである。

「どうじゃ、たのもしかろう」

薩頭陀の声にうなずきながら、共濤は胸中に黒雲が浮かぶのを感じた。ようやく、巨漢の怪僧に対する疑惑がわきおこってくるのを感じたのである。

とりあえず共濤は、薩頭陀を「護世大国師」に任じ、宰相を兼務させた。革家の三兄弟はいずれも大将軍に任じ、軍権をゆだねる。そしてみずから正式に王位についた。五月六日の早朝である。

花逢春は李俊の誕生祝いをすませると、その日の夕方には船に乗って帰途についた。夜間に船を走らせ、翌五月六日の朝おそい時刻に、暹羅国から三十里ほどの距離まで来ると、一隻の小舟が水面を飛ぶがごとくやって来る。ひとりの内侍が乗っていたが、花逢春の乗る船と知ると、小舟を寄せてきた。

「駙馬（王の婿）さま、一大事でございます」

「何があった？」

「宰相・共濤が国王陛下を弑したてまつり、みずから王位につきました」

花逢春は茫然とし、倒れそうになったが、かろうじて船べりをつかんだ。

「……やられた！」

怒りと悔しさの涙があふれ出る。

高青がなだめた。

「事ここに至っては、泣いても無益です。どうやって仇を報ずるか、相談しなくてはなりません」

「わかった、とりあえず国に帰ろう。国母さま、公主、母上の身が心配だ」

倪雲が制止する。

「なりません。共濤め、王位を簒ったからには、兵をととのえているのは必定。我らは祝宴の帰りで、手兵もござらぬ。このまま行けば、必ずや敵の手にかかりましょう。もういちど金鰲島に引き返し、李大哥(たいか)（李俊）と相談して兵を動かすべきです」

内侍が賛同する。

「そのとおりです。敵は五千もの兵力を持っております。いま戦うのは不可能でございます。しかも共濤には薩頭陀という、おそろしい妖術使いがついております。金鰲島へお帰りあそばすのが最善と心得まする」

「わかった、そうしよう」

内侍は花逢春の船に乗りうつり、船は行先を反対にして西へ向かった。

その日は風が西から吹き、航海は困難をきわめた。船が金鰲島に帰り着いたのは、五月七日の午前中である。

李俊と楽和は、花逢春がもどって来たのでおどろいた。もちろん事情を尋ねる。花逢春は涙を流しながら、同乗してきた内侍に、くわしい事情を説明させた。

「……それで伯叔(おじうえ)がたと相談して、復仇(ふっきゅう)の兵をおこすためにもどってまいりました」

花逢春の言に、楽和が歎息した。

「つねづね、私は共濤のやつがあやしい、何かたくらんでいる、と、にらんでいた。いっそ成敗しようかとも思ったが、国王の不信を買うのはまずい、と思ってひかえていたのだ。ここまで悪辣なことを、急にやるとは思わなかった」

高青が李俊に問いかけた。

「それで、どうします？　敵には五千もの兵力があり、妖術使いまでいる。こちらの手兵は三千そこそこ、それに一部は残して島を守らせなきゃならん。うかつには動けませんぜ」

「国王は気の弱い御方だったが、我々を誠実にあつかってくれた。それに、花公子はその婿となっているから、義父の仇討ちでもある。ここはひとつ、全力をあげて共濤を討ち亡ぼすべきだ。ゆっくり勝算を立てている場合じゃない」

ただちに千名の兵と三十隻の軍船をそろえ、白い旗をかかげた。白は弔い合戦の証である。高青と倪雲を残して金鰲島を守備させ、楽和、花逢春、費保、童威、童猛をひきいて進発した。

船中で楽和が言う。

「革家の兵は、南方でも兇猛で知られているし、薩頭陀の妖術は、すさまじいものがあると聴く。そして革家の三兄弟は豪勇だ。あなどるべからずです」

「楽君の考えは？」

「軍を三隊に分けましょう。一隊が軍船十隻ずつです。先鋒は花公子と費保どの、後衛は童威どのと童猛どの。本隊は大元帥と私。これでまず敵の出方を見ます。くれぐれも油断なきよう。首尾の連係を第一に考えれば、敗局はまずなかろうと」

配置が決まり、暹羅城が見えるあたりまで近づくと、海上を巡視していた二隻の軍船が、それぞれ三十名の兵を乗せ、矢のように近づいてきた。

先頭の船にあってそれを見た花逢春は、狼牙箭を弓につがえた。鏃に鉄のトゲがついている、おそるべき武器である。弓弦の音も高く射放てば、ねらいたがわず、敵兵の胸の中央を射ぬいた。敵兵は絶叫し、もんどりうって海に転落する。その船は、恐れをなしたか、船首をひるがえして海岸へもどっていく。

味方の三船団は、いっせいに追跡する。

見れば、海上に百余隻の船が、たがいに綱で結びあって水寨をかまえ、林立する刀槍の光は、まるで雪のようだ。

李俊は命じた。

「うかつに進むな。岬の脚下に停泊しろ」

楽和が応じた。

「あの水寨がいっせいに押し寄せてきたら、ひとたまりもないぞ。力ずくではどうにもならん。智略でいくべきだな」

V

革家の次男・革鵬は水寨をかたく守って、出撃しようとはしない。周辺を偵察してみても船影は見られず、静まりかえっている。李俊はいらだち、一再ならず攻撃をしかけようとしたが、楽和が制止した。

「革家軍は強いが、軽率で、必ず先に手を出して来る、と私は思っていた。ところが、寨門をかたく閉ざして、出てこようとしない。これは必ず計略があるにちがいない。絶対に、あせってはいけません」

花逢春は目に熱涙(ねつるい)をためた。

「国王は弑され、王都はすでにうしなわれ、宮中のようすも知れません。このまま、むなしく対峙していたのでは、いつ仇を報いることができますか」

「花公子……」

「ぼくは死を覚悟で攻めこみます。もし水寨を破れれば幸いですし、たとえ失敗しても、身をもって難に殉じ、一点の赤心(まごころ)をつくしたいんです」

「だめだ」

「なぜですか」

「戦いとは謀計あって後のもの。敵を知り、己れを知ってこそ、万全を得ることができる。もしひとつつまずいたら、わが軍は孤立し、立ちなおるのは困難だ。君は一片の赤心を示したいというが、何かあったとき、母上と妻をどうするつもりだい？」

花逢春はうなだれた。楽和は、彼の肩をひとつたたき、船首に歩いて何やら歌いはじめる。李俊や花逢春のあせりをなだめるような、明るい調子の歌である。李俊たちは、ぼんやりと聞いていたが、突然、歌がやんだ。

「わかった！」

振り向いて、楽和は叫んだ。

「わかったぞ、『客を反して主と為すの計』にかかっていたんだ」

「何だね、それは？」

楽和は興奮している。

「敵の兵力は、我々の数倍ある。我々を恐れて閉じこもっているはずがない。やつらは、我々をここに釘づけにしておいて、その間に別動隊で金鰲島を攻撃したにちがいない。すぐ兵をおさめて帰るんだ！」

李俊と花逢春は顔を見あわせた。

「ええい、五日もむだにしてしまった。すぐ帰って金鰲島を守るぞ！」

全船、帆を高くかかげて反転した。

海路百里ほどを進むと、明珠峡（めいじゅきょう）に差しかかる。ここは暹羅国への海の出入り口をなし、茫々たる大海の中に、細長いふたつの島が向かいあっている。ふたつの島をへだてる海峡の幅は、せまいところで一里余しかない。しかも海峡の間には、さらにひとつの小島があって、竜王廟と七層の石塔が建っている。これが暹羅国周辺の海をおだやかにし、嵐をふせいでいる、という伝説がある。

李俊のひきいる三十隻の船が、その海峡にさしかかると、行手に三十隻ほどの軍船が浮かび、海峡の左右を革家の兵がかたく守っていた。

先頭の軍船の船首に立った将軍は、革家の三男・革鵰である。

「まぬけな宋人どもよ、まんまと薩頭陀さまの計略にかかりおったな。きさまらの金鰲島は、とっくに打ち破られたというのに、いまさらどこへ行く気だ。さっさと降参すれば、生命だけは助けてくれようぞ！」

嘲笑する。李俊は憤怒し、槍をしごいて船首に立ち、突きかかる。革鵰は大斧をとって応戦し、両者はたがいの船首に立って、激しく火花をまじえた。

花逢春が戟（げき）をとって助戦（すけだち）しようとしたとき、ふいに敵の船内から薩頭陀があらわれた。口に何やら呪文をとなえると、にわかに烟霧が空を満たし、千人をこす鬼兵が、空中から海中から躍り出る。イナゴのように寄りあつまってくるのだ。

費保、童威、童猛は、それぞれ武器を手に身がまえる。と、さらに一体の鬼王が海中から出現した。身長は三丈あまり、頭には角をはやし、両手に持ったふたつの葫蘆から炎を噴き出すと、火の粉は帆柱に燃えうつり、たちまち燃えあがる。

そこに風が加わり、三十隻の船につぎつぎと燃えうつって、黒煙は天をおおい、目をあけることもできない。

思わず李俊は叫んだ。

「天は我を亡ぼすのか！」

まさに危急の時と見えたが、東南の方角に雷鳴がとどろき、にわかに豪雨が降りそそいで火を消してしまう。さらに鬼王や鬼兵の姿も消えてしまった。

「それ、いまだ！」

とばかり、李俊らは海峡を突破したが、二十隻以上の船がいずれも全半焼し、兵士の死んだ者およそ三百名。頭領たちが無傷だったのがせめてもの幸いだった。

夜の間も全速で船を飛ばし、金鰲島に到着する。

見れば、湾口は敵の軍船に埋めつくされている。革家の長男・革鵬は、高青と倪雲を相手に二対一で闘いのさなかだったが、いずれが劣るとも見えない。

李俊と費保が岸にとびおり、助戦に出る。さすがの革鵬も四対一では敵しかね、大刀を引いて自分の船に駆け上る。すかさず、花逢春が弓に矢をつがえて射放すと、革鵬の左の肘に命中し、大斧を放り出して船内にころげこんだ。

その間、薩頭陀と革鵰の船が追いすがってくる。楽和、童威、童猛は船をすて、兵をつれて湾口の寨に飛びこんだ。

李俊は、高青と倪雲の手をにぎった。

「あやうく、二度と会えぬところだった。明珠峡で、薩頭陀の妖術に船を焼かれたが、さいわい雷雨のおかげで、生命ばかりは助かったよ。ところで、やつらはいつやって来たのだ？」

高青が答える。

「やって来て二日だ。おれと倪兄弟は相談して、湾口に寨をきずき、一兵も入れないようにしたんだが、あと一日おそかったら、あぶなかったね」

「楽君が、『客を反して主と為すの計』といったが、そのとおりだった。これからどうしたものかな。兵と兵、将と将とで戦いあうなら、まだ戦いようがあるが、あの薩頭陀の妖術は手におえん」

楽和が応じた。

「妖術なんてものは、一時的に使うべきもので、そればかりにたよっていては効力がなくなる。しかも、やつは天理王法ともに背いているのだから、必ず打ち破れる。必要以上に恐れることはない」

「むむ、そうだな」

「それよりやつの兵法に注意すべきだ。共濤は狡猾なやつだが、『客を反して主と為すの計』なんぞ知ってるはずがない。薩頭陀の奸智にこそ注意しよう」

その薩頭陀はというと、革鵬・革鵰とともに湾口を包囲していた。

「金鰲島を占領するには、湾口を抜けないと、どうにもならぬ。李俊のやつめ、怕れて出撃してこないとあっては、戦いようがない。どうでも、やつをおびき出す必要があるな」

　こうして薩頭陀は、毎日、船上で酒を飲んでいる。近辺から良民をさらってきては、男はなぶり殺し、女はもてあそぶ、死体は海に投げ入れる、という所業をつづけた。李俊はいきりたち、

「あの妖怪め、人をなめおって！　これ以上、良民をむごい目にあわせてたまるか。すぐにでも殺してやるぞ」

怒号するのを、楽和がおさえる。

「あれは、我々を外へおびき出そうとしているのです。出てはいけない」

「丈夫たる者、天地の間に生まれたからには、おのずと天命があるだろう。これ以上、だまって見ていられるか」

李俊はすぐにも兵をひきいて出陣しようとする。楽和は、とめるのをあきらめた。

「我慢できぬというなら、しかたありませんが、夜まで待ってください。やつらは酒色におぼれて、夜は必ず眠りこけているでしょうから」

そういって、楽和は李俊に策をさずけた。

第十二章　援軍到来

I

深夜三更（午前零時ごろ）、童威、童猛、高青、倪雲の四将は、十隻の船と五百名の兵をひきいて岸辺の葦の中に伏せた。李俊と花逢春は兵千名を十隻の大軍船に乗せ、猛然と、薩頭陀の船に殺到する。

「狗頭め、来おったわい」

薩頭陀はせせら笑った。この妖人は、夜も眠るということがないのである。平然として李俊らの突入にまかせ、やおら妖術を使いはじめた。

突然、満天の星が消え、漆黒の闇となった。李俊と花逢春はあわてた。一隻の船、ひとりの敵とて見えず、どちらの方角を攻撃したらよいか、わからない。

童威らは叫喚の声をきくと、敵と思いこみ、

「それっ、包囲しろ」

と攻めかかった。李俊たちのほうでも、味方を敵と信じこんで反撃し、同士討ちを

演じてしまう。

時に、一陣の暴風が海上にわきおこり、李俊は、

「いそいで船を岸へつけろ」

と叫ぶ。

そのときすでに、革鵬と革鵾は湾口にせまっていた。寨に火を放ち、柵を焼きはらう。費保と楽和はささえきれず、城辺まで退却する。李俊と花逢春はかろうじて岸までたどりついたが、炎上する寨を背に、ふたつの黒影が躍り立った。

「待っておったぞ、宋人ども！」

革鵬と革鵾である。二対二の対決となって、大斧と槍、蛇矛と戟が火花を散らす。

混戦のうちに白々と夜が明けると、薩頭陀は、さっと手を打ち振った。と見るや、彼の左右から一群の猛獣たちが出現して、李俊の軍におそいかかる。虎がいる。豹がいる。狼がいる。これらが牙を鳴らし、爪を光らせて兵士たちに躍りかかってきた。噛み裂き、爪で切りつけ、巨体でのしかかる。血が飛び散り、悲鳴がひびきわたった。

李俊と花逢春も、ほどこす術なく城ぎわまで退く。そのときには、兵士の大半をうしない、湾口は敵に奪取されてしまった。しかも、童威、童猛、高青、倪雲の四将は

行方不明となっている。

李俊は豪快なほど盛大に泣いた。

「賢弟（楽和）の忠告を諾かなかったばかりに、こんな惨敗を喫してしまった。もはや終わりだ」

「勝敗は兵家の常です。総大将が鋭気をくじいてはなりません。さいわい、この石城は堅固で、外からは絶対に攻め落とせない。まずは死を決して守ることです。それに――」

この状況で、楽和は、にやりと笑った。

「童威兄弟たちが生きていれば、策はあります」

李俊はその言にしたがい、花逢春、楽和、費保とともに、夜を日についで活動につった。擂木（投げ落とすための丸太）、石塊、灰瓶、煮えたぎった熱湯、溶かした鉄などを用意し、力をあわせて防御をかためる。

薩頭陀、革鵬、革鵰らは城下にせまり、さかんに武をかがやかし、威をあらわす。兵を行進させ、矢を射こみ、太鼓を鳴らし、罵声をあげて優位を誇示するのだ。さいわいにして、この石城はつるつるして這いあがることができず、地下も硬くて掘り進むことはできず、守りには絶好だった。

ただ、薩頭陀の妖術は、ふせぎようがない。あるときは、火が天をこがして燃え来る。あるときは、雷が山を揺すり、峰をふるわせてとどろく。夜になれば、鬼霊が泣き叫び、あらゆる怪異をおこして兵士たちを眠らせない。

楽和はそれでも、おちつきはらっている。

「これらの妖術は、ただそれだけのことで、実効はないから、気にする必要はない。城内に攻めこむことは、絶対にないんだから。ただ、この山の背後に、一ヵ所だけ平坦な場所がある。そこを見つけて這いあがってくる可能性があるから、ここだけは警備を厳重にしておこう。それから、花公子」

「はい」

「君は白雲峰に登って海上を展望し、童威どのたち四人の船が見えないかどうか監視してほしい」

「わかりました」

金鰲島には白雲峰というひときわ高い山があり、頂上に登ってながめわたせば、東西南北、三百里の彼方まで見わたすことができる。天気が晴朗の日には、暹羅の本土まで、目の前に望むことができるのだ。その山の後ろには、太古、一匹の蛟が昇天した際に、山の一部を突きくずした、という伝説の崖くずれ跡があり、そこからなら這いあがることが可能なのである。

楽和が兵士たちに石を運ばせ、崖くずれの跡をふさがせていると、山のふもとから、かすかに人声が聞こえる。楽和は兵をひきいて林の中に潜伏した。一門の火砲をすえつけ、火縄に火を点じて待ち受ける。

はたして、三百人ほどの敵兵があらわれた。腰に刀をはさみ、足は裸足、藤のつるや葛（かずら）にすがって、続々とよじ登ってくる。

中腹まで彼らが登ってきたとき、楽和は、ねらいすまして砲口に点火した。雷鳴そっくりの轟音。敵兵は、粉みじんに吹き飛ばされた。砲弾のあたらなかった者は、崖下に転落して死亡。そこへ兵士たちに命じて、雨あられと岩石を投げおろさせる。敵兵の、生きて逃げのびた者は十分の一もいなかった。

楽和は兵士たちに火砲を守らせておき、もどってきて李俊に報告した。

「あぶないところでしたよ。もし一刻おくれていたら、やつら登って来たでしょう。火砲で三百ばかりの敵をかたづけ、兵士たちに守らせておいたから、もう心配いりません」

「賢弟の先見の明には、ほとほと感服する。予想がほとんど的中するんだからな。おみそれしたよ」

やがて花逢春がもどってきた。

「砲声がしましたが、何かあったのですか」

「敵の奇襲を、吹っとばしてやったのさ。それで、山の頂上のほうはどうだった？」

「残念ですが、船は一隻も見えませんでした。もっと天気がよければ……」

李俊が歎息する。

「あの四人は、もう生きていないだろうなあ」

「あのていどでやられる連中じゃありませんよ。まして四人全員が。あの混戦の中で、清水澳(せいすいおう)に落ちのびたのかもしれません」

「だといいが……」

さて、童威、童猛、高青、倪雲の四人は、どうしていただろうか。

さんざんな負け戦さの一夜が明けると、四人は海上で集合した。

「湾口は敵に占領された。もう島にはもどれない。李大哥たちはどうしたろう」

倪雲がいうと、童猛が応じる。

「百人近い兵と、軍船二隻をうしなった。李大哥たちが無事なら、きっと石城にたてこもっているにちがいない」

高青が意見を述べる。

「我々は永遠に海上をさすらってはいられない。清水澳にいこう。狄成哥哥(てきせいあにき)が三百の兵を持っている。それと合流して再戦だ」

　童威が最後に言った。

「それもいいが、もっといい策がある。楽兄弟が言ったんだが、おれたちは、『客を反して主と為す』って計略で、さんざんやられた。今度はそれをやり返してやる番だ」

「というと?」

「いいか、薩頭陀、革鵬、革鵰の三人は、そろって金鰲島に来ている。ということは、暹羅の本土には革鵰(かくちょう)ひとりがいるだけで、手薄なはずだ。おれたちが革鵰をやっつければ、金鰲島の囲みはとける。そうじゃないか?」

「妙計だ!」

　全員が賛同し、すぐさま帆をあげて東へ向かった。一日もたたぬうち、暹羅国の王都に到着した。見れば、十隻ばかりの軍船と二百人ほどの番兵がいるだけで、革鵰の姿もない。童威らは八隻の軍船を敵船にすり寄せると、いっせいに飛びうつって、あたるをさいわい斬りたてた。かろうじて逃げのびた敵は、わずか五十人ていど。

童威らは四百人近い味方の兵をひきい、いっせいに上陸した。革鵬は百人ほどの兵を指揮し、城門から突出する。童威ら四人は、

「こいつひとりかたづければすむぞ！」

と、革鵬ひとりをかこんで、いっせいに斬りつけた。革鵬は大刀をふるって闘ったが、四対一ではあまりにも不利だった。二十合ほどで怯み、馬首をめぐらして逃げようとする。

とたんに高青の槍が左の肘に突き立った。あやうく馬上から転落しかかるのを、革家の兵たちがささえ、かろうじて城内に逃げこむ。

城内でうろたえているのは共濤だった。奸智に長けていると言われ、またそのとおりであったが、軍略や用兵となると、まったくの素人で、薩頭陀と革家の三兄弟だよりである。

「ど、どうするんじゃ。どうすればいいんじゃ」

血まみれで治療を受けている革鵬。それを責めたてる共濤の姿は、まさに、「平時の奸物、非常時の役たたず」そのままである。

「おまかせあれ」

傷の痛みに顔をしかめながら、革鵬は応じる。じつのところ、彼も、兄弟たちがいない上に、自分自身が負傷して、多少、心ぼそかった。

「攻めてきたのは李俊でも花逢春でもなく、その他おおぜいの連中です。こちらに残留する兵力は、もともとすくない上に、さらに二百をうしないました」

「だから、だから、どうするんじゃ」

「人民を狩り集めて民兵にすれば、千や二千たちどころに集まります。拙者、金鰲島に人をやって、向こうの兵力を割いてもらい、城を守らせますので、どうかご安心を」

「そうか、安心してよいのじゃな」

ひとまず共濤は安堵の溜息をつき、革鵬は内心で、自分の損な役まわりを呪った。

II

民衆を苛めるのは、共濤の得意技だ。さっそく城内に布告を出した。

「城内の人民は兵となって城壁の守備にあたれ。もしこの勅令に背く者あらば、大逆犯としてただちに処刑する」

民衆は、共濤への怒りと恨みが骨髄に達し、

「さっさと城が陥ちてしまえ」

と思わぬ者はないが、革鵬と彼の兵は、やはり恐ろしい。しぶしぶ手に竹槍や棒を持って城壁に上り、守備につく。

一方、童威たちのほうはというと、城は巨大なのに兵力は四百そこそこ。包囲攻撃は不可能で、やむなく、東・南・西・北の四門を監視するだけである。

高青が提案した。

「住民が竹槍なんぞ持って城壁に上っているところを見ると、城内の兵は、ごく少数だろう。もし内と外とで呼応することができたら、勝てるはずだ。夜中になったら、おれが城壁をよじのぼって城内にはいる」

「気をつけろよ」

「ああ」

高青は城壁をめぐっていった。と、西北の角で守りについている民兵のうちに、知った顔を見つけた。和合児という男で、賭博や雑役で生活しているはんぱ者だが、高青が何か用をいいつけると、如才なく務める。為人も悪くない。

四つの目が合った瞬間、暗号がかわされた。

高青はもどってきて、他の三人と話しあった。

「西北の角を守っている民兵は、和合児といって、おれの知りあいだ。さっき暗号をかわしておいたから、夜中になったら、おれがよじ登る。もし可能となれば、おれが火をつけてまわるから、あんたたちはすぐ突入してくれ。ここが勝負どころだから、よろしくたのむぜ」

「くれぐれも用心をな」

高青は甲冑をぬいで、きりりとした服に着がえ、懐に短刀を押しこんだ。西北の角へ行くと、城壁上には、あかあかと灯火がともっている。

さて、和合児はというと、自分の組の民兵たちに告げていた。

「共濤めは国王さまを殺した大逆無道なやつだ。そこにまた薩頭陀とかいう化物の親玉とか、黄茅島(こうぼうとう)の三兄弟とかが、殺人、掠奪、人さらいと悪のかぎりをつくしてやがる。ところが、こんど高青将軍が共濤をやっつけに来なさった。おれはもう、ちゃんと合図したんで、もうすこししたら、ここから城内にはいっていただく。みんな、恨みをはらすのはもうすぐだ。だけど他の組に知られちゃいかんぜ」

組の中で共濤に恨みを抱かない者は、ひとりもいないので、全員うなずいた。

高青が城壁の下から、せき払いをひとつ。和合児がすばやく綱を投げ落とす。綱を腰に巻きつけ、両手で綱をつかむと、和合児と民兵たちが力をあわせて引きあげる。成功、と思ったが、道は半ばだった。高青が綱をほどいて立った、その一瞬後、革鵰が巡察にあらわれたのだ。

高青は愕然（ぎょっ）としたが、さりげなく城壁の外を見張るふりをした。

「早く行ってしまえ」

高青はそう願ったが、なぜか革鵰には匂うものがあったらしい。そのまま立ちどまって、じっと高青や和合児の組を見ている。

これでは高青は動きたくとも動けない。革鵰は左肘を負傷して、包帯で腕を吊っているが、それでも一対一なら高青より強いだろう。

白々と夜が明けかかり、組の交替ということになって、高青はなす術（すべ）なく城壁から下りざるをえなかった。

地上に下りると、高青は和合児に言った。

「おぬし、なかなか忠義者じゃないか。共濤を亡ぼしたら、厚い恩賞がいただけるぞ」

「共濤のやろうを亡ぼせるんなら、何だってやりますよ」

「そこでだ、ひとつたのみがある。信用できる連中をあつめて、義軍をつくってほしいんだ。まかせたぞ、おれは宮中に行ってくるから」

高青が王宮の裏門にやってくると、そこではふたりの宦官が見張りをしていたが、高青と顔見知りのほうが、おどろきの声をあげた。

「高将軍、どうやって城内へ？」

「しっ、とにかく早く中へ入れてくれ」

宮門が開くと、高青はするりと中へすべりこんだ。

「国母さまにおめどおりをねがう」

宦官が、あたふたと駆けていく。

おどろいた国母は、すぐ高青にめどおりを許した。礼をほどこして、高青はこれまでの事情を説明する。国母は涙を流した。

「薩頭陀なる者が、それほど兇暴で、征海大元帥でさえ敗れたとあっては、もはやすべてが終わりかもしれませぬな」

「いえ、国母さま、敗北は一時のこと。必ずや逆賊を討ちはたしてごらんにいれます。内外呼応の策は、すでにできております。私めは顔を知られておりますので、城内を歩けませせぬ。何とぞ、しばらく宮中に隠れることをお許しくださいませ」

国母はその願いを容れ、宦官たちに命じて、高青を宮中にかくまった。

清水澳の守備にあたっていた狄成は、金鰲島の危機を知り、応援に駆けつけようと思ったが、兵はわずか三百。これではどうしようもない、と思い悩んでいた。

おりから、沖合いに停泊した百隻もの大軍船団。

「さては、薩頭陀とやら、金鰲島を占拠し、ついにここまでやって来おったか」

覚悟を決めたが、よく見れば、船上の人物たちは宋の軍装をしている。不審なま
ま、四人の兵とともに小舟に乗りこみ、一隻の軍船に近づいた。

「おぬしらは何者か、して、いずこから来られた？」

と尋ねたのが、ちょうど李応や燕青の乗った軍船である。

「我らは梁山泊の好漢。金鰲島へ李俊どのを訪ねていく途中でござる」

「梁山泊!?　まことでござるか」

ふたたび仰天した狄成は、おろされた縄梯子をつたって軍船によじ登ると、甲板上に平伏した。

「天祐神助とは、まさにこのこと、ありがたし」

李応と燕青は、あわてて彼を抱えおこした。

「いったいどうしたのです？　貴公のご尊名は？　李俊どのはここにはおられぬのですか？」

「末将は狄成と申し、李俊どのとは太湖で義を結んだ兄弟の仲でござる。どうか、李俊どのをお助けください」

かいつまんで事情を説明すると、燕青は微笑して、

「わかりました。もうご心配にはおよびません。梁山泊の好漢すべて、お味方になりますぞ」

「ありがたし、ありがたし」

謝礼の言葉と叩頭をくりかえす狄成の顔は涙でぬれていた。

こうして李俊は、頭領三十五名、兵士五千名、軍船百隻という強大な援軍を得たのである。それは薩頭陀や共濤にとっては大兇事であったが、当人たちは何も知らない。

李応は同志たちに宣告した。

「すぐ李俊どのを救いにいくぞ。私は数名の方々と先発するので、他の兄弟衆はここに残って家族を守ってほしい。一段落ついたら、すぐ迎えに来る」

狄成は狂喜し、水先案内を買って出て、夜の間にも帆を張る。もうひとりの案内人は扈成だ。この二隻に四十隻の軍船がしたがい、二千の兵が乗船した。頭領は、李応、王進、欒廷玉、公孫勝、関勝、呼延灼、燕青、凌振、呼延鈺、徐晟である。

さて、薩頭陀は金鰲島をかこんだまま陥すことができない。そこへ革鵬からの急使が到着した。

「高青、童威らが暹羅城を包囲しました。兵を返して救援されたし」

報を受けた革鵬はあわてた。

「暹羅城をうばわれては、元も子もございません。ひとまず兵を退いてもどり、向こうの兵を撃退してから、もういちどこちらを攻めにまいりましょう」

だが、薩頭陀は傲然として動じなかった。

III

「金鰲島の命運は、旦夕にせまっておる。もしこれを放棄して行くなら、後日、また苦労せねばならん。暹羅城を攻撃しておるのは、ごく一部の残兵であろう。城を陥すことなど、とてもできはせぬ。金鰲島さえ陥せば、そやつらなど、どうとでもなるわ」

薩頭陀は、革家の兵たちに攻城用の雲梯（高梯子）や飛楼（高やぐら）を組ませ、さらに烈しく攻撃を加えた。

李俊、花逢春、費保、楽和は刀をとり、城壁にとりついた敵兵を、つぎつぎと斬って落とす。革家の兵たちはおかまいなしに、続々と城壁にとりついてくる。ついに李俊は、刃こぼれした血刀を手に、弱音を吐いた。

「もういかん。おれは自害して、生き恥をさらすまい」

楽和がはげます。

「もし城内にはいられても、まだ巷戦（市街戦）ができる。そんなことを口にしてはいけません」

花逢春は城壁に寄りかかるようにして地上を見おろした。と、薩頭陀と革鵬が真下で、蟻のようによじ登る兵士たちを指揮している。

「いまだ！」

血刀をおさめて弓をとり、思い知れとばかり射放せば、薩頭陀の太腿に命中した。疲労で矢がそれたのだが、後ろへのけぞるのを革鵬が抱きかかえる。

「見たか、矢があたったぞ。やつも人間だ！」

その声に、雲梯に乗っていた敵兵たちが、思わず振り向いて地上をながめる。その隙に、費保が鉄の鈎を雲梯に引っかけ、渾身の力をこめてねじった。大音響とともに雲梯はへし折れ、敵兵はことごとく転落する。そこへ雨あられと城壁上から石を投げ落とせば、またも敵は多数の死傷者を出し、いったん後退していった。

薩頭陀は傷は負ったものの、生命に別条はない。船にもどって、みずからつくった丹薬で治療していると、海上から天地をゆるがすかのような火砲の音がひびきわたった。それも一発ではなく、たてつづけに十発以上である。

「ご注進申しあげます。海上に、四、五十隻の軍船があらわれ、まもなく海岸へやって参ります」

それを聴いた薩頭陀、傷の痛みなどないかのように立ちあがり、革鵬と革鵰に、兵をひくよう命じた。

李俊は城壁上にあって、にわかに敵がひいていくのをながめ、また砲声を聴いて不審にたえない。

「城外へ出て、情況を確認してみましょう」

楽和の進言で、四、五人の兵とともに城壁の外へ出る。あたらしい刀を持ち、ただ一隻の船をあやつって湾口に出た。

見れば、薩頭陀の船団は波を蹴って東へと逃走中。一方、湾口のすぐ近くには、四、五十隻の軍船。船上の将兵はすべて宋式の軍装をしている。

李俊らも、湾口から外海へ出た。みるみる軍船団が接近してくる。一隻の船上には、剣を手にした道士が立っていて、どうやら公孫勝らしい。べつの船上では、甲冑姿もみごとな武将が、鉄鞭を振っている。こちらは呼延灼かと見えた。

「やあ、関勝どののもいるぞ」

楽和が叫ぶ。夢ではなさそうだ。だが、どうして彼らがここにいるのか。

「李俊どの、我々はおぬしの助戦に来たのだ。会えてうれしいぞ！」

船上から手招きしつつ呼びかけるのは、同姓の李応である。李俊の不審は消え、よろこびが爆発する。梁山泊。梁山泊！　そうだ、おれは梁山泊の好漢だ。

軍船に乗りうつると、李応と燕青が左右の手をつかんだ。

「みんなが来てくれるなんて、夢にも思わなかった。すまんが、眼前の敵を打ち破ってもらい、長い話はそれからだ」

「おうよ！」

李俊は東を見た。いったん逃走したかに見えた敵は、船団を再編し、こちらへ向かってくる。まだあきらめていないらしい。

「あきらめたがよかろうぜ」

笑った凌振が、船首に子母砲（榴弾砲）をすえつけ、撃ち放った一発、轟音とともに敵の軍船二隻が粉みじんに吹き飛び、敵兵はことごとく海中に死んだ。

それと見た薩頭陀、両眼を赫と見開き、呪文をとなえる。と、一団の鬼兵が空中にあらわれ、虎豹の類にまたがって舞いおり、斬りこんでくる。公孫勝は松紋古定剣を手にとり、空の一方をさすと、

「疾！」

と一声。二名の神将が黄金色にかがやきつつ出現し、ともに降魔杵を振って鬼兵を打ちくだき、四散させる。

たがいの軍船どうしが衝突する。

李応と欒廷玉は槍をふるって突入、関勝は青竜偃月刀を舞わせ、呼延灼は双の鞭をふるって躍りこむ。革鵬と革鵾は大刀をかざして迎え討つ。

「錚！」「錚！」

すさまじい刃音がひびきわたる。

燕青は兵に命じ、いっせいに火矢を射こませた。西からの風に、敵船はみるみる燃えあがり、火煙は天にみなぎる。逃げ場をうしなった敵兵が海中に飛びこむと、味方

が石弾の雨を降らせて沈めてしまう。

　薩頭陀は、妖術が破れ、船が焼かれてしまうのを見ると、血路を求めて脱出していく。

　革鵬と革鵰も、それにならおうとしたが、欒廷玉の槍が革鵰の右肘を刺した。大刀を取りおとしたところへ、関勝の青竜偃月刀がブンとうなりをあげ、革鵰の巨体を両断する。

　弟が殺されたのを見た革鵬は、李応と呼延灼を振りはらい、走ってべつの船に飛びうつった。帆を立てて、いっさんに逃げていく。かくして、敵兵の大半は、戦死、焼死、水死し、生き残ったのは四百人に満たず、しかもほとんどが負傷していた。

　李俊は味方の大勝利を見ると、兵をおさめて船を岸につけた。一同を城内に招きいれると、平伏して礼を述べる。一同、抱きおこして、主客それぞれに座を占めたが、李俊は、王進、欒廷玉、扈成、三人の顔は知らない。紹介されて、あらためて初対面の礼となった。

　また、花逢春が、ひとりひとりに謝辞を述べると、一同、

「花栄（かえい）どのにこんなりっぱな令郎（おこさん）がいらしたとは」

　と歓喜する。

呼延鈺と徐晟は、梁山泊時代の遊び仲間である。再会できて、よろこびもひとしおだった。

そのあとは、例によって大宴会である。話はつきない。深夜まで痛飲した。

翌日、李俊は、費保に金鰲島の守備を命じ、狄成には清水澳へおもむいて他の人々を迎えてくるよう指示すると、号砲を放って進発した。

薩頭陀と革鵬が敗残兵をまとめて暹羅城下にもどってくると、童威たちの軍勢が城を攻撃中である。薩頭陀は船中でしきりに何か考えていたが、革鵬に向かって話しかけた。

「成功の寸前、ちと計算がくるった。李俊にあのような味方がおったとはな。革鵬よ」

「はっ、大尊師」

「汝の末弟も戦死したとあれば、やつらが追撃してくるは知れたこと。ここは、こちらも兵力を増強せねばなるまい。革鵬よ、黄茅島には、あとどれほどの兵力がある？」

「まだ一万はあろうかと」

「では黄茅島へもどって、兵力を借りてくるのじゃ。わしは青霓(せいげい)、白石(はくせき)、釣魚(ちょうぎょ)の三島をまわって、やはり兵を借りてくる。この三島の兵をあわせれば、一万にはなろう。合計二万の兵でもって、李俊めの一党を皆殺しにしてくれる。そうでなければ、とても腹がいえぬわ」

「かしこまりました。ところで、大尊師さま、ひとつお願い申したき儀がございまして」

「何じゃ、いうてみよ」

革鵬は舌を出して唇をなめた。

「じつは、暹羅国を征しましたあかつきには、それがしに金鰲島をおあたえいただきたいのでございます」

「ふん……」

薩頭陀は薄く笑った。

「そういう魂胆であったか。よかろう、さし許す」

「あっ、ありがたき幸せ」

「ただし、あくまでも自分の力でやるのじゃ。負けたらそれまでぞ」

「わかりましてございます」

「では、さっさと黄茅島へ行け」

薩頭陀は船を岸につけて上陸する。

敗残兵の帰還を見た童威、童猛、猊雲は、その行手をさえぎって一戦まじえんと思ったものの、薩頭陀の妖術には対抗できないし、かたがた城内に潜入した高青の消息もわからない。ぜひなく、薩頭陀が傲然と入城していくのを見送った。

薩頭陀が王宮にはいると、いまや自称国王の共濤が駆け寄ってきた。

「予は万事を国師におまかせしておりましたのに、いま負けておもどりになられました。童威らの攻撃もやまず、いったいどうすればようございましょう」

「わしには鬼神の助けがある。たとえ百万の大軍が寄せてこようと、何ごとかあらん。ただ、わしのかねての願いを汝がかなえてくれるなら、それをやれるのじゃが」

「予は、国をあげて国師の御意のままに、と考えております。たとえ、予の胆を煮て食う、とおおせられても、否とは申しませぬ。ただもう、金鰲島を亡ぼしてくだされば……」

「なに、汝の胆など食おうとは思わぬ。簡単なことじゃ。汝の息女をわしによこせ。嫁にしてつかわすでな」

「ええッ!?」

「もし否やということであれば、わしはそれでもかまわぬ。雲に飛び乗って、この国からおさらばするだけのことよ。その後、李傪らが汝をどう裁くか、わしの知ったことではない」

共濤は啞然としていたが、かろうじて声を振りしぼった。

「こ、国師、とにかく敵をしりぞけてくだされ。しかる後に娘を輿入れさせますれば」

「仏法では虚言は許されぬ。今夜、さっそく祝言をあげよう。さすれば汝はわが義父。全力をあげて孝行しようぞ」

Ⅳ

掌中の珠とも思って育ててきた十五歳の娘を、半獣半人のごとき薩頭陀の嫁にする――。

いかに共濤が奸悪な人物であっても、正気なら何とか拒んだにちがいない。だが、いまや共濤は薩頭陀の呪術に毒され、正気を欠いている。ためらい、悩みながらも、ついに娘を盛装させ、薩頭陀と結婚させた。薩頭陀は、常人なら完治するのに半月はかかる矢傷を、ただ一日で治してしまい、泣き叫ぶ少女を抱きあげて閨房へつれこんだ。共濤は頭をかかえた。

宮中にかくまわれていた高青は、ひそかに活動をつづけていた。廷臣や人民たちが、血をすすって誓いを立て、いざ決起、というところに薩頭陀が帰ってきた。うかつに手をくだせずにいるところ、こんどは、李俊や花逢春が大兵力をひきいて押し寄せた、との報せである。そこで一計を案じ、国母に詔書を書いてもらい、和合児に投げ落とさせた。

「今夜、内外呼応のこと。刻は三更、たがえることなきよう」

童威の部下が、それをひろって李俊に差し出す。関勝、呼延灼らも闇の中にひそむ。そして三更、はたして西北の一隅から火光があがって天にとどく。ちょうどそこで待機していた花逢春、呼延鈺、徐晟は、兵に命じて蟻のごとく城壁を上らせた。共濤の兵を斬り伏せて城門をあけると、城外から甲冑の群れが奔流となってなだれこむ。

花逢春が先頭に立って宰相邸に進撃し、完全に包囲する。絶望した共濤は、梁に縄をかけて首をくくろうとしたが、走り寄った呼延鈺が、その縄を切断した。床に転落するところを、徐晟がとりおさえる。共濤の家族一門、ことごとく捕えられた。

その後、花逢春は宮中へと走る。国母、母の花夫人、叔母の秦夫人、すべて無事。

愛する妻の公主にも、けがひとつなく、ふたりはかたく抱きあった。

「きっと救いに来てくださる、と信じておりました」

「よくぞ無事であったな」

「それが……」

それがふしぎなことに、薩頭陀や共濤が宮中にはいろうとするつど、異変がおこり、地震や不意の高熱などに悩まされた彼らは、宮中に押しこむことを断念したという。

「神仏のご加護であろう」

宮中の無事をたしかめた花逢春は、呼延鈺、徐晟とともに城門へと走る。李俊たちの軍と、革家の次男・革鵰の軍とが血戦のさなか。血が飛び、怒号と悲鳴がとどろき、死体が地にころがる。返り血を満身にあびた革鵰が、悪鬼の形相で荒れくるう。花逢春、呼延鈺、徐晟の三人が、同時に革鵰に斬ってかかった。年長者たちは、助戦の用意をしつつ、若い三人のお手なみを拝見する。

革鵰は三人を相手に五十余合も闘ったが、まず徐晟の槍を左肩に受け、ついで呼延鈺の鉄鞭で右手首を撃ちくだかれ、さらに花逢春の戟で胸を突きとおされて討ちとられた。

「おみごとじゃ、小官人」

と、王進が笑う。

「あとは薩頭陀だが……」

「どこへ失せおった？」

十五歳の花嫁を拉致した薩頭陀は、忽然と姿を消したままであった。

李俊は四つの城門を兵士たちに守らせると、諸将を引きつれて宮中にはいった。国母に目どおりして、無事を祝い、救援のおくれたことをわび、諸将の功を伝える。国母は礼を述べ、高青の活動によって逆臣が亡びたことをとくに感謝した。

李俊は宰相邸を接収して「大元帥府」の額をかかげ、諸将を住まわせたが、あまった房室のほうが多かった。

三日めになると、清水澳に残留していた人々も到着し、李俊と楽和は、家族持ちの者には独立した邸宅を手配した。

燕青が楽和に問うた。

「楽君、何だか浮かぬようすじゃないか。どうした？」

楽和と燕青は、ともに音楽に造詣が深い。梁山泊での宴会では、燕青が琵琶をひき、楽和が歌ったものである。金鰲島での楽和の不満はただひとつ、ともに音楽を語る相手がいなかったことだが、燕青がやって来て、それも解消された。それは大きなよろこびだったが……。

「わかるだろう、小乙哥哥」

「……薩頭陀か？」

「どこに隠れているか知らんが、あの化物を始末しないと、たいへんなことになる。そう思えてならないんだ」

「ただのインチキ妖術使いではないんだな」

「郭京を知ってただろう？　ただのインチキ妖術使いでさえ、あれほどの害毒を流した」

「こちらには公孫勝先生がおられる。大丈夫さ。それより、この国を見物したいから、案内してくれんかな」

「ああ、そりゃいいとも。もっとも、城の近くだけだ。国全体のことなら、扈成どののほうが、ずっとくわしい」

「いずれ、お願いしよう」

楽和、燕青、呼延鈺、徐晟の四人はつれだって、城外の近郊をぶらぶら見てまわった。

鎮海寺（ちんかいじ）という寺がある。歴史も古く、なかなかに荘厳華麗、中には七層の高塔が建っていて、雲にとどくかと見える。楽和らが拝殿に上って喜捨（きしゃ）をすると、住持が茶を出してもてなす。

「この寺は、もともと二代めの国王さまの勅命で建てられたものでございまして、あの塔の中には、金銀でつくられた仏像や仏具が収蔵されてございます」

「ほう、拝見できますか」

「茶の後でご案内して進ぜましょう」

「塔のいちばん上までは上れますか？」

と、徐晟が少年らしいことを尋（き）く。

「いや、上れるのは二層までですじゃ。三層より上は危険ですし、封印されております」

「残念だなあ」

「まあ機会を待つんだね」

二層まで上って仏像などを見た後、一同は、塔のすぐ下にひろがる芝生の上で弁当をひろげた。日ざしを受けて歓談していると、いきなり呼延鈺の目の前に何かが落ちてきた。小さな器が紙につつまれている。紙をひろげてみると、ただ一字、「救（たすけて）」。

四人ははね起きた。塔を見あげる。あの上から落ちてきた。否、落とされたのだ。

四人は塔の中へ飛びこんだ。中にいた僧があわてて制止しようとするのを、「失礼」と押しのけて、七層まで半ば息を切らしながら、一気に駆けあがる。

「薩頭陀！」

楽和が一喝する。眠っていた薩頭陀がはね起きたとき、徐晟が猛然と斬りかかり、その右腕を斬り落とした。

薩頭陀は、傷口から血を噴きながら飛びのいた。後ろは窓だ。爛々と目に血光を浮かべて、薩頭陀は四人をにらみつける。

「覚悟しろッ」

呼延鈺が躍りかかる。同時に薩頭陀は、ふたたび後ろへ跳んだ。窓の外へ。

「あっ……！」

四人は窓に駆け寄って外を見た。まず地上を見おろしたのは、薩頭陀が当然、十丈下の大地にたたきつけられている、と思ったからだが、それらしき姿は、どこにもない。身を乗り出して左右を見ても誰もいない。

「彼奴、どこへ消えた？」

いささか慄然としながら、こんどは室内を見まわすと、仏像の傍で、衣服の乱れた少女が慄えている。楽和がやさしく問いかけた。

「あなたは誰です？　薩頭陀にさらわれたのですか？」

「わたしは宰相・共濤の娘です」

四人はまたまたおどろいた。共濤の娘をいたわりながら、階下へ下る。たまげて飛んできた住持に事情を語り、大元帥府へ直行した。

李俊も李応も欒廷玉も、そろって仰天した。

「あんなところに潜んでいたのか。わからないはずだ」

「それにしても、右腕を斬り落とされながら、こんどはどこへ逃げたのだ」

「こうなると、まだ他に、探していない場所があるかもしれんぞ」

徐晟は、薩頭陀の右腕を斬り落としたことで賞賛されたが、すこし残念そうだった。せっかく塔の最上層まで上りながら、景色をろくに見られなかったからである。

さて、共濤の娘だが、簒奪者の一家は全員死刑になるのが古来の法である。だが、今回、薩頭陀の隠れ場所を知らせたのは彼女だ。功労者であり、薩頭陀の犠牲者でもあるので、助命されることになった。

薩頭陀の行方を捜査する一方で、国王の葬儀が盛大にとりおこなわれた。国王の遺体を桐の棺におさめ、香湯で洗い、冕服（死装束）を着せて口の中に珠をふくませた。

北門外に仮殿を組んで棺を安置し、二十八名の道士を選び、公孫勝を檀主（主宰者）として、三昼夜の法事をいとなむ。それがすむと、棺は万寿山の御陵に埋葬された。

最後に、逆賊一家の処刑である。共濤とその家族一党、四十名が首を斬られたが、共濤はすでに魂をうしなった状態で、処刑されることもわかっていないようなありさまだった。彼らの首は、城門前にさらされた。

翌日、国母は李俊と、彼の同志である四十一名の宋の将軍たちを王宮に招いた。国母は白い喪服をつけて上座につき、文武百官も勢ぞろいした。

V

礼をかわした後、国母が口を開く。

「国王が亡くなり、世子もないのが、いまのわが国です。王がなくては国は保てません。どなたをもってして、王位を嗣がせるべきでしょうか。みなさまのご意見をうかがいたいと存じます」

暹羅国の文武百官が口をそろえた。

「臣らは愚昧にして官位も低うございます。なにとぞ国母さまが国政をつかさどられますよう、お願いいたします」

文武百官には他の意見もなく退出していく。

ついで李俊が呼ばれた。

「おれひとりでは心細いな」

柄にないことをいう。

「誰か三人ばかり、いっしょに来てくれ」

そこで、燕青、楽和、王進の三人が同行して堂上に昇った。四人が礼をほどこすと、国母は花逢春を呼んで会議に参加させる。

「不幸にも、馬氏の血統は絶えました。この上は王位を征海大元帥にゆずりたく存じます。ただ馬氏の祭祀を絶やさぬよう、それのみをお願いします」

一瞬、堂上を沈黙が支配する。李俊は狼狽した。

「そ、それがしは長江の一漁夫にすぎませぬ。しかも馬氏とはまったく血のつながりもなく、王位などとは、とんでもないお話。さいわいにして、花逢春さまは公主さまの婿。いずれお生まれになる御子は、馬氏の血脈を引く御方。どうか花逢春さまを王位におつけあそばしますよう」

　何とか言い終えると、花逢春は涙を流しながら礼を述べ、

「不肖は父に早く死なれて後は、たよるものもない母子ふたり。もし楽和叔叔に助けていただかなかったら、母子ふたりはどこで死ぬことになったか、わかりません。その上、李俊大元帥に海外にともなわれ、この国の公主と結婚したこと自体、すでに大恩をこうむっております。また、国王が弑せられますや、亡き父との好誼によって、仇を討たせていただきました。どうか大元帥、異国が野心を持たぬよう、一日も早く王位におつきください。これ以上の議論など無用です」

　つづいて王進が述べる。

「花公子のお言葉は、まことに赤心から出たものと拝察つかまつりました。大元帥のご創業は、とうてい凡人のなせるものではござらぬ。遠慮はご無用」

　李俊は楽和を見やった。何かいってくれ、というところだが、楽和はすまして、

「王老将軍のお言葉、ごもっとも、私ごときが何を申しあげる必要もございません」

　最後に燕青がとどめをさした。

「人間、万事、天命によるもので、こちらから無理に望むものではありません。今回は、成功が向こうからやって来たのです。それを受けぬは、天命に背くこと。王位に

ついた後は、善政をしき、害悪をのぞき、民をいつくしむべきで、それを守れば、おのずと王道を往くことになりましょう。それ以上は、私も申しあげるべきことはございません」

李俊は、しばらく汗をかいてうなっていたが、ついに両手をついて平伏した。

「されば、ありがたくお受けいたします。なれど不肖の身なれば、何とぞ国母さまのご指導をあおぎ、兄弟たちの力を貸していただきたく存じます」

燕青と楽和は視線をあわせて微笑をかわしあい、国母と王進はそれぞれ満足そうにうなずいた。

かくして、黄道吉日を選んで李俊は暹羅国の王位につくこととなる。

「李俊大哥が王さまになったのはうれしいが、何だか妙な気分だよなあ」

歎じたのは阮小七だ。これに対し、

「なぜ？」

と問うたのは扈成である。

「なぜって、おれは役人になるのがいやで、漁師をやってたんだぜ。それが、こんなぐあいに官服を着こんで……もう、『くされ役人』なんて言えねえな」

阮小七は新国王によって「水軍都総管」に任じられた。後世の海軍総司令官である。扈成は「枢密副使」で、ほぼ軍事担当副首相代理ということになる。阮小七はどうにも官服が似あわないが、もともと豪族一家出身の扈成には、きちんと身についている。

「いいじゃないか、あんたはどうせ水から離れられないんだから」

「湖や川のことならまかしとけ、だが海じゃあな」

「それもいいさ。鯉のかわりに鯨をとっていれば」

「ま、そういうことにしとくか。それにしても宮中での礼儀作法ってのは、めんどうなもんだな。これ一回でかんべんしてもらいたいよ」

李俊が国母に向かって礼をすると、国母が半礼を返す。ついで王進、李応、欒廷玉ら、阮小七や扈成をふくめた三十九名が四拝すると、李俊が四拝を返す。花逢春、宋安平、呼延鈺、徐晟の四名が四拝すると、李俊が二拝を返す。国母が内殿に引きとると、李俊は南面して玉座についた。

暹羅国王・李俊の誕生である。

そしてつぎつぎと正式の人事が発表された。国師・公孫勝、宰相・柴進、上柱国・燕青、参知政事・楽和……燕青は国王顧問官、楽和は副宰相といったところだ。戴宗は通政使となり、国の内外で情報の収集・伝達をつとめることとなった。情報通信長官といったところだが、この戴宗が、さっそく近隣諸島の不穏な情勢を伝えてきたのである。

薩頭陀は、空の右袖を風にひるがえしていた。徐晟に右腕を斬り落とされたからである。

彼の前には、四人の人間が平伏していた。黄茅島の島主で革兄弟の叔父である革鴻、青霓島の島主・鉄羅漢、白石島の島主・屠崆、釣魚島の島主・佘漏天である。革鵬は薩頭陀の後ろにひかえている。

「わしの話がわかったな」

「ははっ」

「四島の軍勢をあつめて、暹羅国を討ち亡ぼすのじゃ。かの国の王族はもとより、庶民とて、ひとりも生かしてはおかん。文字どおり皆殺しにするのじゃ。革鴻！」

「はっ」

「汝はどれだけの兵を出す」

「一万は出せまする」

「鉄羅漢は？」

「五千でございます」

屠崆と佘漏天も、それぞれ五千と答える。

「よし、革鵬の兵がまだ五千は残っておる。あわせて三万。李俊めの兵はどれぐらいおるか、革鵬」

「金鰲島の兵が、もともと三千おりました。それに宋の梁山泊とやらからの援軍が五千、もとからの暹羅軍は、こたびの戦いで減りましたが、まだ二千はおりましょう。合計して一万でございます」

薩頭陀は低く笑った。

「三万対一万か。普通に戦えば、勝って当然。じゃが、やつらは強いぞ。ほれ、このとおり」

薩頭陀が空の右袖を打ち振ると、島主たちの間から、うめき声があがった。

「どうじゃ、それでもわしを助けるか」

佘漏天が叫んだ。

「もちろんでございます」

鉄羅漢がつづいた。

「大尊師さまの玉体に傷をつけた者ども、ひとりとして生かしてはおきませぬ」

「何とぞ私めを先陣に」

屠崆が頭を床にすりつけた。

この多島海世界において、虐政と、薩頭陀への心酔で知られる島主たちである。貿易、密貿易、海賊行為、黄金や香木の産出などで豊かな島ばかりであった。

いま薩頭陀がいるのは、黄茅島の宮殿である。右袖を風にひるがえし、北方の海を窓ごしににらみすえる彼の目は、すでに人間のものとは思われなかった。


「復仇だと？」

新国王・李俊は思わず玉座から立ちあがった。通政使・戴宗は、最初は床に片ひざをついていたが、李俊にうながされて、立って報告をすませた。李俊の感覚では、まだ彼らは臣下ではなく、梁山泊の同輩である。

「革鵬が、南の島々を説いてまわっているそうでございます」

「そうか、薩頭陀のことばかり気にしていたが、革鵬めもまだ生きておったか」

「一説によりますれば、彼奴(きやつ)のあつめた兵力は三万に上りますとか」

「三万!?　こちらの兵力はせいぜい一万だ」

参知政事として、いわば国王の首席秘書官をつとめる楽和が進言した。

「枢密副使の扈成どのを呼びましょう。島々のことについて、彼ほどくわしい者はおりませんから」

第十三章　四島連合

I

「千隻ともなると、たいしたもんだなあ」

阮小七が歎声をあげた。暹羅城から見はるかす南の海は、水平線まで敵の軍船に埋めつくされている。

暹羅城の軍議室では、李俊の他に、柴進、燕青、朱武、楽和、扈成、阮小七といった面々が、海図をにらみ、窓ごしに海を見やって作戦をねっている。

「三万という数にこだわることはない。全員を殺すわけではない。中枢さえ亡ぼせばよいのだ」

朱武がいう。

「あのどこかに、薩頭陀か革鵬がいるのか」

李俊はひとつ身慄いした。

「敵に上陸させてはまずい。海岸沖に水寨をかまえることです」

扈成が進言する。李俊は、ただちに、前軍都督・関勝、後軍都督・呼延灼、左軍都督・孫立、右軍都督・黄信に兵二千、軍船百隻をもって水寨を組ませた。副将は、樊瑞、楊林、孫新、穆春である。

敵の巨大な軍船団は、五里の沖合にとどまって、近づこうとしない。それと見た朱武、

「敵は狡猾だ。わが方の水寨に、日夜、用心して守り、うかつに出撃しないよう命じてください」

と李俊に進言する。そう命じながら、李俊は、ちらと鎮海寺の七層の塔を見た。いまやこの塔の最上層には、呼延鈺と徐晟が十人ほどの兵士をしたがえ、海をにらんでいる。敵の軍船団に不審な動きがあったときは、旗を振って知らせることになっている。

さて、水寨では、関勝らが指令を見て、ひたすら用心深く、防御に徹していた。両軍にらみあって五日、まるで動きがなかったが、突然、扈成が駆けつけて、

「船底に気をつけろ！」

と叫ぶ。関勝たちは何ごとかと思ったが、船底を調べようとすると、いきなり船底から海水が噴き出してきた。

「船が浸水するぞ！」

あわてて石灰や布でふさいだが、とてもまにあわない。やむをえず関勝たちは船をすてて上陸した。

「軍船はどれも堅牢なのに、なぜそろって浸水したのか」

李俊が不審がると、扈成が肩を落とした。

「私の責任です」

扈成によると、黄茅島には五百名の黒鬼兵と呼ばれる一団がいる。彼らは昼夜の別なく、水中にもぐっていることができ、空腹になれば、そのまま魚や貝をとって生で食べる。おそらく革鵬は、彼らに命じて、船底に穴をあけさせ、海水をそそぎこませて、関勝たちの水寨を無力化したのであろう。

「私はそのことを忘れておりました。申しわけございません」

扈成が謝罪すると、阮小七が、からからと笑った。

「何だ、そりゃ梁山泊水軍の得意技だったじゃないか。おれも忘れてた。あんたひとりの責任じゃないよ」

李俊も、苦笑せざるをえなかった。

つぎの日には、鎮海寺の七層の塔にいる徐晟から、急報がもたらされた。

「革鴻と革鵬が、船団の一部を北岸にまわし、五、六千の兵をひきいて上陸してきました」

「しまった！」

李俊は関勝、呼延灼、孫立、黄信ら八人の将軍に海岸を守らせ、朱武、朱仝、扈成らとともに城へ駆けもどった。

先だっての戦いのように、敵兵がよじ上ってくれば、石弾や擂木などを投げ落とす作戦であったが、革鴻は狡猾だった。兵に、牛の生皮をつなぎあわさせ、幔幕のように上からおおい、その下にかくれて、城壁に穴をあけさせる。一方では正攻法をとって雲梯や飛楼を組み、城壁を上ってくる。

暹羅軍の将軍たちは、日夜、防御に追われ、息つくひまもない。

李俊はあせり、諸将をあつめて軍議を開いた。

「我らは、はじめて国を建て、席もあたたまらないうちに、四島の兵が攻めて来おった。薩頭陀が出てこなくても、革鴻たるもの、すこぶる詭計に富み、軍船はみな穴をあけられて修理はまにあわない。ひとたび敗れたら、海へ乗り出すこともできぬ。死んでも身を葬るところもなくなってしまったわ」

楽和が応える。

「まだ一度も、まっこうから勝負していないのですから、敵の強弱は未知数です。ここはひとつ、こちらから出撃して一戦まじえてみましょう。革鴻と革鵬さえやってしまえば、あとはとるにたりません」

李俊はその進言を容れ、王進、朱仝、呼延鈺、徐晟、花逢春、燕青に千名の兵をひきいさせ、みずから馬にまたがり、北門を開いて突出した。北門外はいちばん広く開けており、革鴻の本営はそこにあったからだ。

革鴻は暹羅兵が突出してきたと見ると、兵を展開させる。一方で甥の革鵬に命じて、五百の兵をひきい、東門にまわらせた。隙を見て突入せよ、というのである。

李俊が革鴻を見ると、白い象に乗り、頭髪を丸く結び、手には鉄骨朶をつかんで、猛然とおそいかかってくる。鉄骨朶とは先端部分が丸くなった鉄の棒である。

呼延鈺が迎えうつ。馬上から身を乗り出して、五、六合も渡りあわぬうち、敵兵は二本の長刀を舞わせ、猿のように跳躍して攻撃してくる。

「あぶない、お逃げください」

徐晟が叫び、李俊の乗馬を蹴りつける。李俊がしかたなく走り出すと、兵士たちも逃げ出した。

城までやってくると、

「革鵬が東門を破りました！」

との急報。

李俊らが馬を飛ばして東門に駆けつけると、はたして革鵬、城内の守り薄しと見て、飛楼を組み、いっせいに上って来る。この東門は徐晟と呼延鈺が守っていたが、ふたりとも城外に出て戦っており、守る者がない。その隙に、数百の兵が城壁をよじ上ってしまったのだ。

西門にいた燕青と蔡慶は、革鵬が城壁を上ったと知ると、飛ぶように駆けつけた。見ると革鵬が大刀をふるって、守備兵をつぎつぎと斬り殺している。満身に血をあび、まさしく悪鬼だ。飛楼からは、あとからあとから敵兵が這いあがってくる。

あわてた蔡慶は、刀を抜くなり斬ってかかった。革鵬は血笑し、大刀で反撃する。十数合、渡りあったが、もとより蔡慶の手におえる相手ではない。それと見た燕青、弓に矢をつがえて射放す。矢は命中したが、燕青らしからず、急所をはずしてしまったので、革鵬はものともせず蔡慶に斬撃を送りこむ。

蔡慶いまや危うしと見えたとき、朱仝が駆けつけた。くりだす一槍、みごとに革鵬の首すじを左から右へ突きとおす。

革鵬は笛が鳴るような音をたてると、手に槍をつかんで引き抜こうとする。そこへ蔡慶の必死の一撃、心臓をつらぬいて、さしもの革鵬も地ひびきたてて倒れた。

呼延鈺と徐晟は、あたるをさいわい敵兵をなぎ倒す。凌振は北門上に火砲をすえると、飛楼めがけて一発、轟音をたてた飛楼は、多くの黄茅兵を道づれに、炎のかたまりと化してくずれ去った。

北門の下にいた革鴻は、怒りと憎悪の叫びをあげた。

「おのれ、わしの甥を三人とも殺しおったな。必ず、うぬらを皆殺しにしてくれようぞ」

城壁上の黄茅兵は、ひとりのこらず全滅した。死体はすべて城外に放り出される。

「革鵬は死んだ。これで、やつらあきらめるかな」

童猛がいうと、童威が首を横に振る。

「だめだめ、元兇は薩頭陀のやつだ。あいつをかたづけないかぎり、やつら、たぶん何度だってやってくるぜ」

「たまらねえな。それにしても、彼奴、右腕をうしなって、どうしてるんだろう」

「知るもんかよ、おれが」

蔡慶は革鵬の首を東門の傍にさらしたが、その横には腕がさらされている。徐晟が斬り落とした薩頭陀の右腕である。五本の指を曲げたままさらされた毛深い腕は、見ようによっては、目を見開いたままの生首よりも不気味だった。

「城のほうは一段落したらしいな」

海岸を守る諸将は、焚火をかこんで会話をしていた。敵が上陸してきたら戦えるが、いまのところその気配はない。かといって油断はできない。一同の声には、あせりが隠しきれなかった。

孫立の声に応じたのは黄信である。

「なに、朝になったら、またすぐ始まるさ」

「応援に行きたいが、そうもいかんか」

「おれも行きたいが、その間に、敵が上陸してきたらどうする？」

「まてまて、そいつは使えるぞ」

口をはさんだのは、呼延灼である。

「それは？　呼延灼どの」

「城の応援に行くふりをして、海岸を空にする。敵が上陸してきたところを、待ち伏せしてやっつけるのだ。隊をふたつに分け、一隊は海岸近くに埋伏して、敵を前後から挟撃する……」

「おもしろい」

という声は関勝だ。

「ひとつやってみるか」

II

一方、鉄羅漢、屠崆、佘漏天の三人は、一隻の船にあつまって酒を飲んでいたが、海岸にいた暹羅軍が、月光の下を移動していくのを見た。いかにもあわてたようすで、焚火の火も消さない。

「おい、城の向こう側で何かあったようだぞ」

「さては革鵬が城門を破ったか」

「だとすれば、いまこそ上陸の機だ」

三人は杯を放り出して立ちあがる。こちらの動きをさとられないよう、せいぜい静かに海岸に近づく。浅瀬につくと、わっと喊声をあげ、船から飛びおりる。ひざまで水に浸かりながら上陸した。

手に手に刀や槍を振りまわして走っていくと、

「待っていたぞ！」

関勝、黄信、楊林、孫新が兵をひきいて、左右から躍り出た。謀られた、とさとった鉄羅漢ら三人、数はこちらが多いのだ、やってしまえ、と、戦いに突入する。ところへ、背後から鼓声がして、鉄羅漢らと海岸との間に、呼延灼、孫立、樊瑞、穆春とその兵が立ちはだかる。

「やられた、挟み撃ちだ」

前後から暹羅兵が押し寄せる。まだ数ではすこし多いのだが、何の策もない三島の兵は、ばたばた斬り倒された。鉄羅漢、屠崆、佘漏天の三人も、どなりながら刀を振りまわすばかり。適切な指令など出しようもない。

上陸した兵の半数が討たれ、三人の島主はどうにか包囲を破って自分たちの船に逃げのびる。

夜の海上を逃げていく敵を見送って、関勝たちは歓声をあげた。

この夜は、暹羅側の大勝利だったが、それでもまだ敵の兵力は二万をかるくこす。こちらにも損害が出たし、生き残った兵も疲れはてている。

「明日はどうなることか」

燕青や楽和は溜息をついた。

王宮の中では、国母、公主、花夫人、秦夫人などが、おびえていた。王宮の中にいる男性は、柴進、聞煥章、蕭 譲、金大堅、宋清、宋安平などで、戦いに役立つ人々ではない。むしろ女性の顧大嫂などのほうが、悠然として、

「大丈夫でございますよ、国母さま。梁山泊軍が団結したら、負けることなどございません」

からからと笑う。

「うちの旦那（孫新）も、あれで五人や六人の相手なら、ひとりで何とかしますからね。もし逃げこんできたりしたら、追い返してやります。ご安心くださいまし」

和合児は、七、八十人の民兵をひきいて、王宮の建物のまわりを警護している。吉孚、唐牛児、鄆哥なども、棒を持って柴進たちのまわりを守っていた。もっとも、ここまで敵にはいりこまれたら、もう終わりだ。

みんなが、それぞれの思いで、その夜をすごした。

翌朝になると、ふたたび烈しい攻撃がはじまった。雲梯、飛楼、牛皮をかぶっての城壁攻撃。革鵬の戦死にもかかわらず、怯む気配もない。

牛皮をかぶっての攻撃については、燕青と楽和が対策を立てた。

「油をかけて火を放て」

その命令にしたがって、暹羅兵たちは城壁上から牛皮に油をかけ、火を放つ。黄茅

兵たちは牛皮ごと火につつまれて地上をころがった。

城壁をめぐっての戦いばかりではない。欒廷玉、李応、王進、扈成、鄒潤、童威、童猛、朱仝、杜興らは地上から兵を動かして攻めたてた。

「ここで負けたら、地上に居場所はないぞ！」

李応がどなりながら槍をふるう。欒廷玉も叫ぶ。

「あの象の上にいるやつを、ねらい撃ちしろ！」

白象に乗る革鴻に向けて矢が飛ぶ。扈成の放った矢が命中する。しかし距離が遠かったため、甲にあたってはね返ってしまう。革鴻がぎろりと扈成をにらんで象に乗ったまま迫ってきたので、扈成はあわてて馬首をめぐらせた。

こんどは阮小七が三叉の矠を投げつける。象の巨体に命中したが、浅く刺さっただけで振り落とされた。阮小七はくやしがり、

「このやろう、くやしかったら象を下りて勝負してみろ」

と、よくわからない悪口をどなりたてる。革鴻は相手にせず、兵をさし招いて攻撃すれば、欒廷玉も王進もなす術なく、兵を樹林の間にひそませ、そこから矢を射かける。

一方、城壁上でも死闘が展開、徐晟、呼延鈺、花逢春の奮戦はすさまじいが、黄茅

兵はあとからあとから押し寄せ、若い三人をしだいに危地に追いこんでいく。象から逃れた欒廷玉たちは、樹林の間を迂回して、城壁によじ上る黄茅兵たちの背後にまわりこみ、いっせいに斬りかかる。

攻防は夕方までつづいたが勝敗は決せず、夜戦をきらった革鴻は鉦を鳴らして兵をひいた。

李俊は疲れきって、諸将と協議する。

「今日のところも、何とかくいとめたが、明日こそわからぬ。何か意見のある者は？」

すると朱武が、

「わが軍の船は穴をあけられてしまったが、そのうち二、三十隻を修理して、関勝どのら八人の将に、三島の水寨を撃破してもらいましょう。さすれば、敵は黄茅兵のみとなります。まず枝葉を刈って、幹だけ残すのです」

「いつやる？」

「いますぐ。今夜のうちにです」

さっそく童威が出かけて、一隻ずつ点検してみると、まだ穴をあけられていない軍船が二十隻以上あった。関勝がいう。

「水をもって火を制する、といいますが、今夜はその逆をいってみたい。凌振どの、お願いいたす」

青霓(せいげい)島主の鉄羅漢、白石(はくせき)島主の屠崆、釣魚(ちょうぎょ)島主の佘漏天、三人は自分たちの水寨で酒を飲んでいた。この日は海岸の暹羅軍と、ほぼにらみあいで終わったので、ものたりない。

「黄茅島ばかりに功を立てさせるわけにはいかん。じっとしていたところで、敵の首はとれんぞ。今夜は存分に飲んで休み、明日はいっせいに上陸しようではないか」

三人は意見を一致させ、酒を運ばせて痛飲し、兵士たちにも飲ませた。ふと聞くと、海岸から美しい歌声が流れて来る。楽和が歌っているのだ。あわせて琵琶をひくのは燕青。

「おお、やつら、明日、最後の戦いのつもりで宴をもよおしとるらしいぞ。味なことをやりおる。こっちも飲め飲め」

将も兵も、すっかり酔っぱらってしまった。

その間に、関勝、呼延灼、欒廷玉、李応、阮小七、黄信、樊瑞、楊林、孫新、穆春の十将は、水寨のすぐ近くに忍び寄っていた。李応が合図すると、陸上の凌振が号砲一発、二発、三発。仰天したものの、酔いすぎた身体はすぐには動かない。

そこへ関勝ら十人の大将が乱入してきた。右に突き、左になぎ、ここを先途と暴れまわる。佘漏天はようやく起きあがり、刀をとったが、突進してきた黄信とぶつかり、ただ一刀で脳天からあごまで斬りさげられた。

つぎつぎと火が放たれ、水寨は炎につつまれた。その中を容赦なく暹羅兵が斬りすすんでいく。

「鎖を切れ！」

と喚いたのは鉄羅漢だったが、楊林、孫新、穆春の三人が包囲して斬ってかかると、防戦に必死になった。

屠崆は槍を振りまわして呼延灼と渡りあったが、鉄鞭で肩先を一撃され、水音高く海中に落ちた。すかさず阮小七は短刀をくわえ、甲冑をぬいで海に飛びこむ。だが、数十人の黒鬼兵も海中に飛びこんできた。三、四人が屠崆を救いあげ、残りはいっせいに阮小七を包囲する。「こんちくしょう」とばかり、五、六人をつぎつぎと突き殺したが、さすがに不利と見て、阮小七は水を蹴り、海面上に顔を出した。

その阮小七を海面上で包囲した黒鬼兵たちが、弦音とともにつぎつぎと沈んでいく。燕青が駆けつけて、弾弓を放ったのだ。

鉄羅漢は、まだ三人と斬りあっていたが、酔いがまわってよろめいたところを、孫新に足首を斬られ、どうと倒れた。楊林が咽喉を、穆春が胸を刺し、ひとつ身慄いすると動かなくなる。

屠崆だけは、黒鬼兵の助けを借りて船上に這いあがると、恥も外聞もなく、船の鎖を切って逃走した。

一夜が明けると、海面は、焼けこげた死体と船で埋めつくされていた。予想以上の大勝利である。この間、革鴻の黄茅兵はまったく動かず、味方を見殺しにした。

「あの戦いの最中に、黄茅兵が突入してきたら、と思うと、ぞっとする」

李俊はいい、諸将はうなずいた。どうやら革鴻にとって、他の三島の兵力は、かえってじゃまだったらしい。それでも、白石島主の屠崆は、自分の船団を革鴻のそれに合流させて、何とか踏みとどまっていた。

Ⅲ

また夜が明けて、戦いの日が来た。諸将は昨夜の大勝利で意気揚々。ただし、睡眠不足と緊張で、みな目が充血している。

「あの革鴻とかいうやろう、つかまえたら、ただじゃおかねえ」

童威がうなると、口々に賛成の声があがった。けんか好きの梁山泊の残党たちも、さすがにへとへとである。

「革鴻とやらは、疲れを知らないのか」

と、関勝や李応があきれるほど、革鴻は執拗だった。

「さいわい敵の兵力は大幅にへりました。諸将、交替で休まれてはいかがです？」

聞煥章がすすめたが、へったとはいえ、敵の兵力は、まだこちらの二倍ある。休んではいられない。それにいまひとつ。

「薩頭陀は、どこで何をしている？」

という、おそろしい疑惑が、一同の頭を離れなかった。とくに女性たちの怯えは強い。

「あんた、しっかりおしよ。あの化物がすべての元兇なんだからね」

「わかってるってば」

というのが、顧大嫂・孫新夫婦の会話である。

城壁をめぐっての攻防がつづくなか、誰もが目を疑うことがおこった。革鴻の乗った象が北門めがけて突進し、体あたりしてきたのである。城壁がぐらぐら揺れるほどの威力だった。頑丈な城門は、さすがにこわれたりはしなかったが、

「二度三度となると、わからん。早くあの象をやっつけろ」

李応にいわれるまでもなく、矢を象に集中させたが、何と象はこの日、鎖をあんだ甲を着こんでいた。革鴻がつくらせたものであろう。ずしんずしんと音がして、王宮までが揺れ、女性たちが悲鳴をあげる。

「ええい、どうしてくれよう」

李応は歯ぎしりしたが、なす術なし、とはこのことだった。朱武や燕青にもよい知恵は出ない。阮小七がふいに言った。

「あの象、倒れたら起きあがれなくなるんじゃないか」

楽和が溜息まじりの声を出す。

「亀とはちがうんですよ」

「いや、あんがいいけるかもしれない。象が倒れれば、黄茅兵の士気も下がるだろう」

扈成が言うと、王進が、

「で、どうやって倒すんじゃ」

欒廷玉が、

「足を集中的にねらうとか」

燕青が、

「矢では効かない。槍でいってみよう」

一方で激しい攻防戦をくりひろげつつ、諸将は知恵をしぼった。

ところが、知恵以外のものが、危地を救うことになる。

白象が咆えた。革鴻の命令を受け、二度めの突進をしてきたのだ。城壁上の花逢春が歯を食いしばり、弓に矢をつがえ、象の右目をねらって射放す。矢は象の顔に命中したが、鎖甲の環にあたってはね返った。ほとんど同時に、象の巨体が城門の扉に激突する。

扉が吹き飛んだ。と同時に、城門の屋根を形成する城壁の部分が崩落する。ものすごい粉塵を巻きあげて。

「わーッ!」

その場にいた花逢春の身体が、もんどりうつ。地上に墜落すると見えた瞬間、彼の右手首を呼延鈺が、左手首を徐晟が、それぞれつかんでいた。

花逢春の身体は空中にぶらさがる。その下で、白象が巨体の右側を下にして地上に倒れ、その上に、くずれた城壁がおおいかぶさっていた。革鴻の姿は、どこにも見えない。

濛々（もうもう）とした粉塵がおさまると、象がもがいている下に、人間の右手が見えた。頭も胴体も、象の下じきになってしまったらしい。

呼延鈺と徐晟は、花逢春の身体を、城壁の無事な部分に引っぱりあげた。

「謝々！　謝々！」

「なあに、当然のこと――」

言いかけて、呼延鈺がぷっと噴き出す。徐晟も花逢春も笑い出した。三人とも粉塵のせいで、ひどい顔になっている。

地上や城壁上の年長者たちは、あっけにとられて一部始終を見ていたが、はっとして燕青が叫んだ。

「革鴻は!?」

呼延灼、関勝、欒廷玉、孫立らが先をあらそって駆け出すと、白象が大きく身体を動かした。一同、跳びすさったが、象はのろのろと自分で身を起こし、四肢（しし）を踏んばって起きあがった。そしてそのあとに……。

革鴻は象の下じきになり、ぺしゃんこになって死んでいた。

一同を笑いの発作がおそった。ある者は腹をかかえ、ある者はころげまわって笑いに笑う。それがひとまずおちついたとき、李俊が声をかぎりに叫んだ。

「おまえたちの総大将は死んだ。これでもまだ戦うのか!?」

「おまえたち」というのは黄茅島の兵士のことだ。茫然と成りゆきをながめていたが、やがてひとりが刀をすて、ふたりめがすて、ついに全員が投降した。

「彼らをどうする?」

李俊の問いに、燕青が答える。

「さっさと帰ってもらいましょう」

楽和が同調する。

「そうですよ。一万人以上いるんですから。牢獄もないし、食べ物も、もったいない」

「うむ、そうだな」

李俊はふたたび大声を張りあげた。

「おまえたちを捕虜にはしない。すぐ、自分たちの島に帰ってよいぞ。どうしても残りたい者だけ残れ」

五人だけが残留を求めたが、彼らはいずれも白象の世話係だった。李俊は彼らを受けいれてやることにした。

「やれやれ、最大の国難が、こんな形で終わるとは」

「国難なんて、そんなものさ」

黄茅兵たちは小舟に乗って、自分たちの軍船にもどっていく。

暹羅軍の諸将は、しばらく忘れていた。はっと気づいたのは楽和である。

「そういえば、薩頭陀は？」

その言葉に、ゆるんでいた諸将の顔が引きしまった。同時に、風を切る音がして、李俊の足もとに、丸いものがころがる。白石島主・屠崆の生首であった。うらめしそうな死者の目が、李俊を見つめる。

諸将は抜刀して周囲を見まわした。

「汝らに安息などあたえぬぞ」

咆えるような声がとどろく。

「薩頭陀！」

「必ず、汝ら全員、このような姿にしてやる。愉しみに待っておるがよいわ」

不気味な笑い声がひろがり、薄れて消えていった。

「フン、負け惜しみいいやがって、みっともねえったらありゃしない」

阮小七が吐きすてる。

「何回やっても勝てるものか。第一、我々には公孫勝先生がおられる」

「そうだそうだ」

李応や戴宗が同調する。楽和が告げた。

「せっかく屠崆の首を贈ってくれたんだから、革鵬や革鴻とならべて、さらし首にしておくとしよう。それ以外にも、あとしまつがたいへんだぞ。北門からして修復しなきゃならない」

「それについて提案があるんですけど……」

遠慮がちに徐晟が口を出した。

「何かね、言ってみたまえ」

李俊がやさしく応じる。

「はい、あの、こわれた北門ですが、記念に、白象門と名づけてはいかがでしょうか」

これには一同、どっと笑った。

だが、その笑いも、ほどなく消えてしまう。屠崆と、つぶれた革鴻の首をさらしにいった兵士たちが、青ざめて駆けもどってきたのである。

「一大事、一大事でございます」

そのようすを見て、燕青が鋭く言った。

「直答をさし許す。申してみよ」

「は、はい、じつは屠崆らの首をさらしに行きましたところ、何と、さらし台から薩頭陀の腕が消えておりました」

「何だと!?」

諸将はざわめいた。

「誰かが、どさくさにまぎれて持ち去ったのか」

と朱仝。呼延灼が受けて、

「いったい誰がそんなことをする？」

「決まっている。薩頭陀です」

燕青が断定する。一同しんとなった。

「みんな、くれぐれも油断なきように。やつを殺さぬかぎり、この国に平和はおとずれません」

一同は顔を見あわせて、うなずきあった。

Ⅳ

燕青や楽和のいうとおり、戦いが終わっても、やるべきことは山ほどあった。城壁や城門の修復、水寨の撤去、死者への弔慰……。燕青と楽和は、蔣敬、杜興、鄒潤、童威などを助手にして、迅速に事業を進めていく。

扈成は、あたらしい海図の製作にとりくみ、水軍の諸将がそれに協力する。もっとも、阮小七などは、「征鯨大将軍」などと記した旗を立てて遊び半分だったが、そんなことをして怒られないのも、彼の奇妙な人徳だった。

国王が替わって、一年間の租税を免除したことは国民の好感を得たし、白象の飼育は子どもたちに歓迎された。何もかも、着実にすすんでいくように見えた。

半年ほどは。

「まだ見つからないのか、薩頭陀の化物は」

ある日、穆春が言った。北の城門と東の城門とを結ぶ、あたらしい道路が建設される。その工事を監督している穆春の地位は工部司という。

「見つかりゃ、みんな苦労せんよ」

応えたのは度支塩鉄使・蔣敬で、仕事の合間、散歩の最中である。経理と税務の担当官である。緑したたり、涼風の吹く三月のことだ。

「まったく、片腕までうしないながら、どこへ消えうせたもんだか」

「おれは思うんだがね、どこか人に知られないところで、ひっそり死んでるんじゃないか、と。穆兄弟はどう思う？」

「ひっそりって柄じゃないだろう。あの化物が死ぬときゃ、さぞ大騒ぎになるだろうよ」

他の者たちの間でも、「薩頭陀は死んだ」という意見が強くなっていた。すでに半年も姿が見えないし、何ごとも起こらない。しかも右腕をうしなっている。黄茅、青霓、白石、釣魚の四島の軍も、攻めてこようとはしない。もし生きていても、薩頭陀ひとりでは、何ごともできはしないだろう。万が一のときには公孫勝がいる。

これまで王宮には国母が住み、李俊は大元帥府に住んでいたわけだが、国母からの申しこみがあって、李俊は王宮にうつることになった。国母は、女婿の家、つまり花逢春の邸宅に同居して、つつましい生活を送ることになった。旧大元帥府は、以前どおり独り身の文武官たちが住みつづける他、李俊が住んでいた部分は、国務をつかさどる場として改修されることになった。

ある日、軍師・朱武が王宮を訪れた。

「敵はまだ残っております。青霓、白石、釣魚の三島は、薩頭陀にそそのかされ、何の仇もないわが国に侵攻してきた者ども。もし討伐しなければ、ふたたび侵攻してくるのは知れたこと。やはり将をつかわして、服従させる必要がございます」

「よかろう、だが、島民には危害を加えてはならぬ。修好の第一歩とするのだ」

そこで、燕青の意見をいれて、つぎのように討伐軍を編制した。

青霓島　欒廷玉、扈成、童威

白石島　関勝、楊林、童猛

釣魚島　朱仝、黄信、穆春

兵力はいずれも千名、軍船は二十隻である。

さて、青霓島では、前島主・鉄羅漢の死後、弟の銅羅漢（どうらかん）が暴政をふるっていた。兄に劣らず兇暴で、剛力の持ち主、何かというと人を殺したがるので、島民は怯えている。

暹羅国が討伐の軍をおこしたと聞いて、銅羅漢は考えた。

「大哥は口ほどもなく、さんざんの負け戦さで死んでしまった。五千もいた兵も、五百そこそこに減った。黄茅島は島主あらそいで、兵など貸してくれまい。単独で戦わなきゃならんが、降参などするものか。目にもの見せてくれようわい」

まず兵力をととのえようと、島民の中から千人を選び出し、額に刺字をほどこして、むりやり兵士にしたてた。

欒廷玉ら三人が青霓島へやって来ると、城や要害らしきものは見あたらず、見わたすかぎり沃野がひろがっている。島民たちは稲刈りの最中である。欒廷玉は、

「民家の一木一草も手をつけてはならぬ」

と厳命し、とある丘の前まで進軍すると、銅羅漢は頂上に陣をかまえ、四方を木柵でかこんでいる。

夕刻になり、丘への道も不案内なまま、欒廷玉は丘の下に柵をめぐらせて陣営をつくり、翌日、攻撃することにした。

兵士たちは炊飯にかかったが、丘の下からわく泉がいかにも清らかに澄んでいるので、その水で飯を炊いた。

食べはじめた兵士たちは、いっせいに腹痛をおこし、腹が痛いと叫んで苦しみはじ

める。欒廷玉、扈成、童威の三人は、そのときまだ酒を飲んでいたので、被害はまぬがれた。

扈成が首をかしげた。

「腹痛をおこすのは、ふしぎでもないが、千人が一度に、というのは奇怪。これは中毒をおこしたにちがいありません。どうもあの泉の水があやしい」

いそいで島民をさがしてきて問いただすと、

「この水は飲めません。あの丘は羅漢山といって、質のよい鉄や銅が採れますが、その毒をふくんだ泉がわいております」

とのこと。

欒廷玉は困惑し、童威に、

「すぐ本国へもどって、安道全先生に、解毒法を尋いてきてくれ」

と、たのんだ。

童威が船を出した直後、銅羅漢が、「してやったり」とばかり、角笛の音をひびきわたらせ、五百の兵をひきいて丘を駆け下ってきた。兵士たちは応戦どころではない。欒廷玉と扈成は最後尾を守り、ふたりそろって槍をふるってふせいだが、足のおそい者、重症の者が百人近くも殺されてしまった。

船に逃げこみ、岸を離れて、ようやく追撃から逃れたが、一夜、兵士たちの苦痛のうめきがやまなかった。

夜が明け、午近くになって、童威が、十隻五百名の援兵をひきつれ、薬を持ってきた。

「安道全先生がおっしゃるには、甘草湯が解毒になるそうです。粉末をいただいて来ましたんで、これを水に溶かして飲ませれば……」

さっそく甘草湯をつくり、兵士たちに飲ませると、ほどなく苦痛はおさまった。

彼らには、しばらく船内で養生させておき、欒廷玉、扈成、童威は、援兵をひきいて、ふたたび戦いをいどんだ。

銅羅漢は、今度は平地に布陣して暹羅軍を迎え討つ。

「またやられに来おったか。猿にも劣るやつらめが。今度は頭のよくなる薬でももらって来い」

激怒した欒廷玉、鋼鉄の槍をしごいて突きかかる。と、雷鳴のような音とともに、陥し穴が口を開き、人馬もろとも落ちこんだ。両側から長柄の手鈎を伸ばして、とらえようとする。欒廷玉は腰刀を引き抜いて手鈎を斬りはらい、身を躍らせて穴の外へ。扈成は馬ごと陥し穴を跳びこえ、童威もかろうじて転落をまぬがれた。

欒廷玉、ふたたび槍で突きかかる。銅羅漢は撾(投げ矛)をしごいて応戦する。三十合ほど烈しく撃ちあったところへ、扈成が槍をしごき、童威が朴刀をかざして助戦に出た。

銅羅漢はささえかね、後ろを見せて逃走する。

とある洞窟まで来ると、銅羅漢はそこへ駆けこみ、鉄の扉を閉ざしてしまった。逃げこみそこねた敵兵を、五、六人斬ってすてると、他の兵は四方へ逃げ散っていく。

その中のひとりをつかまえ、斬首しようとすると、兵は必死で叫んだ。

「おれは兵士じゃない。むりやり兵士にされた良民です」

「証拠があるか」

「額を見てくだせえ。刺字があるでしょう。むりやり戦わされとるんです、お助けを」

見ればたしかに、額に刺字がある。

「わかった、赦してやる。今後、額に刺字のある者は殺してはならんぞ」

兵士たちに命じてから、島民にも、

「お前たちも、もう戦うな」

と、さとした。

V

欒廷玉は、さらに尋ねる。

「これはどういう洞窟だ？　深さはどれくらいある？」

「烏竜洞と申します。入口は狭くて、人ひとりもぐりこむのがやっとですが、中はとても広くて、二、三百人ははいれます。昼も夜も灯火が点いてまして、鉄と銅の羅漢兄弟の一族は、みんなこの中に住んでいます」

「それほど広いのか」

「洞は一枚岩でできていて、くり抜くことができません。ですから、人だけでなく物もたくさんはいっています。金銀財宝はもとより糧食もです。鉄の扉を閉めきってしまえば、十万の大軍でも、どうすることもできません」

「よし、わかった、お前はもう家へ帰っていいぞ」

島民は大よろこびで去っていこうとする。と、扈成が引きとめて、

「最後にひとつだけ尋くが、他に出入口はないのか」

「ありません」

「そうか、引きとめて悪かったな」

島民は帰る。扈成は欒廷玉と相談して、兵士たちに命じ、鉄扉（てっぴ）の前に木炭を山とつみあげて火を放った。

半日もたたぬうち、鉄の扉は半分、溶けてしまう。扈成はさらに、柴草に火をつけ、長い叉（さ）（さすまた）で奥へ押しこんだ。洞の内部は火と煙が充満し、火炎地獄のようで、とても人が耐えられるものではない。おかまいなしに、さらに外からは燃える柴草を押しこむ。一昼夜の後には、銅羅漢とその一党は焼死してしまった。

欒廷玉は高札を出して、すべての敵兵を赦し、酷刑を廃止した。洞内には十万両もの金銀が匿（かく）されていたが、欒廷玉は島民の中の長老たちを呼びあつめ、五万両は刺字された島民たちに分配し、残る五万両は島の再建のために蓄（たくわ）えさせた。さらに長老たちには、二度と暹羅島と兵火をまじえないという誓約書を提出させる。

こうしてまず青霓島がかたづいた。

つづいて釣魚島である。

余漏天の死後は、重臣だった石並（せきへい）という男が島主になっていた。朱仝が話しあいを呼びかけても、返って来るのは矢の雨だけである。

この島では、高い山がふたつ、向かいあってそびえており、中腹に石橋が架け渡さ

れて島民の往来に使い、橋の中央には高楼が建てられていた。めずらしい光景で、黄信が、

「絶景だな」

と妙なことに感心したほどである。

石並は兵を引きつれて高楼の守りにつき、橋の下には先端のとがった鉄の棒を刺しならべた。朱仝らが近づくと、高楼から竹弩をあびせてくる。この竹弩の威力がすさまじく、もともと石砲で圧えてあるが、機轂を使って飛ばすと三百歩（宋代の一歩は約一・五四メートル）の距離までとどき、一矢で五、六人が倒されてしまう。したがって、うかつに船を近づけることができない。

朱仝はいらだち、船を東方三里のあたりまでまわすと、登れそうな崖道があるので、黄信、穆春とともに上陸してみた。小高い丘の上に立ってながめわたすと、自然の石台があって、海に張り出している。あたりには、やぼな武将たちが名も知らぬ草花が咲き乱れていた。

内陸をながめわたすと、豊かな農地がひろがっている。朱仝が、

「こんな豊かな島なら、平和に暮らしていればいいものを、なぜ他国に攻めよせてくるのやら」

と歎息すると、黄信が、

「たぶん薩頭陀に煽動されたのでしょう」

と応じた。

丘にそって進んでいくと、道いっぱいに、蔦、葛、茨がもつれあって、斧や鉈でも切り開けない。最年少の穆春は、それでも怯まなかった。

「鉄や石の壁でも、手段によっては切り開ける。まして、こんな茨が何だっていうんだ。朱仝どのは敵の正面をふさいでください。黄信どのとおれは、兵をつれて山の裏手にまわります。刀斧を使って、ゆるゆる道を切り開き、背後から突っこむ。そうすれば、やつはどうしようもないでしょう」

朱仝と黄信は、その計略にしたがうことにした。黄信と穆春は三百人の兵をひきいて、人家のない場所を選び、茨を切り開いて、夜半まで待つと、丘を這いおりた。

石並は背後の茨や葛をたのんで、前方にしか注意をはらっていない。黄信と穆春は十五、六本の松明に火をつけ、各処に放火してまわった。火の手を見てあわてた石並、高楼を出て橋を渡り、地上におりようとする。そこへ、橋を渡ってきた黄信と、正面からぶつかった。

地上二十丈の高さで、刀と矛が激突する。刃音がひびき、火花が闇の中に散る。斬り、突くこと三十合におよんだが、黄信の刀が石並の太腿を斬り裂いた。石並は、もんどりうって橋から転落する。地上に自分で刺し並べた鉄棒の真上に落ち、胴体を串刺しにされて絶息した。

朱仝は勝利を得ると、欒廷玉とおなじく高札を立てて島民を安堵させた。石並は残忍な男だったので、彼が誅殺されたと知って島民たちは大よろこび。さらに石並が蓄えていた米麦や金銀も、すべて島民に分配され、島民の代表が不可侵の誓約書を朱仝らに提出する。

こうして釣魚島もおさまった。残るは白石島だけである。

いまの白石島の島主は、屠崆の姉の夫で、高文雄（こうぶんゆう）という。兇悪きわまる男で、石並や銅羅漢をあわせたほどの好色漢で守銭奴だった。彼を憎まない島民はひとりもいないといわれ、いっそあっぱれなほどである。

白石島は、釣魚島よりいっそう変わった島で、天然の石島、雪に似て白い。つるつるしていて草木は生（は）えず、屏風のような断崖が四方をかこんでいる。港もなく、海への出入口は、直接、海に開いた洞門だけ。そこを通りぬけると、肥沃な土地が開ける。「香雪春（こうせつしゅん）」という美酒が名産である。

高文雄は、関勝らの兵が来襲したと聴くと、洞門の鉄扉を閉ざし、かってに攻めろ、破れるはずはない、と平然たるもの。島には糧食も豊かに貯えられており、二、三年は悠々と立てこもれるのである。

関勝、楊林、童猛は、やっては来たものの、上陸できるような場所はまったくない。船で一周してみたが、つるつるした白い断崖は、海面からの高さ三丈。海中から雲梯を立てるわけにもいかず、さすがの関勝も手のほどこしようがない。

「欒廷玉どのは炭火で青霓島の鉄扉を開けたそうだから、まねしてみようか」

楊林が提案すると、童猛が反対する。

「こちらの洞門は、海から直接あいてるんだ。どこに炭火を置く気だね。船の上で火をつけたら、船のほうが燃えてしまう」

一同、苦笑する。童猛は、

「国から援軍に来てもらいますか」

関勝は困惑して、長い髭をしごいた。

「こちらは兵力は充分にある。ただ、それを生かせんのだ。青霓、釣魚のほうはすでに破られたというのに、我々だけがだめとあっては、国王陛下にあわせる顔がない」

そこへ一艘の小舟が近づいてきた。兵士が長柄の手鈎で引っかけて停めてみると、舟に乗っているのは、ふたりだけである。ひとりは、五十歳くらいの朴訥（ぼくとつ）そうな男。

いちおうその男に尋ねてみることにした。

「お前は何者だ。どこかの奸細か」

男は、ていねいに答えた。

「私めは揚州の者で、方明と申します。奸細などではございません」

「では、こんなところへ何をしにまいった？」

「私は十年前、仲間たちと貿易にやって来たのですが、船が難破してしまい、仲間はみんな死んで、故郷へ帰ることができません。近くの島々で薬草を売って、細々と生きております。ところが、ひと月前、ひとり娘を高文雄にさらわれてしまいました」

「何!?」

「その後、まったく消息が知れません。そこで、生命がけで、ようすを探りに来たのでございます」

「そうであったか、気の毒なことだ」

「高文雄のやろう、赦せねえ！」

楊林が憤慨する。関勝はおさえて、

「私は暹羅国王の命で、この島を討伐に来たのだが、正直なところ攻めあぐねておる。おぬしに、何かいい考えがないものだろうか」

方明は、すこし考えた。

「外から攻めるのは不可能ということは、将軍にもおわかりでしょう。二、三人の者をはいりこませ、中でひそかに細工すれば、破ることができるかもしれません」

「どうやって洞門を開けさせる？」

「船を移動させるのです。洞門のすぐ傍に、ごく小さな穴があいていて、高文雄のやつは千里鏡（とおめがね）で外のようすをうかがっています。そこから船団が見えなくなったら、あきらめたと思って洞門を開けるでしょう」

関勝はよろこんで方明の両手をにぎった。

「もし成功したら、おぬしの娘を救い出し、報賞金も出してやろうぞ」

さっそく楊林と童猛に、暗器（あんき）（隠し武器）を持って方明について島に潜入するよう命じ、船団を移動させた。

はたして、半日もたたぬうちに洞門が開いた。楊林と童猛は方明の舟にかくれ、とうとう島の内部に潜入した。

流れに沿って十里ほどいくと、のどかな田園風景の中に、りっぱな城が見えた。これが高文雄の住居だという。

方明が進み出て来意を告げようとすると、突然、貧弱な髭をはやした半白の髪の男が飛び出してきた。何ごとかと思う間もなく、人相の悪い女が後を追ってくる。楊林と童猛が隠れて見ていると、女が男に追いついて引きずり倒した。その上にまたがって、巨大なげんこつを振りかざし、乱打する。男は悲鳴をあげてもがく。

「あれが高文雄と妻です。屠崆の妹で屠美慶と申します」

方明の説明で、楊林にも童猛にも、すべてがわかった。

「おいおい、ありゃ放っといたら、女房が亭主をかたづけてくれるかもしれんぜ」

「そんなことになったら、方明の娘も、女房に殺されちまうぞ」

「そうです。もう何人の女が、あの女房に殺されたかわかりません。娘を助けてください」

方明が、涙を流して伏しおがむ。楊林と童猛は承知し、ふたりの兵士を殺して服をうばった。

方明は娘に会わせてくれるよう、番兵に哀願する。その前を、半分気絶した高文雄が、襟首を女房につかまれて引きずられ、城にはいっていく。屠美慶は方明に気づくと、

「お前の娘の生命も、今夜かぎりだ。明日には首だけ返してやるよ」

高笑いして城内へはいっていこうとする。

「そ、その前に、ひと目だけでも娘に……」

女房は、すこし考えたが、

「いいだろ、はいりな。お前の目の前でかたづけてやるから」

方明は、うなだれて後につづいた。その彼を、楊林と童猛がささえて、何くわぬ顔ではいっていく。

第十四章　金軍襲来

I

関勝は、楊林と童猛を潜入させたものの、夜になってもふたりが帰って来ないので、心おちつかなかった。ところが三更（午前零時ごろ）になると、洞門の鉄扉がふたたび開かれ、ふたりが小舟を漕いでもどってきた。

「どうも、お待たせしました」

楊林が言って、どさりと投げ出したのは、高文雄の首だ。ただし、腫れあがっていて、人相はよくわからない。

「おお、よくやった。これでこの島もかたづいたわけだな」

「ところが、もっとすごいのがひかえていまして……」

「もっとすごいの？」

そこで童猛がひととおり事情を説明する。

「そんなわけで城に潜入し、夜になって高文雄のやろうが眠ったところを、首をとってきました。ですが、真の実力者は女房のほうで、屠崆の妹ということでして、亭主はひどい目にあっていたようです」

関勝は苦笑した。

「それは高文雄も気の毒なことだったな。女房のほうはどうだ？　話しあうことはできないか」

「ぜいたく三昧、おまけに兄や亭主より兇暴で、もう何人も殺しているそうですから、とてもだめでしょう。島民も恨んでいるようですから、おれたちがもう一度いってきます」

「洞門は、また閉じてしまったぞ」

「ご心配なく」

楊林と童猛は、洞門の番兵に呼びかけた。

「方明をつれて帰りますから、もういちど開けてください」

かくして洞門が開くと、楊林と童猛はゆっくり舟を漕ぎいれる。それにつづいて関勝の乗った軍船が、すばやく乗りいれた。つづいて何隻もの軍船がはいりこみ、洞門を確保する。

関勝は百人あまりの兵をひきいて上陸し、城についた。大声に呼ばわる。

「暹羅国より参った。門をあけよ！」

女房の屠氏は、はね起きると、双刀をつかんだ。

「あんた、敵だよ、さっさと出て来な！　まずその小娘を血祭りにしてやるから！」

どなりながら高文雄の寝所の戸を蹴り破ると、牀の上には首なし死体しかない。めんくらって廊下に出てみると、方明が娘を抱きかかえるようにして逃げていく。

「逃げるな、父娘そろって殺してやる！」

双刀をかまえて追いかけはじめたところへ、関勝が駆けつけた。情況を見てとるなり、青竜偃月刀を一閃、屠氏の首は血の尾を引いて宙を飛ぶ。

「投降する者は助けるぞ！」

童猛がどなると、待っていたかのように、兵士たちは刀をすてた。高文雄夫婦の統治に、うんざりしていたのである。

夜明けとともに高札を立てて島民を安堵させ、高文雄が蓄えていた糧食の類は、すべて島民に分配する。ここでも、島内の長老たちをあつめて、和平の誓約書を書かせた。

城の地下牢には、何十もの白骨死体があったので、まとめて埋葬する。べつの地下室には、美酒「香雪春」が百樽以上もつみあげられていたので、銀子を出して買いとった。

方明父娘は望んだので、暹羅の本国へつれていくことにする。

こうして、青霓、白石、釣魚の三島とは、いずれも和平の条約を結び、今後は修好を永くつづけることになった。

「これで南の憂いはなくなった、と思ってよいかな」

と、李俊。

「この三島をはさんで、まだ南に黄茅島がございます」

「投降した一万人は返してしまったのだろう？　ふたたびやって来ると思うかね？」

「兵士は自分たちの意思で動くものではございません。あたらしい島主次第でございます。革一族の者が島主となれば、野心を抱くかもしれません」

「ふうむ、薩頭陀が生きていて、黄茅島の新島主にとりついたりしたら、やっかいなことになるが……」

「聞いたところによると、革一族を黄茅島の島主にすえたのは、薩頭陀だそうでございますから」

末席から徐晟が手をあげた。興奮で顔を赤くしている。

「ぼくは薩頭陀というやつの右腕を斬り落としました。やつも人間です。恐れる必要はありません」

「おう、たのもしいな」

呼延灼が笑った。

「だが、油断するでないぞ。人間にはちがいないが、化物に近いのはたしかだからな」

徐晟はかたくうなずいた。

城の西門外にある丹霞山は、暹羅の名所。峰々かさなりあって、周囲は百里以上、一条の大きな谷川がふもとをめぐり、水は青く澄みきっている。美しい魚が泳ぎ、山中には鹿が群れ、猛獣毒蛇の類はいない。山腹には寺があるが、廃寺となってひさしい。天然の奇峰がその前にそびえているが、岩は純白で、山中には五色の霊芝を産するという。

公孫勝はこの土地を愛し、李俊に告げた。

「拙道（道士の自称）は、遼国征討の後、宋江どののもとを辞して二仙山に帰り、老母をやしないつつ羅真人のもとで修練をつみ、すっかり俗界と縁を切ったつもりでおりました。それが思いもかけず、不慮のことにかかわり、飲馬川からこの国へと来てしまいました。以後は丹霞山に隠れ住み、仙道の修行にはげみたいと思うております。伏して国王のお許しを乞いたてまつる」

「公孫勝先生には、どれほどお世話になりましたことか。お静かに暮らしたいとあらば、廃寺をとりこわして道院を建てますゆえ、どうぞそこにお住みあって、道の理をきわめ、かつ静養なさるがよい。もし国内に大事がおこれば、山中に参ってお教えを乞えばよいのだし」

李俊はこころよく承知した。朱武と樊瑞も、公孫勝先生を師とあおぎ、修行したい旨を伝える。

いくばくもなく、規模はさして大きくないが、荘厳にして華麗な建築が完成し、「丹霞宮」なる額がかかげられ、三層の宝閣は「海天閣」と名づけられた。

公孫勝、朱武、樊瑞の三人はここで修行三昧の生活にはいったが、合間合間には俗世の会話を愉しむこともあった。

ある日、樊瑞が会話をはじめた。

「先生、李俊どのが国王になり、南方からの侵攻もしりぞけ、この国は永く平和を保てましょうかな」

「おや、退屈そうな口ぶりだな」

朱武がからかう。

「と、とんでもない。単なる興味でござる」

「先生、いかがでしょうか」

「さて……」

公孫勝はまだ充分に黒い髭をひねった。

「まだまだ、あと一回や二回の災厄はあるのではないかな。おぬしたちの出番もありそうじゃて」

「そ、それは？」

と樊瑞が思わず身を乗り出す。朱武が冷静に、

「まだ宋と金との決着がついておりませんからな。それどころか、これからが本番でございましょう。宋が勝てば、まずはよし。ですが、金が宋を併呑してしまえば、つぎはこの国ということもありえましょうなあ」

「そうならないよう願いたいものじゃ。すべては天運による。宋と金と、どちらの天運が強いか、まだ測り知れぬところがあるでな」

そういって公孫勝は話をおさめた。

「この国は、まだまだ豊かになれるよ」

扈成が海図を見ながら強調する。

「宋、高麗、占城、日本、天竺……これらの国々のちょうどまんなかにあるから、貿易の中心地になれる。漁場も豊かだし、島の奥地には黄金が産出するし、森には香木がぎっしり生えている。このていどの繁栄でいるのが、ふしぎなくらいだ」

「ここは米も酒もうまいし、冬も暖かくて、おふくろの身体にもいい。おれにゃそれで充分だね」

応えた阮小七は、ご自慢の旗を立ててみせた。青地に白く、

「征鯨大将軍」

と大書してあるやつである。

「自分で書いたのかね」

「まさか。聞煥章先生に書いてもらったよ。笑いながら書いてくれたけどね」

「そりゃ笑うだろうな」

「どうして？」

「いや、べつに。しかし鯨をはじめて見たときには、おどろいたろう」

「おどろいたし、うれしかったね。梁山泊じゃいい鯉がとれたもんだが、比べものにならねえ。しかし、海には鯉がいないってのも、これはこれで寂しいもんだな」

関勝と呼延灼は、酒をくみかわしながら夕方の月を見ている。関勝がいう。

「これで、薩頭陀さえ見つかれば、すべてが平和に終わるか」

「しかし我らの職も因果なものだな」

「何が？」

「平和になったら、酒を飲むぐらいしか、やることがないて」

ふたりは声をあわせて笑った。

II

花逢春、呼延鈺、徐晟の三人は、つれだって鎮海寺に遊びに来ていた。鄆哥がおともしている。拝殿にあがって喜捨をすると、七層の塔に上ることにした。これまでは戦さや薩頭陀の追跡がらみで上っただけなので、内部を見物する余裕などなかったのだ。今日はゆっくり、ご自慢の寺宝を拝見し、最上層に上って、こころゆくまで四方の風景をながめるつもりである。

「下の層から順番に見物するのかい」

呼延鈺が誰にともなく問うと、鄆哥が応えて、

「いえいえ、まず最初に七層めに上ってから、下へおりながら見物なさったほうがよろしゅうございますよ」

「うん、それもそうだ。下から順番に見ていくと、時間がかかる」

と花逢春。徐晟が笑って、

「だいたい仏像より景色を見たくて来たんだから。ぼくはこの前、おりるとき何も目にはいらなかった」

そこで四人は、途中の層は通過するだけで、十丈の高さまで二百段以上の階段を上った。

七層まで上ると、花逢春と呼延鈺は、興味しんしんで室内を見まわす。

「ここに薩頭陀が隠れていたんだね」

「よくまあ、そんなことを考えつくもんだ」

「いや、だいたい、立入禁止の場所を探さなかったのがおかしいんだよ」

「共濤の娘の機知がなかったら、まだ見つからなかったかもしれないよ」

何気なく呼延鈺がいったとき、鄆哥がなぜか顔を赤らめたが、少年たちは気がつかなかった。

「共濤の娘は、いま、どうしてるんだい？」

と徐晟。花逢春が答えて、

「まだ牢にはいってるけど、囚人あつかいはされてないらしいよ」

「あの娘も、悪い親を持って、かわいそうに」

呼延鈺がいうと、花逢春が、

「まあ、そのことは措いといて、景色を楽しもう」

「そうそう、そのために来たんだ」

「こっちの方角が海だよ」

徐晟が他のふたりを手招いて、三人は窓辺に寄った。暹羅城をとびこえて、その向こうは一面の海。青玉のような中に、ときおり日光が反射して、金色や銀色の波がかがやく。

「宋はあっちの方角にあるのかね」

「いや、もっと右側じゃないかな」

呼延鈺の問いに徐晟が答えて、指をさす。その指がぴたりととまった。遠い水平線上に何かが見えたのだ。

ほどなく三人は先をあらそって階段を駆けおりた。鄆哥がそれにつづく。

地上におりたった三人は、息をはずませながら、おどろいている住持に、くいつくように尋ねた。

「馬はいませんか？」

「寺に馬はおりませんじゃ」

「ええい、走ったが速い！」

三人はころがるように寺の門へ走った。

寺の前の道を、二頭の馬がのんびり歩いている。貴人らしい人の後ろ姿に、呼延鈺が大声で呼びかけた。

「すみません、馬を貸してもらえませんか!?」

馬上の人たちは、おどろいたように振り返る。こちらの三人もおどろいた。馬に乗っていたのは、燕青と楽和だったからである。彼らは馬を歩ませながら、音楽論をたたかわせていたのだ。

「何だ、君たちか。そんなにあわてて、いったいどうした？」

楽和の問いに、花逢春が答える。

「船団です！」

「何だって？」

「百隻ぐらいの船団が、西北の方角から近づいてきます」

「どこの船団か、わかるかね？」

「たぶん……金国」

楽和も燕青も顔色を変えた。

「すぐ王宮へ行く！　君たちは悪いが後から来てくれ」

燕青と楽和は、馬にひとむちくれて走り出した。

鄆哥をふくむ四人が、へとへとになって王宮に着いたときには、大騒ぎになっていた。

「まだ最大の敵が残っていたか。油断していたつもりはなかったが」

と呼延灼。関勝が、

「阿黒麻(アヘマ)の軍船が、ついに完成したのだろうか」

「とにかく、まだ時間はある。海岸に陸寨をつくるのだ。穆春(ぼくしゅん)、杜興(とこう)の両君は指揮をたのむ」

朱武の言葉に、ふたりは駆け出していく。海岸に壕(ほり)をつくり、柵を二重に立て、弩をそなえつける。守るのは、王進、欒廷玉、李応、関勝、呼延灼、阮小七、扈成、朱仝、凌振。兵は四千名。花逢春、呼延鈺、徐晟は王宮の警備。孫立と黄信が遊軍。

呼延灼が千里鏡でながめると、たしかに金国の軍船。帆柱に黒鷲の旗がひるがえっている。百隻の船に五千の兵士を乗せ、波を蹴って近づいてくる。

最初に攻撃をしかけたのは金軍だった。雷鳴とどろき閃光が走ると、陸寨の一部が吹き飛ぶ。木柵がばらばらになって宙を飛び、はやくも十人近い兵士が死傷した。

こちらでは、凌振が号令をかける。

「撃てー！」

砲声とどろき、金国の軍船が火と煙を噴きあげる。

関勝が呼延灼を見やった。

「どうやら、酒を飲む以外の仕事が、まだあるようだぞ」

「それはいいとして、やつら、こんなところへ何しに来たのだ？」

「軍船をうばわれた仕返しだけで、ここまでやってくるか？」

欒廷玉がいうと、扈成が応じる。

「金軍の大作戦かもしれません。暹羅国を占領して、東南の海上から宋の本土を攻めるのです。宋は挟み撃ちにされます」

燕青がきびしい表情になって、

「では、わが国が亡びれば、宋も亡びる」

阮小七が、どなる。

「宋なんてどうなってもいいが、この国は亡ぼさせねえぜ。さあ、来やがれってんだ」

金軍は浅瀬のすぐ近くまで来ると、船を停めた。軍船からつぎつぎと兵士が飛びおり、水を蹴って、こちらの陸寨にせまってくる。

「上陸させるな！」

陸寨からは数百本の矢が飛ぶ。金軍からは火矢が飛んでくる。両軍の矢が空を飛びかうありさまがすさまじい。

だが、戦いは長くはつづかなかった。夕刻になって、闇がしだいに空から降りてくる。金軍は船から味方を援護しながら、撤退をはじめた。

「そうはいくか」

欒廷玉、李応、阮小七らが陸寨の門を開けて追撃しようとする。それを燕青らが制止する。

「深追いするな！」

暹羅軍は追撃をやめて、陸寨にもどってきた。

松明をともし、二重の柵を修復する。楊林、杜興、鄒潤、穆春の四将が、それぞれ百人ずつの兵士をひきいて夜間巡察する。陥し穴を掘り、鉄菱をまいて陸寨を強化した。

御前会議で李俊が歎息した。

「ついに金軍がここまでやって来たか」

「恐れることはありません。四島連合軍のときは三万、こんどの金軍はせいぜい五千です。負けるはずがありません」

花逢春が若々しく熱弁をふるった。李俊は笑った。

「たのもしいことだ。だが、負けるはずがないというより、ぜったい負けられんのだよ。我々は宋国をすてて、ここに新天地をつくりあげた。それをみすみす金軍に踏みにじられてたまるものか」

李俊は玉座を立って、こぶしを振りあげた。

暹羅軍は、ほぼ全員が動員された。国王自身、甲冑をまとい、燕青、楽和を左右の参謀にする。丹霞山に使者をやって、朱武と樊瑞にも来てもらった。公孫勝の出番は、最後の最後になる。

全軍はりきって配置についたが、奇妙なことがおこった。兵力も注意も海岸に集中させていたのだが、都に近い山中で山火事がおこったのだ。もちろん、あわてて消火したが、完全に鎮火しないうちに、べつの場所でまた山火事がおこった。

王進が、

「こうたてつづけに火事がおこるのはおかしい。金軍がせまっているときにじゃ。放火ではないか」

その懸念を証明するかのように、第三、第四の山火事がおこった。

「まちがいなく放火だ。しかも、消火しにくいよう、あちこちばらばらに火をつけている」

「だけど、地の利に暗い金軍に、どうしてそんなことができる？」

「誰か地理にくわしいやつがいるんだ」

「金軍に、そんなやつが……」

諸将は考えこんだが、全員、はっとして顔を見あわせた。

「まさか……」

「そのまさかだ。薩頭陀だ！」

一同、息をのむ。もし薩頭陀が金軍に加担して、攻撃に参画していたら、やっかいなことになる。

「どこまでたたるのだ、あいつは」

「蛇もおそれいる執念深さだ」

呼延灼や欒廷玉が、歯ぎしりする。確実に殺しておくべきだった。

「金軍は騎馬戦では無敵だが、海戦や上陸戦では、それほど強いはずがない。必要以上に恐れることはないでしょう」

燕青と楽和が口をそろえる。

李俊は、もちろん恐れてはいない。ただ、薩頭陀が金軍の中にいて、いつ出てくるかというのは頭痛の種だった。

III

翌朝になって、金軍はふたたび攻撃をしかけてきた。

まず陸寨に向かって矢の雨を降らせてくる。暹羅軍は壕にひそみ、盾をかざして矢をふせぐ。ついで反撃の火矢をあびせる。金軍の船が何隻か炎上し、金軍はあわてて海上を一里ほど後退した。

「前回のときは、敵の水寨に夜襲をしかけて成功した。もういちど、やってみるか」

関勝がいう。燕青はすこし考えたが、

「金軍はあれほどもろくはないでしょう。充分に備えをしていると思われます。夜襲は最後の手段にしましょう」

こうして二日めも、陸寨と水寨とで、半分は戦い、半分はにらみあいとなった。

阮小七、いらだって申し出る。

「先の戦さでは、黒鬼兵とやらにいいようにやられて、船に穴をあけられちまった。今度は、こちらの番だ。おれと童威(どうい)、童猛兄弟との三人で、海にもぐって、船底に穴をあけてやる」

燕青、楽和、扈成らは考えて、その旨を李俊に伝えた。李俊、

「たしかにあれは梁山泊時代のわが水軍の得意技で、わし自身もやってのけたものだ。しかし、あれから何年もたって、阮小七君ももう若くない。むりをしてはいかん」

と許可を出さない。阮小七は、しかたなくあきらめた。

三日め、王宮に北海岸から急使が駆けつけた。

「北の海岸に、金の軍船二十隻ほどがまわりこみ、七、八百人の金兵が上陸して、殺人や放火をおこなっております！」

聴いた李俊は、王進、朱仝、楊林に千人の兵をあたえて、至急、救援に向かわせる。ところが、王進らの姿を見た金兵たち、戦いもせずに逃げ出して軍船に乗りこみ、陸を離れてしまった。王進らは、海岸に馬を立てて、返せもどせと叫ぶが、軍船は知らぬ顔で沖へと逃れてしまう。

王進はくやしがることかぎりない。

さて、王宮では、王進らが進発したあと、こんどは東海岸から急報がとどいた。やはり、軍船二十隻、兵七、八百人の金軍がやにわに上陸して、付近の漁村や農村を荒らしまわっているという。こんどは、関勝、阮小七、樊瑞が駆けつけたが、やはりおなじこと、関勝らの姿を見た金兵たちは、さっさと軍船に乗って逃げ出してしまった。

楽和がいう。

「こんなやりくちを、くりかえされたらたまらないが、順序からいったら、こんどは西から来るだろう。報せのある前に、兵を出して伏せておこう。上陸してきたところをやっつける」

そこで呼延灼、扈成、高青が千人の兵をひきいて西海岸へ走り、林の中に伏せると、間一髪、二十隻の金国船が、波を蹴立ててやって来る。五百人ほどが上陸したところで、

「それっ」

と呼延灼が一喝、双鞭をふるって躍り出した。金軍はうろたえ、反撃か逃走か迷っているところに、いっせいにおそいかかって斬り伏せ、突き倒す。呼延灼、双鞭で右に左になぎ払ううち、敵の大将らしき人物に出くわし、戦うこと二十余合、扈成が槍をふるって助戦に出る。

なお七、八合渡りあったが、かなわじと見て逃げ出すところを、呼延灼が追いすがり、頭を一撃。馬からころげ落ちるところを、高青、駆け寄って首をかき切った。

金軍は二百あまりの死体をのこして逃走、暹羅軍は、ようやく、いささかの憂さをはらすことができた。

十人ばかりの捕虜を引っ立てて王宮にもどると大歓声である。李俊は三人の功をたたえるとともに、捕虜を尋問したが、金国語をしゃべれるのは燕青しかいない。

燕青は十人のいましめを解き、やさしい言葉をかけておちつかせてから、尋問を開始した。

「お前たちは金軍の者か」

「そうです」

「船団は阿黒麻のものか」

「はい」

「わが国と、金国との間には、何の隙もないはず。何で攻め寄せた？」

「宋の皇帝を探しに来たのです」

「どういう意味だ」

「宋の皇帝（高宗）は即位したものの、都を追われて逃げまわっています。このごろは船で沿海を転々としているというので、阿黒麻元帥は何百隻もの軍船をしたてて、四方に放ち、皇帝を探しまわっています」

燕青はすこし考えた。

「ただ探すにしては、ここへ攻め寄せたのは、おおげさではないか」

「暹羅国が皇帝をかくまっている、との報せがありましたので」

「そんなことを、誰が言った」

「名前はしりませんが、見あげるような大男で、全身に毛が生えていて……」

「目が青くて、紅い衣装をまとって、片腕ではなかったか」

「そ、そのとおりです」

燕青は尋問の内容を李俊らに報告した。

「やはり薩頭陀です。やつ、どうやら金軍もだまして、けしかけたようです」

李俊は激怒して、玉座を蹴るように立ちあがった。

「おのれ、憎んでもあまりあるやつ。それで、その薩頭陀自身は、いま、あの船団の中におるのか？」

燕青はまた金国語で捕虜たちと会話して、

「いると申しております」

阮小七が飛びあがった。

「こんどこそ、おれが、まっぷたつにしてやる！　どの船にいるんだ？」

「さすがにそこまでは……いや、きっと旗艦にいるでしょう」

「ちょっと手が出せんな」

と関勝。みな、それぞれに考えこんだ。やがて扈成が発言する。

「おびき出したらどうでしょう」

「どうやって」

「公孫勝先生にお願いして、法術を使ってみせていただくのです。そうすれば、薩頭陀のやつ、必ず出て来て先生に挑戦するでしょう」

「なるほど」

一同うなずき、さっそく丹霞山に急使を出した。

やがて公孫勝がやって来た。李俊は彼を上座にすえ、事情を説明する。

「なかなか、こりぬやつと見えますな」

公孫勝が苦笑すると、朱武が、

「おびき出して、どうやってとらえますか」

李応が答えて、

「生かしておく必要なし、したがってとらえる必要なし。その場で斬ってすてる」

「金兵の捕虜がおるのですな」

「十人ばかり」

「では、こちらでも十人、金兵に化けて、敵のふところに飛びこみましょう。生命がけの行為になりますぞ。小乙哥哥（しょういつあにい）は、金国語がしゃべれるから、参加してもらわねばなりません」

「よろこんで」

と燕青。

こうして必殺隊に選ばれたのは、燕青、阮小七、関勝、朱仝、扈成、楊林、樊瑞、穆春、花逢春、呼延鈺、徐晟。王進は志願して、

「こういう仕事は、あとのない老人がやるもの。若い者にはさせぬことじゃ」

と主張したが、李俊に、

「老将軍には全体の作戦がうまくいってるかどうか、見ていただきたい」

といわれ、しかたなくあきらめた。

夕暮れどき、作戦が開始された。軍船団からの援護のもと、金兵たちが撤退をはじめる。小舟に乗りうつって、軍船にもどろうとしたそのとき、公孫勝があらわれた。海岸近くの岩の上に立ち、宝剣をかざして、

「叱！」

とひと声、たちまち一天かき曇って、雷光がはためくと見る間に、天から鬼兵が無数におりてくる。牙をむいた青黒い顔に赤い目。角と翼のある、獅子に似た魔獣に乗って、空中から金兵におそいかかる。

金兵たちは仰天し、たがいに押したり突きとばしたりしながら、小舟に殺到する。乗る人数が多すぎて、ひっくりかえる小舟もある。

燕青たち十人は、大混乱の中、一艘の小舟をちょうだいして乗りこんだ。もちろん

全員が、捕虜からとりあげた金軍兵士の服を着こんでいる。

「おおっ、出おったわい」

千里鏡をのぞいていた王進がどなった。

軍船の一隻の船首に、異様な巨漢が出現した。頭髪を結い、紅い袈裟をまとい、片袖は風にひるがえっている。薩頭陀であった。

Ⅳ

薩頭陀は、頭蓋骨(ずがいこつ)でつくった数珠(じゅず)を大きく振りまわした。

「南無宝幢如来(なむほうとうにょらい)、南無宝勝如来(なむほうしょう)、南無多宝如来(なむたほう)……喝！」

すると空は一段と暗くなり、雷光と雷光が横に走ってぶつかりあい、いたるところに光と炎の球がひらめく。虎、獅子、狼、象などが咆哮しながら公孫勝に向かっていく。

金兵たちは、必死で小舟をこぐ者あり、頭をかかえてはいつくばる者あり、海に転落して小舟にしがみつく者あり。他人をかえりみる余裕などない。

「それ、いまだ、すこしでも近づけ！」

関勝が叫ぶ。十人の乗った小舟は、波にもまれながら薩頭陀の軍船に近づいた。

どおん、と音がして、小舟が軍船に衝突する。十人とも、かろうじて海に落ちるのをまぬがれた。阮小七と楊林が、それぞれ、輪をつくった縄を投げて軍船に引っかけようとする。何度も失敗して、ついに成功した。

「よし、船に寄せろ」

小舟は軍船に密着する形となる。阮小七を先頭に、十人はつぎつぎと軍船に乗りうつった。

軍船にいた金兵が、何かどなる。燕青がどなり返す。

あやしいと感じるものがあったのか、その金兵は十人に近づいてくる。腰刀(ようとう)に手をかけて、ふたたび何かどなった。

「やむをえん」

燕青は自分の腰刀に手をかけると、抜く手も見せず、その金兵を斬って倒した。金兵の仲間たちがわっと騒ぎ出す。他の九人もそれぞれ腰刀を抜いたり、青竜偃月刀を振りかざす。

阮小七が腰刀をかまえ、薩頭陀の背中めがけて突進する。薩頭陀が気配に気づいたか、身をひるがえす。手中の頭蓋骨の数珠が、うなりをたてて阮小七をおそった。阮小七は腰刀で数珠をたたき割った。つづいて穆春が突きかかる。薩頭陀は、こわれた数珠を穆春にたたきつける。呼延鈺が大きく踏みこんで胸をねらう。薩頭陀は空の右袖を振って、その一刀を巻きこみ、呼延鈺の手からもぎとった。

その間、船内の金兵たちが、口々にわめきながら突っこんでくる。扈成と朱仝が腰刀で応戦し、右に左に斬ってすてた。

薩頭陀は無傷だが、船首に追いつめられた。呼延鈺が、白手になりながら躍りかかって組みつく。薩頭陀の右袖から、呼延鈺の腰刀が飛び出して、本来の主人を突き刺そうとする。間一髪、燕青が手を伸ばして呼延鈺の襟首をひっつかみ、甲板に引き倒した。

宙を飛ぶ腰刀を、関勝が青竜偃月刀でたたき落とす。扈成、朱仝、楊林、徐晟は金兵を斬りまくって、ほとんど全滅させた。阮小七が血刀を薩頭陀に突きつけてどなった。

「観念しろやい、化物やろう！」

空中での法術合戦も、ほとんど勝敗がさだまっていた。薩頭陀の猛獣たちは、公孫勝の鬼兵によって、つぎつぎと打ち倒されていたが、最後の一頭が刺し殺されると、公孫勝は宝剣をひと振り。と、雷光が消え、雷鳴がやみ、天がしだいに明るくなっていく。

薩頭陀は天に向かって咆えると、いきなりみずから海中へ飛びこんだ。

「あっ」と楊林が叫ぶ。

「片腕でこの海が泳げるもんかよ」

と阮小七が吐きすてた。

そこへ朗々たる角笛の音。狼狽する金軍に、右から李応と欒廷玉、左から呼延灼と黄信が、軍船を駆っておそいかかる。

地上からは凌振が火砲を連射。一弾で二隻がまとめて吹き飛び、人体と破片の雨を海上に降らせる。

「お前たちに言っておく。この国には宋の天子などいないぞ！　お前たちは、あの化物にだまされたんだ！」

燕青が金国語で叫ぶ。

金の軍船団は不利をさとったか、燕青の言葉を信じたか、一隻が船首を外海に向けると、他の船もそれにならい、つぎつぎと戦場を離脱していく。

「追うな！　国王のご命令だ！」

孫立が叫ぶ。やがて海岸近くの金の軍船で、ほぼ無事に残ったのは一隻だけになった。燕青たちが結果的に乗っとったことになる船である。

花逢春、呼延鈺、徐晟の三人は、まだ荒い呼吸をしながら語りあった。

「薩頭陀のやつ、こんどこそ死んだかな」

「阮小七どのが言ってたろ、この海は片腕では泳げないって」

「それは普通の人間のことでしょ」

そう言って、徐晟は慄然（ぞっ）と身ぶるいした。

「どうした、賢弟（おとうと）？」

「いや、よくあいつの腕を斬り落とせたもんだと思って……まぐれだったかな」

「おいおい、まぐれで斬られちゃ、薩頭陀もかなわんぜ。君の実力だよ。おれなんか、まだだめだ、刃が触れることもできなかった」

「そんなことはない。兄長（あにうえ）は強いですよ」

「なぐさめてくれて、ありがとうよ」

「本当に仲がいいな、君たちは」

花逢春が笑った。

李俊が国王となり、黄茅、青霓、白石、釣魚の四島を鎮定して、平和が来たと思ったやさきの戦いだったから、さすがに梁山泊の残党たちも心身ともに疲労した。

「これだけ戦いをかさねてきて、頭領、いや将軍たちに死者が出ていないのは、まさに奇蹟です。天運は我らにあり。心して参りましょう」

燕青がはげます。李俊はうなずいたが、

「すこし休みたいな」

と思ったのも事実だった。燕青は、楽和、扈成と相談して、ひとつの案を提出した。

「考えすぎかもしれませんが、今後、金軍が南方へ進出する可能性があります。このさい青霓、白石、釣魚の三島と盟約をむすび、金軍が攻めてきた場合、結束して守りあう、ということにしたらいかがでしょう」

「なるほど、良案だ。だめでもともと、それで使者は誰にしよう」

「通政使の戴宗どのを」

楽和がいうと、李俊は笑って、

「海の上では神行法は使えまいなあ」

「まあ、それはそれとして、通政使はあの人ですから」

というわけで、戴宗を国使とし、楊林、童威を副使として、兵三百をつけ、三島に派遣することになった。

この派遣は成功して、三島ともに盟約を承諾した。いずこの島も、暴虐な島主を殺してくれたことに感謝していたし、金国の脅威を恐れてもいたので、話が進んだのである。ついでに三島の本心をいうと、暹羅国から攻撃されるのもこわかったので、そのご機嫌をとる、という点も、理由のひとつだった。

黄茅島とはなるべくかかわらない、というのが暹羅国の方針だったが、黄茅島のほうから申し入れがあって、相互に不可侵の条約をむすぶことになった。まず黄茅島からの使者が暹羅国を訪問し、暹羅国から返礼使がおもむいて条約が成立した。

これで暹羅国にとって、南方からの危機はほとんど消滅したことになる。

それらのことをかたづけるのに、二ヵ月ほどかかった。「油断大敵」といましめながらも、国の守りは主として北を中心とすることになる。

北の海岸にも陸寨をきずき、釣魚島で痛い目にあわされた竹弩を大量にすえつけた。狼煙台もつくる。頑丈な営舎も建て、千人の兵を配置して、王進を主将とし、蔡慶と猊雲を副将に任じた。

金鼇島の守りは、費保と高青に朱仝と鄒潤を加える。清水澳の守りは狄成に許義をつけ、兵力も五百に増やした。

こうして、いったん金軍のために妨害された国づくりは再開された。

呼延灼は、酒を飲んでばかりの生活に甘んじるのを好まず、対金戦のときにおこった奇妙な山火事の検分に出かけた。呼延鈺と徐晟、それに五十名の兵士がおともをする。暹羅国は戸数五十万戸の国で、国土の広さも東西五百里、南北三百五十里あるから、奥地にはまだまだ人跡未踏の地が多く残っている。それらの土地を見て地図をつくるという目的もあった。また小さな集落には、新暹羅国の権威もしめさなくてはならない。

かくて都を発って、第一の火災現場についたのは、その日の夕刻のこと。火の気のないところで出火したのはあやしいが、火種を使った形跡もない。

「父上」

「何だ」

「もし薩頭陀が火をつけるなら、ここよりいっそ都の中を選ぶのではないでしょうか」

「ぼくもそう思います。何だか中途半端です」

呼延鈺と徐晟に、こもごもいわれて、呼延灼は苦笑まじりにうなずく。ふたりの息子はどんどん一人前になっていくようだ。

その夜は野営したが、べつだん何ごともなく、つぎの火災の現場に向かった。道なき道を切り拓いての行軍である。途中に滝があったが、梨の木が立っていたので、地図に描きこんで、「梨花渓(りかけい)」と名づけた。苔(こけ)むした岩に飛沫が飛んで、清涼そのものである。そこで昼食をとり、夜はまたも野営だった。

三日め、第二の火災現場につく。ここは百戸ほどの村で、「暹羅国後軍都督・呼延灼」を、村人たちがおずおずと出迎えた。ここでは家が五、六戸焼け、五人が死んだそうである。

「遺体を見せてくれないか」

呼延鈺がたのむと、家々の裏手に案内してくれたが、蓆(むしろ)の上に黒こげの遺体がふたつしかない。

「あとの三つの遺体は？」

呼延灼が問うと、村人たちは顔を見かわしてから答えた。

「持っていかれてしまいましただ」

V

「持っていったって、誰が？」

徐晟が叫んだ。遺体を持っていったということは、やはり薩頭陀が放火の犯人なのだろうか。それにしても、遺体を持ち去ってどうする気だろう。

「お前たち、こういう人間を見たか？」

呼延灼は薩頭陀の容姿を説明したが、村人はそろって首を横に振った。

「人間がやったのではございませんだ。巴豕のしわざでございます」

「巴豕とは？」

呼延灼の問いに、村人たちが答えていうには、それは長さ五丈もある巨大な蛇で、重さは二百斤（宋代の一斤は約五九六・八グラム）ほどもある。力が強い上、飛ぶように速く、毒はないが人間などひと咬みで死んでしまう。何でも食べるが、とくに焼けた人間が好みで、年に一、二回、火を吐いては人を焼くという。

「ふだんは森の中にひそんでいるわけか。全部で何匹いるかは、わからぬかな」

わからないが、けっして数は多くない、という。

「いままでの朝廷は何もしてくれなかったのか」

「都でこのことを知っているのは、宰相の共濤さまだけで……」

「何か役に立つのか」

「肉がたいそう美味で、薬にもなります」

よし、と呼延灼は胸をたたいて、

「一匹だけでもつかまえて帰ろう。みなおどろくだろう。それで、誰かひとり道案内をしてくれぬか。礼金は支払うぞ」

「銀子などいただいても、使途がありません」

「では米と麦をやろう」

この村は天寿村といった。さっそく地図に描きこまれる。案内人は村長の息子で、三十歳くらいの男だった。

いくつか谷川を渡り、山をこえ、地図に記入する。

「巴豕はどういうところに棲んでおるのか？」

「森の中の滝の近くと聞いておりますが、誰も正確には知りません」

「食べるっていうけど、どうやって？」

徐晟が好奇心いっぱいに問う。

「十日間ほど薬酒に漬けておくと、酔っぱらったようになって、毒気がすっかりぬけてしまいます。それを粕や塩につけて食べるのですが、その美味なことといったらありません」

「ふうん」

「賢弟、人食い蛇を食べる気か」

「虎の肉だって食べるでしょう？」

「それはそうだな」

若いふたりは、こわいもの知らずである。

山中の日は短い。巴豕に対する用心もあって、呼延灼は早めに野営することにした。開けた場所に帳幕（テント）を張り、まわりにいちおう木の柵を立てた。

焚火のまわりで、呼延鈺と徐晟は、巴豕の話ばかりしている。父親として上官として、呼延灼はたしなめた。

「お前たち、こんどの任務は山火事の原因をさぐるとともに、地図をつくることだ。巴豕をつかまえて食うことではないぞ」

「父上、どちらもちゃんとやっているじゃありませんか。だから巴豕にめぐりあったんですよ」

「私もそう思います。国王に献上したら、よろこんでいただけますよ」

「巴豕がいる、と、わかっただけで、まだ、めぐりあってはおらんぞ。浮わつくでない」

呼延灼ににらまれて、少年たちは首をすくめた。

「さあ、明日も山中を行軍だ。見張りを立てて、早く寝るぞ」

呼延灼がいって、焚火の前から立ちあがる。そのとき、異様な音がした。ずるずる、と何かが地面を這いずる音だ。

「者ども、気をつけよ。何かがおるぞ！」

いうと同時に、呼延灼は腰刀の鞘を払う。息子たちも兵士たちも、それにならった。

つぎに、ばきばきと樹木の折れる音がして、風もないのに三、四本の樹木が大きくゆれ、地ひびきをたてて倒れる。

「あそこにおるぞ！」

呼延灼の指先に、白いものが浮かびあがった。蛇の頭だ。人間の頭よりは、ひとまわり大きい。黄色く光る目を呼延灼たちに向け、ちろりと長い舌をひらめかせたかと思うと、かっと大口をあける。

「伏せよ！」

呼延灼が叫んだ、つぎの瞬間、大蛇の口から炎が噴き出して、立ったままの兵士をふたり、つつみこんだ。絶叫があがる。火につつまれた兵士が、まるで踊っているかのように跳びはねると、地に倒れこんだ。

「こいつ！」

叫んだ呼延鈺が、腰刀を振りかざし、振りおろす。甲冑も断ち割るほどの斬撃。みごとに巴豕の太い胴体に食いこんだと見えたが、おどろくべき弾力が刃をはね返した。

「ええい、何というやつだ」

呼延灼が叫ぶ。呼延鈺はふたたび斬りつけたが、またもはね返された。

それを見た徐晟が、腰刀を鞘におさめ、槍を手にとった。大蛇の首のあたりをねらって、

「やあッ」

と突き出す。だが、つるつるした表皮と、弾力のある肉は、鋭い槍先をすべらせてしまった。力あまって徐晟はよろめく。大蛇は、生きた人間たちの攻撃などおかまいなしに、焼け死んだ兵士たちの身体に這い寄り、がつがつと食べはじめた。

呼延灼は案内人に声をかけた。

「あれは、長さは十丈、重さは三、四百斤もあるぞ。みんなあんなに大きいのか!?」

「いえ、私めも、あんな大きいものは見たことがありません」

大蛇は尾を震わせながら、喜々として獲物をむさぼりつづけている。呼延灼は、さ

すがにすこし青ざめている息子たちをかえりみた。

「息子たちよ、お前たちの矢の技は、花逢春どのにはおよばなくとも、すでに名人の域に達しておる。ふたりで、巴豕の両目をねらえ。どんな武術の達人でも、目だけは、きたえることができぬ。獣とておなじことだ」

「はい！」

呼延鈺と徐晟は、乗馬の鞍にかけてあった弓を手にした。深呼吸してねらいをつける。呼延鈺は右目に、徐晟は左目に。そして父が、

「射よ！」

と叫んだ瞬間、射放した。

蛇は声を出すことができない。両目を射ぬかれた瞬間、悲鳴もあげずにのけぞった。

まだ生命はある。苦痛にころげまわる大蛇は、大きな尾を振りまわして、ふたりの兵士をはね飛ばす。

「さがっておれ！」

兵士たちを叱咤した呼延灼は、大蛇の頭のほうへまわると、鉄鞭をたたきつけた。甲冑すらたたき割る猛撃である。ぐしゃりと異音をたてて、大蛇の頭蓋骨の一部がつ

ぶれる。まったくおなじ箇処に、第二撃が加えられる。さらに第三撃。

大蛇の頭蓋骨が完全につぶれるまで、呼延灼は打撃を加えつづけた。死んだことがはっきりすると、呼延灼は肩で大きく息をし、地面にすわりこむ。

「さすが父上！」

「おみごとです！」

兵士たちの歓声の中、呼延鈺と徐晟は左右から駆け寄って、父親をかかえ起こそうとする。呼延灼は手を振って、それをしりぞけた。

ひとりで立ちあがるのか、と見ていると、すわりこんだままだ。呼吸をととのえながら、息子たちに苦笑を向けた。

「私も年齢をくったよ。すこし休ませてくれ」

感激したらしい案内人は、ふたりの息子に、巴豕の胆をとりだすようすすめた。

「アヒルの卵ほどの大きさですが、値は千金。これを服用すれば、どんな病気もたちまち治ってしまいます。さらに、痰を切り、息切れをしずめ、内臓が丈夫になります」

呼延鈺と徐晟は苦労して巴豕の胴を縦に斬り裂き、胆をとりだした。なるほど、アヒルの卵ほどの大きさで、黄金色に光っている。

「これは安道全先生に……あとの肉はちょっとだけ食べてみよう」

食べてみると、熊掌のごとく脂ののった旨さ。兵士たちにも分けてやる。

こうして、呼延灼は、山火事の原因調査、奥地の地図づくり、巴豕の入手、と、いちどにみっつのことをなしとげて都へ帰った。

清水澳に駐屯している狄成から、急報がもたらされたのは、李俊が、献上された巴豕の肉について、呼延灼に礼を述べているときである。

第十五章　皇帝救出

I

狄成からの急報は、つぎのような内容である。

「即位したばかりの宋の新天子が、牡蠣灘において、金国の元帥・阿黒麻に追いつめられており、いまや危うしと見えます」

暹羅の朝廷は、一転してざわめく。宋に対する「梁山泊の残党」たちの思いは複雑である。悪官吏に追われて梁山泊に結集し、四度にわたって官軍を破った。ひとたび帰順した後は、遼への遠征、方臘の乱の鎮定へと駆り出され、頭領百八名のうち七十名が戦死または戦病死。あげく、総首領の宋江と、副総首領の盧俊義は毒殺され——いまここ暹羅国に新天地をきずきあげたのである。

「もし宋江どのが生きておいでなら、一も二もなく救援に向かったでしょうな」

公孫勝がいうと、阮小七が、

「方臘征伐の直前に、おれたち水軍の頭領たちは、軍師の呉用どののところへ押しかけたもんさ。朝廷は信用できない、みんなそろって梁山泊へ帰りましょうってな。そのとき、先頭に立っていたのは、国王陛下（李俊）だぜ」

「もちろん、おぼえている」

李俊は歎息した。

「だが、宋に生まれ育ったわしとしては、宋の天子がみすみす金軍にとらわれるのを、見殺しにはできんのだ。諸君はどうだろうか」

王進が白い眉をあげた。

「わしもいまさら宋に帰投しようとは思わん。だが、すでに二帝（徽宗と欽宗）が北辺の荒野に拉致されあそばしたいま、三人めも見すてることは、わしにはできぬ」

楽和がつづけて、

「それに、今上の天子は、これまでの悪政に関係のないお方です。皇帝となりながら、一日として安息の日はなく、金軍に追われて逃げまわっておられる。不遜ながら、弱き者であらせられる。一度は手を差しのべてさしあげても、よろしいでしょう」

楊林が、

「おれは以前だったら反対しただろう。だけど、小乙哥哥（燕青）の赤心に感動した。一度なら助けて、金軍のやつらに泣き面かかせてやりたい」

関勝は、

「そうだ、金軍の鼻をあかすことができればよい。それが梁山泊の心意気ではないか。それ以外のことは、このさい考えなくてよかろう」

他に二、三の意見が出たが、反対する者はいなかったので、出兵して宋の新天子を助けることに決まった。

李俊はさっそく救援軍を編制する。呼延灼、呼延鈺、徐晟で一隊。王進、李応、阮小七で一隊。みずからは、柴進、朱武、燕青、費保、花逢春、凌振をひきいて中軍を結成した。配置が終わると、ひたすら夜の出撃を待つ。

一方、新天子の高宗皇帝である。好運にも金軍による拉致をまぬがれ、即位したまではよかった。なにしろ徽宗上皇の九男であるため、平和な世であれば、王で終わったであろう。だが欽宗皇帝をはじめ兄たちがことごとく金軍に拉致され、ほとんど唯一の皇族として、対金抵抗派の重臣たちから推されて皇帝となれたのだ。

なってはみたものの、皇帝の座は心地よいものではなかった。このころ金軍では、二太子・斡離不が病床につき、かわって四太子・兀朮が総司令官となっている。斡離不は、宋の底力を警戒し、黄河を宋・金両軍の境界として、いずれは二帝も帰還させるつもりであったが、兀朮ははるかに強硬であった。黄河どころか長江も越えて南下し、いつまでもどこまでも高宗を追いつづける。

高宗は江南の各地を逃げまわり、ついに陸地を離れて船で海上に浮かんだ。しかし金軍の追跡はやまない。高宗は、牡蠣灘という海域で、名もない小島に追いつめられ、金軍の手に落ちる寸前であった。

さて、夜となって三更（午前零時ごろ）のこと、李俊はまず火船を金の軍船団の中へ押しやった。軍船団の黒い影の中に、ぼっと赤い火点が生じたかと見ると、轟然と爆発が起こる。何万もの火の粉が夜風に乗って海を赤々と染めあげた。

「それ、いまぞ！」

呼延灼らが喊声をあげて突入する。炎上する船に、こちらの船をぶつけて跳びうつり、右往左往する金兵をなぎ倒していく。

阿黒麻は狼狽した。どこから来た援兵かわからず、闇夜のこととて兵の多少も不明のところへ、味方の船はいずれも炎上し、まともに戦うこともできない。

「退け！」

ついに阿黒麻は命じた。掌中の珠をとり落としたような思いであったが、まだ機会はある、と、自分に言いきかせる。

さて、宋の新皇帝・高宗は、たてつづけの砲声、夜空をこがす炎をながめて、おどろき恐れた。涙を流してつぶやく。

「思うに、金兵が上陸したのであろう。いまは自刃して、恥辱を受けるのをまぬがれるまでじゃ」

侍従が必死でいさめる。

「あの音や喊声は、救援の兵が来て、交戦しているのではありますまいか。聖上、いますこしご辛抱あそばせ」

夜が明けると、李俊らは上陸し、羽林軍の兵士に告げた。

「我らは近隣の暹羅国の者でござる。金軍はすでに逃走したによって、宋の帝にお目どおりいたしたく、その旨、おとりつぎいただきたい」

羽林軍の兵士から報告を受けると、高宗皇帝は大いにおどろき、かつよろこんで、

「すぐにその者らを呼んでまいれ」

と命じた。

顔をあわせて、さて李俊はいう。

「我ら甲冑を着用しておれば、立ったままのごあいさつ、お恕しねがいたく存ずる」

「そなたらは異国の者というが、なぜ朕を助けてくれたのじゃ」

「あえて申せば、強きをくじき、弱きを助けたのみ。しかして、金軍の暴戾を聴き、宋の危難を知れば、人として宋を救わざるをえず」

「いかなる理由であれ、救うてくれて礼を申す」

「まだここは危険でござろう。よろしければ、わが国にてしばらく御身を隠され、金軍が遠く退いて後、帰国なされてはいかがか。歓迎し申すぞ」

宋の皇帝と五分の口をきいているのだ。長江の一漁夫であった自分が。李俊は信じられない思いで立っていた。

「それはありがたいが……」

高宗のほうは、外国と聴いて、不安を禁じえない。

「ご心配なく。これこのとおり言葉も通じますれば」

そういったのは燕青である。

「そ、そうか。たしかに言葉は通じるし、衣服も宋と変わらぬな。礼儀もそうじゃ。なにゆえに？」

「当然です。我々はもともと宋の人間でござれば」

「何？」

高宗はまばたきした。

「宋の人間が、なぜ外国の者となったのじゃ」

「故郷を追われましたので」

「故郷とはどこじゃ」

「梁山泊」

高宗は仰天してのけぞった。狼から助けてくれたのは虎であった。

「りょ、梁山泊とな」

「さよう、勅命を受けて国のために戦いながら、総首領・宋江、副首領・盧俊義を毒殺された梁山泊の者どもにござる。ただし、いま暹羅国の国王および官員として、ご尊顔を拝している次第」

「ま、まさか、朕に復仇しようと……しかし朕は、宋江や盧俊義の暗殺に、まったくかかわってはおらぬぞ」

「復仇しようなどと思うなら、最初から救いはしませぬ。ただ、我らが建てた国にご招待して、その間、金軍の魔手からお守り申しあげようとの所存」

高宗が唾をのみこむ。

「陛下、お受けなさいませ」

聞きおぼえのある声がして、ひとりの大臣が姿をあらわした。見れば、太尉・宿元(しゅくげん)

景である。

「おお、宿太尉であられましたか」

「梁山泊の義士たちよ、このとおり礼を申す。よくぞ聖上をお救いしてくれた」

宿元景は一同に頭をさげた。李俊たちもあわてて礼を返す。一貫して梁山泊の面々が信用しているのは、この人だけである。

船はやがて金鼇島に到着した。十六人がきの轎を用意して、高宗を公館に迎え入れる。李俊らは礼服に着替え、簡素な礼をほどこすと、山海の珍味を卓上に並べたてた。文武の官僚や兵士たちには、また別席をもうけてもてなす。

おそるおそる箸をつけた高宗だったが、やがて夢中になって食べはじめ、食べ終わった。皇帝とはいいながら、金軍の手から逃げまわっていた高宗は、この日一日、何も食べていなかったのだ。鯨の肉に、酒は香雪春。高宗が満足の溜息をついたのも当然である。

「美味であった」

「おそれいります」

応じたのは、梁山泊で宴会係をしていた宋清であった。無事に皇帝の食事が終わってほっとしている。

李俊が告げる。

「ここはわが国の前哨地点にすぎませぬ。明日は本国へご案内いたしましょう」

II

翌日、高宗は暹羅国の本土に向かった。

内心、高宗は、宋江暗殺の復仇をされるのではないか、と、怯える気持ちがあった。だが、暹羅国の港口に着いて、ほっとする。楽和の手によって儀仗がととのえられ、色布を結び、幔幕をめぐらし、沿道には香花をそなえ、灯燭を点し、鼓楽の音、笛や笙のひびき。

李俊は騎馬で、他の文武百官は徒歩で随伴する。

年長で、宋室に対する思慕の念の強い王進は涙ぐんでいる。阮小七は、ひたすらめずらしそうに高宗の車駕をながめている。なにしろ、「みんな交替で天子になろうぜ」と放言するような男だから、べつに皇帝をありがたいとは思わないのだ。

王宮での謁見が終わると、高宗は偏殿にはいった。ここでは、李俊、公孫勝、燕青の三人だけが高宗と同席する。

「中でどんなことを話してるんだろうな」

と阮小七、扈成が応えて、

「あんたの興味を引くような話は出ないだろうよ」

じつは高宗は、公孫勝にぐちを並べていた。

「朕はもう、俗世の苦労が、ほとほといやになっての。仙道の修行にはいりたいと思うが、いかがであろうか」

「天子と庶民は、おなじからず。天下に臨御され、人民をして生に安んじ、業を楽しませるのが、すなわち道をきわめるということでございます。何をお好みあって、枯寂の境地をお求めになりますか」

「わが父（徽宗）は、いたく神仙道術のことをお好みであったが……」

「その結果、群小非才の者どもを寵愛なさり、天より禍が下りました。何とぞ聖上には、凡愚の者を遠ざけられ、忠義の臣をお用いあって、中原の回復をおはかりあそばしますよう」

やはり、阮小七にとっては興味のない話をしているのであった。

翌日は元旦。あたらしい年を高宗は外国で迎えたのである。まかりまちがえば、外国は外国でも暹羅国でなく、金国で迎えるところであった。目ざめた高宗は、頬をつねって心から安堵した。

　太鼓が五回鳴って、儀式がはじまる。火城（かがり火）を数百つらね、さまざまな種類の名香をたきこめば、王宮は香気に満たされる。雲の彼方まで芳香が立ちこめるかのようだ。その下では羽林軍の兵士たちが儀仗をつらね、鼓を打ち鳴らす。

　高宗が殿上に上り、前国王・馬賽真の遺品である、竜の模様を象眼した象牙の牀に腰をおろし、拝礼を受ける。あとは宴会だ。

　高宗のお相手は李俊、柴進、公孫勝、燕青の四人で、まちがっても阮小七や楊林に声がかかることはないから、遠慮なく盛大に飲みかつ食う。楽和はあとで歌唱の出番があるから、酒はひかえめに。他の諸将の間では、暹羅国の将来像について、議論もはじまる。

　扈成が発言する。

「我々は宋をすてて暹羅国の人間になりましたが、べつに宋と事をかまえる必要はない。先方が仲良くしようというなら、仲良くすればよいのです。貿易の利益もあがります。宋の港に市舶司を置いていただければ、それで充分、あとはこっちでやりますよ」

　市舶司とは貿易や海運をつかさどる官衙のことである。あたらしい宋の都へ使者を

出すと決まると、阮小七が、

「使者？　何なら、おれがいこうか？」

「あんたはだめだ。皇帝が失言でもしようものなら、遠慮なく、げんこをお見舞するだろうからね」

「いくらおれでも、皇帝はなぐりませんよ」

「と思うが、酒がはいったらわからん。あぶないことは、やめておこう」

と、李俊は慎重である。

李俊は、柴進、燕青、楽和、蕭譲、李応、呼延灼、孫立、徐晟の八名に、軍船五十隻、兵二千名をもって、高宗を杭州臨安府まで警護するよう命じた。この八名の世話は鄆哥がする。

かくて高宗は暹羅国から宋本国へもどることになったが、李俊は、ここぞとばかり献上品攻勢に出た。

夜光珠に猫児眼、通天犀の帯に于闐玉の帯、珊瑚樹、瑪瑙盤、伽羅の香机、西洋の錦緞、巴豕の胆、香雪春……と、阮小七が読めない文字ばかりならんでいる。これらの献上品攻勢には、いくつかの理由があって、第一には純粋な好意。第二には昔ながら国庫にあるものが多く、民に負担をかけぬこと。第三には、とにかく恩を着せておくこと。以上、三点が特記すべきものだった。

高宗は船に乗る。この船も、花や絹、綿で飾りたてられ、五十隻の軍船に守られて、その威容は住民たちの目をみはらせた。

船団は普陀山をとりまく蓮花洋にはいって明州の港口に到着した。内侍が先に報せたので、明州の役人たちが、ことごとく出迎える。同時に急報は杭州臨安府に飛び、宋の朝廷の文武百官、ことごとく明州へ駆けつけて、皇帝を迎えた。

杭州に着くと、高宗は皇極殿に上って群臣の拝賀を受け、建炎四年を紹興元年(西暦一一三一年)と改元した。

これでもう暹羅国からの警護の必要はなくなったが、宋との盟約を結ぶなど、外交儀礼がいくつか残っている。十日ほどは滞在する必要があるが、それまでは一同、暇な身体になった。

西湖のほとり、昭慶寺に宿泊し、柴進の希望で杭州見物を愉しむことにする。湖の西方にある天竺山は、上天竺、中天竺、下天竺と名所ぞろいだが、目的は参詣だから、出かける前に斎戒沐浴、一同、馬にまたがって観音大士にもうで、白雲房で休息する。住持が茶を出してもてなしてくれたので、香華料をはずんだ。

「あれが有名な雷峰塔だよ」

「最上層に薩頭陀が隠れていないでしょうね」

徐晟の言葉に、他の七人は哄笑する。

呉山の頂上に馬を立てて四方を見わたせば、前には海ともまごう銭塘江の流れ、後ろには西湖の優雅なたたずまい。はるかに万松嶺を望めば、龍楼鳳閣、かすみの中に見え隠れするのが、まことに美しい。杭州の城内を見はるかせば、いわゆる「六街三市」、にぎやかなこと、この上ない。

蕭譲が指さして、

「銭塘江の外に、白々とひろがっているのは海だね。うまいぐあいに、城の入口が門でふさがれたようになっている。杭州にたてこもって国を建てることもできるわけだ」

楽和が応じて、

「私はまだ杞憂をすてきれませんね。ほら、あの西湖の水位は、銭塘門のあたりでは街とすれすれだ。もし戦いとなった場合、西湖の水を街に引きこめば、水攻めにされて、えらいことになるでしょう」

「あんたの考えも、あながち杞憂とはいえんな」

と李応。楽和はかさねて、

「だからぜったい金軍に二度と長江を渡らせてはいけない。杭州は戦うための都ではなくて、平和と繁栄の都なんです」

「そうなればよいな」

いったん長江を渡って高宗を追いまわした兀朮は、ついに断念して北帰したが、長江を北へ渡るとき、韓世忠と梁紅玉の作戦にかかり、全滅寸前でようやく逃げのびていた。これ以後、宋と金の戦いは十年にわたって黄河や淮河の周辺でつづけられる。杭州はそれ以後、かつての長安や開封さえしのぐ繁栄を誇ることになる。

その日は、昭慶寺にもどって宿泊した。もどってきたとき、四十歳ぐらいの官人が、辞去するところに行きあう。たがいに礼をしてすれちがっただけだが、燕青は妙に胸さわぎがして、住持に尋ねた。

「いまお帰りになった官人は、何というお方ですか？　背が高くて痩せている――」

「姓を秦、名を檜というお方です。金国に抑留されておられたのですが、昨年、帰国なさったのです。近々、宰相になられるという噂ですよ」

「そうですか。金国の内情を、よくご存じなのでしょうね」

「そういう話ですじゃ」

燕青が秦檜の名をふたたび聞くのは、十年後のことになる。

夕食をしたためたが、呼延灼、李応、孫立の三人は酒を飲みつづけている。燕青は、柴進と楽和の袖を引っぱり、

「私ら三人は、湖に出て月を見ながら散歩でもしてこよう」

と誘った。そこで三人は寺の門を出て、断橋という橋を渡り、堤に沿ってぶらぶら歩いていった。

満月である。月光は白くさえわたって、真昼かとも思える明るさだ。湖や山々が月光に照り映え、すばらしい夜景であった。もともと、この杭州には湖で夜遊びする風習があまりなく、初更（午後八時ごろ）の時刻には、画船（遊覧船）もひっそりと静まりかえっている。堤の上にも人影はなく、昼間のにぎわいが嘘のようだ。

と思ったとき、女性の悲鳴が聞こえた。

「どろぼう、どろぼう、つかまえてッ」

月下のありさまをながめると、ひとりの男が何か荷物をかかえて飛ぶように走ってくる。そのあとを女が追ってくるが、とても追いつかない。

燕青と楽和は、さりげなく姿勢を変えた。

Ⅲ

「どけどけ、どかないと踏みつぶすぞ！」

型どおりの台詞(せりふ)を吐きながら、男が突っこんでくる。燕青と楽和は身体をひらいてよけながら、それぞれが男の右手と左手を同時につかんだ。男は反動でもんどりうって堤にたたきつけられる。盗品であろう、螺鈿(らでん)の小匣も地に落ちて、蓋があき、黄金の簪(かんざし)や珊瑚の櫛(くし)などがちらばった。

「どこにでも、こういう手合(てあい)がいるもんだなあ」

いいながら、男の顔をのぞきこんだ楽和が、「あっ」と声をあげた。同時に男のほうも、「あっ」と叫び、あわてて顔をそむける。

「王朝恩(おうちょうおん)どのじゃないか」

「い、尹文和(いんぶんわ)どの……」

楽和や花逢春が建康(けんこう)で「世話になった」王朝恩である。父親の王黼(おうほ)が失脚し、流罪の途中で暗殺されてから消息不明だったが、何とひったくりにまで身を堕(お)としていたのか。

「あのときは、花公子（花逢春）の一家を閉じこめたり、いろいろとやりたい放題だったが、ずいぶん堕ちなさったもんですね」

王朝恩は、月の光に恥じらいの表情を映して、

「いまさら悔やんでもおそい。尹どの、どうかお慈悲を」

「私はじつは尹文和ではなくて、楽和というんだがね。あんたは、どうも憎めないお人なんだが、罪は罪、巡邏の兵に引き渡すしかない」

王朝恩の手首をねじあげて、

「小乙哥哥、いこうか」

と声をかけると、そちらはそちらで変なことになっていた。燕青と女とが何やら揉みあっているのだ。女のほうが、「兄弟、兄弟」としなだれかかり、燕青が迷惑そうに押しやろうとしている。

「どうなってるんだ」

楽和が思わず手をゆるめた隙に、王朝恩は必死の力を振りしぼって楽和の手を振りほどき、走り出している。柴進が、

「追わなくていいのかね」

「あそこまで堕ちたんじゃ、いずれ役人の世話になるでしょう。もともと、たいした

悪党じゃない、その道でも、うまくはいきませんよ」

楽和が応じて、不審そうに燕青を見やる。

「小乙哥哥、その女はどなただい？」

燕青がだまっていると、女は彼から離れて、ていねいに礼をした。

「妾、李師師と申します」

「えっ、あなたが!?」

楽和は仰天する。李師師といえば、徽宗上皇が皇帝だったころ、明妃の位をさずけられたほどの寵姫であった。いわれて見れば、月光に映る顔は、三十歳すぎながら、息をのむほどの美貌である。それも、貴婦人というより庶民的な美しさなのは、貴族ではなく、花柳界の出身で、そこに徽宗が惹かれた、ということだろうか。

この美女と、梁山泊との間には縁がある。総首領の宋江が、朝廷に帰順したくてたまらず、何とかして直接、皇帝に会いたいと思った。そこで燕青が客として李師師の店にはいりこんだ。李師師は燕青をたいそう気に入り、皇帝に会わせてくれたのである。いい話のようではあるが、皇帝が政務を放り出して廓通いしていたからの話でもある。

燕青は、その李師師を振りはらい、

「さ、もどりましょう」

と、柴進と楽和の手をつかんで、足早にその場を立ち去った。

寺へもどると、呼延灼と孫立が、酒を飲め飲まないで大騒動のまっ最中。孫立が賭けに負けたらしい。

もどってきた柴進は、笑いながら報告した。

「小乙哥哥は薄情者だよ。あの李師師を振って、我々の手を引いて逃げ出してしまうんだからな」

蕭譲が目をみはった。

「あの有名な李師師が杭州にいたのか。それじゃ明日さっそく会いにいってみよう」

「あのね、あの女は上皇さま（徽宗）の寵姫だったんですよ。それが、上皇さまが北方に拉致されても、後を追うでもなく、花柳界から足を洗うでもなく、まだこんなところで商売をつづけてる。けしからんじゃないですか」

呼延灼が、

「だが、その女(ひと)は梁山泊の恩人なんだろ」

「それとこれとは話が別！」

「小乙哥哥が、そんな宋頭巾(ヤボテン)とは思わなかったな。歴代の家門を誇る重臣や貴族がどんどん節を曲げ、国を売っている世の中だ。女ひとり生きていくのに、商売するのはあたりまえさ」

「わかってますよ。でもね……」

「さあさあ、今夜はもうおそい。寝るとしよう」

李応のひと声で、一同は床についた。

翌日、四日め。今日はどこへ行こうか、と、一同、寺門の前で相談していると、手に杏の花籃をさげた男がやって来た。

「小乙哥哥、こんなところにいたんですか。李師娘がとても会いたがっていましたよ。あの女、いま葛嶺にお住みですがね」

この男は王小閒といって、開封で打哄をやっていた。開封陥落の際、李師師にくっついて、南方へ逃れてきて、またおなじ商売をやっている。

柴進と蕭譲は、王小閒に十両の銀子をあたえて、西湖の湖上に浮かぶ画船の手配をたのんだ。李師師も呼んでくるように、とである。

柴進はさらに、伽南香や西洋錦なども李師師に贈る。呼延灼が、

「私と孫立どのは残ろうかね。どうも酒がはいると騒々しくなるから」

といったが、楽和が笑って、

「それはありませんよ。そういう騒々しいのが、ああいう席では喜ばれるんです」

と遠慮のないことをいう。

こうなると、燕青ひとり別行動をとるわけにもいかず、しぶしぶみんなの後をついていく。

葛嶺の一帯は、背後に山を負い、前方は湖に面して、たいそうな美観である。

王小閒が竹の扉を押しあけると、庭一帯が彫刻をほどこした欄干（らんかん）でかこまれ、さまざまな花が植えてあった。客院には、花梨木（かりぼく）の卓と椅子、斑竹（はんちく）のすだれに香炉の煙。中でもすごいのは、中華史上屈指の画家であった徽宗の、白鷹の掛け軸である。

黄金の鈎（とまりぎ）につながれていた緑色のインコが声をあげる。

「客到（チャータオ）、茶来（チャーライ）！」

すると、屛風の後ろから蘭麝（らんじゃ）の香がただよい、李師師が姿をあらわした。白い麻のあたらしい上衣（うわぎ）に、宮様（みやよう）のよそおい。清楚な印象である。徐晟は、こんな場所もこんな女性もはじめてなので、がちがちに固くなっている。

一同に席をすすめて、李師師はとくに燕青に向かってほほえみかけた。

「あなた、長いこと会わなかったのに、今日はどういう風の吹きまわし？」

燕青は返事をしない。

柴進が贈り物を差し出すと、

「みなさまにおこしいただいただけでも光栄ですのに、こんなりっぱなものまでいただいて、心苦しゅうございますわ」

そう言って、小間使いにわたし、竜井の雨前茶をとり出した。銘茶中の銘茶である。ひとりひとりに注いで差し出す。徐晟の番になると、このきりっとした端整な若者に、ちらりと流し目を送る。徐晟は顔をまっかにして、せっかくの銘茶をこぼしてしまった。

楽和がからかう。

「賢姪、姐さんとはまだまだ役者がちがうな。君がお茶をこぼしたのを、はじめて見たよ」

「そんなこと、おっしゃってはいけませんわ」

最年少者は、こういう場所ではいいおもちゃだ。

ほどなく、船の用意ができたことを、王小閒が知らせに来た。一同は西冷橋から乗船する。小間使いもふたり乗船する。みんな話したり笑ったりでにぎやかさもきわまる中、燕青はだまって考えこんでいた。

「たしかに李師師を責めるのは酷だ。上皇さまだって遊びのおつもりだったんだろうし、女ひとり生きていくには、操がどうのこうのというのは男の身勝手だ。しかし……やはり上皇さまもお気の毒で……ええい、男と女のことは、まったく、よくわからん」

月が柳の梢にしずみ、花に月影のこぼれるまで歓をつくすと、船を湖中の湖心亭につけた。ここで楽和が簫を吹き、李師師が「楊柳の岸、暁の風に残月……」と歌うと、鳥も魚も踊り出さんばかりの名調子。みな手を拍ってほめたたえる。

かくして、暁の鐘が鳴りはじめるまで飲みつづけ、ようやくお開きとなった。

李師師を家に送りとどけ、寺へ帰る道すがら、楽和が「あ」と声をあげた。

役人たちが、ひとりの男を縛りあげて引ったてていく。一歩ごとに棒でひっぱたかれている男は、うなだれているが、王朝恩にまちがいなかった。

「ああ、人も世も変わる」

まる一日、陽気だった楽和も歎息し、燕青とふたり、肩をならべ、笑うことなく寺へともどっていった。

Ⅳ

一月が終わり、二月になっても、彼ら八人はまだ杭州にいた。皇帝の詔書を受けとらないかぎり、使者の役目はすまないのである。

「いつまで待たせるんだ！」

大声をあげたのは李応だった。

「朝廷は、よっぽどいそがしいんでしょうよ」

皮肉っぽく、楽和が応じる。みな心の中で、

「阮小七をつれて来なくてよかった。あいつがいたら、とっくに暴れ出してるだろう」

と思っている。

その阮小七は、暹羅国で元気いっぱいだった。「征鯨大将軍」の旗じるしを、国王に許可してもらい、毎日のように海に出て鯨を追っている。

「そう毎日とれるもんじゃなかろう」

と戴宗(たいそう)がからかっても、

「鯨を追うこと自体が愉しいのさ。しろうとさんにはわからねえよ」

すっかり海の漁師になっているが、じつは鯨を追うのは海戦の訓練にもなるのだった。

「そら、左へまわりこめ！」

「ばか、正面をふさぐな。そうだ、ななめうしろから追いつめるんだ」

そして実際に鯨をしとめるのは、十回に一回ぐらいのもの。「しろうとさん」にはわからない愉しみを存分に味わっている。

杭州への使者たちが帰ってくるのを待つ間にも、国づくりを休むわけにはいかない。燕青、楽和、柴進を一度に使者に出してしまったため、もっぱら扈成が全体の国づくりの相談役になった。

扈成の計画は、貿易立国である。この点については、燕青らも賛成だったから、問題なく扈成は自分の構想をすすめていった。

「島の各処に港をつくらねばなりません。港と港をつなぐ道をつくらねばなりません。そのためには地図が必要です」

というわけで、前軍都督・関勝、中軍都督・朱仝(しゅどう)、右軍都督・黄信(こうしん)らの武将たちは、兵の調練をかねて奥地を行軍し、地図づくりに精を出した。とくに熱心だったの

は、左親軍指揮使の呼延鈺で、父と義弟が使者として杭州へ行ったことをうらやましいとも思わず、

「また巴豕を退治してやるぞ！」

と張りきった。武将たちも、呼延灼一家の巴豕退治の話を熱心に聴いた。朱仝の隊が巴豕を殺すのに成功した。呼延灼父子が殺したものにくらべると、三分の二ていどの大きさだが、胆の大きさはほとんどおなじだ。肉は国王に献上され、胆は安道全に贈られた。安道全は唐牛児を助手にして、胆を炭火であぶって乾物にし、保存することにする。また彼は李俊に進言して、「巴豕は珍奇な生物で、数がすくないから、やたらと殺したりつかまえたりしないように」と布告してもらった。

公孫勝は朱武と樊瑞を弟子として、ともに仙道の修行にいそしむ。ただし、公孫勝は国師、朱武は軍師と大理寺正卿、樊瑞は伏魔護国真人を兼ねるから、国政と完全に縁を切ったわけではない。朱武は、

「私はもともと山賊だったが、人生はあんがい長い。この先もどんなになるかわからんな」

と語った。

最年長の王進は、都知兵馬使として実戦部隊の総指揮をゆだねられているが、実務

は五人の都督にまかせて、もっぱら閲兵などをおこなっている。宋の将軍として金国と戦うのは半ばあきらめたが、未練がなくなったわけではなく、杭州からの使者が報告をもたらすのを心待ちにしていた。旧い弟子だった史進のことを思い出しては、

「わしより二十も若いくせに早く死におって」

と歎く。

楊林は「巡綽五城兵馬使」に任じられて、都の警備にあたり、よく務めて、しょっちゅう城の内外を巡視していた。もっとも、官衙に帰ると書類の山が待っているので、それがいやなのだ、という説もある。

顧大嫂は「大郡夫人」という称号をあたえられ、「六宮防御使」となった。要するに、王宮の内外で女性たちを警護する役である。彼女は住民の若い女たちの中から百人を選び、武芸をしこんで娘子軍をつくることにした。

夫の孫新は宣慰使となって、後世の警察の任にあたる。杜興は駅伝道として道路の管理。

蔣敬は度支塩鉄使として経理全般にあたる。

「金銭がかかってしようがない」というのが口ぐせで、税を上げることはできないから、扈成の貿易立国が成功するのを待ち望んでいる。もっとも、暹羅国の国庫は豊か

だから、本人は明るい。

童威、童猛、費保、高青、倪雲、狄成は水軍正総管として、形の上では阮小七の配下にある。実際は、狄成は清水澳を、費保と高青は金鰲島を守護している。他の三人は、清水澳・金鰲島・暹羅国本土を結ぶ海路を巡察するのにいそがしい。

蔡慶、穆春、鄒潤もそれぞれ多忙だ。

裴宣は刑部尚書として法律や刑罰を担当し、金大堅は尚璽として印章を管理。安道全は太医院。皇甫端は御馬監。宋清は光禄寺。凌振は火薬局総管。将来の宰相候補・宋安平は翰林学士。

聞煥章は国子監祭酒で、学校の管理。

欒廷玉は枢密使として軍政の管理。

みな仕事にはげむ一方、夜になれば酒宴を楽しむ。往古の話がもっぱらだが、

「早く、やつら帰ってこねえかなあ」

と、使者の帰還を愉しみにしていた。

使者たちは、帰りたくとも帰れない。いっこうに高宗皇帝の詔書が出ないからであ

る。

「ただ文書を出すだけで、何でこんなに時間がかかるんだ。借金の証文を書いているわけじゃあるまいに」

と、李応は口が悪い。

「おれたちの国も、こんな風にならないようしたいもんだ」

と、孫立が皮肉る。

柴進の提案で、梨園小子弟（少年劇団）の芝居を見物にいくことにした。

「今日の公演は？」

と問うと、

「周美成先生の御作で、『水滸伝』と申します。梁山泊の好漢たちの活躍を描いたものです」

一同、顔を見あわせる。

「私たちがやってきたことを芝居にしてるらしいぞ」

「こいつは傑作だ。ぜひ見せてもらおう」

「いいかげんに書いてあるんじゃないか」

「それはそれで笑えるさ」

千人入りの大劇場で、八人は最上席を確保し、酒を用意して待ちうける。『魯智深、大いに五台山を騒がす』、『林冲、風雪に山神廟へ』、『汴京城に楊志刀を売る』などの段では一同、笑って愉しんだが、ある段に来て、ぴたりと笑いがやんだ。『景陽岡に武松虎を打つ』の段である。

「おい、忘れてたぞ」

「武松どのは杭州にいるんだった」

八人はあわてて座を立った。

V

「いや、忘れていて申しわけないことをした。さっそく訪ねるとしよう」

柴進がいうと、呼延灼が受ける。

「武松どのは六和塔で出家してから、生死のほどもわからなくなっているから、いちど訪ねてみよう。ついでに魯智深どのの墓まいりもできる」

人食い虎を白手でなぐり殺した行者・武松、数かぎりない愉快な挿話を残した花和尚・魯智深、ともに梁山泊で一、二をあらそう怪力の巨漢で、民衆の人気者でもある。

一同そろって銭塘江のほとりまでやって来ると、住持が禅堂の中へ迎え入れる。武松は方臘の乱で左腕をうしなったので、背中を出して行童（小坊主）に、かゆいところをかかせていたが、一同を見ると目を丸くした。

「アイヤー、何てこったい」

ろくに服も着ず、ひとりひとりに礼をしていわく、

「兄弟衆、どうしてここへ来られた？　いや、夢にも思わんことですよ」

柴進がこれまでの経緯を語るだけで、半刻ほどもかかった。

「こんど宋の今上の天子を護衛して参り、詔書が出るのを待っているところだ。それで、兄弟をお訪ねしたというわけだよ」

「すごいすごい。わしは無為徒食の身になってしまったというのに、兄弟衆はまたもそんな大事業をやってのけるとは、うれしいやら感心するやら」

と、武松は大よろこび。柴進は彼に、銀五百両の香華料と土儀を贈った。

「わしの衣食は、ぜんぶ寺でまかなってくれるから、こんな銀子をいただいても使いようがない。だけど、せっかくのご好意だから、ありがたく受けとって、六和塔を修理し、兄弟衆の福を祈らせていただくとしよう」

李応が言う。

「これは、あんたがとっておいてほしいね。明日は昭慶寺に行って、塔の修理費に五百両、喜捨するつもりだから」

それを聞いて、住持も大よろこび、一同の前に斎を並べたてる。孫立が、

「哥哥は、ふだんは精進料理かね。それとも、なまぐさもやるのかね？」

「心は灰のごとしってやつで、いまさら何の欲もないが、口のほうはまだまだ達者さね。とくに酒だけは、どうしてもやめられんよ。寺の食事は精進だけなんで、わしは自分の房室で、ちょくちょくやってる」

武松は行童を呼んで言いつけた。

「床頭に、いい酒が二本あったから、燗をつけてきてくれ。それに、金華の火腿と江寧の干物もな。これだけは精進っ気がないから、兄弟衆も食えるだろう」

ほどなく大碗についで飲みはじめる。蕭譲が、

「哥哥は、以前は景陽岡で人食い虎をなぐり殺したりしたもんだが、このごろは、おとなしくなりなさったのかね」

「ありゃ一時のがむしゃらってやつさ。いまじゃ猫が二、三匹きても逃げ出すよ」

一同は快笑した。

「李俊どのは国王になっても、長江で魚をとってたころの恰好かね」

「ちゃんと王さまの衣冠を身につけてますよ」

「そりゃ窮屈だろうなあ」

またも爆笑のあと、呼延灼がまじめな顔になった。

「哥哥、我々といっしょに、向こうへ渡らんかね。旧い兄弟は、やっぱりいっしょにいたいものだ。もし静かに暮らしたいなら、公孫勝先生といっしょに住めばいい」

武松も、まじめな顔になる。

「ありがたい話だが、もうここの暮らしに慣れちまった。それに、魯智深どのの納骨堂も、林冲どののお墓もここにあるから、傍にいてやらんとね」

「そうか……」

「で、結局、旧い兄弟たちは何人いるんだね」

「李国王や我々をふくめて、ぜんぶで三十二人いますよ。それに、あたらしい同志が十二人、あわせて四十四人です」

燕青が答えると、呼延灼が、

「ほら、そこでおとなしくしているのが徐晟だ。徐寧の息子で、私の女婿になるやつさ」

「ほう、りっぱな息子さんだ。しかし我々も、もうそんな年齢になったんだなあ」

武松はしみじみと歎息した。

「ところで、あんたたち、暹羅国へ帰ったら、えらい高官になるんだろう？」

楽和が応えて、

「高官なんてものじゃありません。適当にやってるだけですよ」

「だけど、梁山泊で火つけ強盗をやってるより、よっぽどましだろう」

武松の言葉で、何度めかの大笑いとなった。

ずっとだまっていた鄆哥が、はじめて口を開いた。

「武松さま、私のことを、すこしでもおぼえていらっしゃいますか」

「うん？　若い人だね、待ってくれ、どこかで会ったような気もするが……あんたが子どものころかね」

「陽穀県の鄆哥ですよ」

あっ、と、武松は声をあげた。

「あの小さかった鄆哥か。こいつはおどろいた。いや、りっぱな成人になったなあ。で、あんたもいま暹羅国とやらにいるのかい」

「はい、いろいろ雑用をつとめております」

呼延灼がいう。

「私の息子たちが、えらく世話になってな。いまでは家の総管をしてもらっとるよ」

「おお、そうか、そうか」

武松が兄を殺され、その復仇をとげたとき、協力してくれたのが子ども時代の鄆哥だった。

話ははずむ一方で、すっかり夜もふけたので、武松は九人に泊まっていくようすすめた。一同も、いまから腰をあげるのはおっくうなので、ありがたく好意を受けて一泊することにした。

一室には、柴進、燕青、楽和、蕭譲。一室には李応、孫立、呼延灼、徐晟。小さな一室に鄆哥、とわかれて寝につく。

武松は、ひとり房室に残って酒を飲んだ。片腕をなくし、世の望みをすっかりすてたつもりでも、往古の友はなつかしい。

「そうか、三十二人も生き残っていたか」

武松は大杯をあおぐ。そんなに生き残っていたとは思わなかった。戦いのたえない日々、そして戦うたびにへっていく友。豪快な気性の武松も、感傷にとらわれて、つい涙ぐんだ。

「いかんいかん、柄でもない。酒は笑うために飲むものだ、泣くためじゃない」

ひとりごとをいいながら、また大杯に酒を注いだが、もう半分ほどしか残っていなかった。

「これで終わりだ。わしも寝るとするか」

武松は座を立ちかけたが、はっとして動きをとめた。ただならぬ気配を感じる。もう何年前のことか、景陽岡で人食い虎に出くわしたときのことを思い出す。一陣の風が、すうっと武松の巨体を通りすぎて、彼を慄然(ぞっ)とさせた。これは虎ではない。すさまじい悪念と兇意をむき出しにした人間の瘴気(しょうき)だ。

「誰じゃ、そこにおるのは?」

返事がないので、武松は、ずいと一歩、前に出た。

「ほう、わしとおなじ片腕か。だが、あやしいことに変わりはないな」

黒い影が灯火をあびて、姿があらわになる。身長八尺、全身が黒い剛毛におおわれ、紅い道服、足は裸足。

薩頭陀であった。

「ふうむ、兄弟衆が、何やら気色の悪い妖人の話をしてくれたが、どうやら、きさまのことらしいな。わしを知っておるか? 虎退治の武松とは、わしがことよ」

薩頭陀は返事をしない。西天からやって来て、南方の島々を渡り歩き、まだ宋の本土へ来てまもない薩頭陀は、武松のことを知らないであろう。知っていたとしても、恐れなかったにちがいない。

武松はゆっくりと身がまえた。

第十六章　おれたちの国

I

武松と薩頭陀の戦いは、暹羅国から来た九人をはね起きさせた。まっさきに目をさましたのは燕青だが、彼が声を出すより早く、呼延灼が、李応が、楽和が、つぎつぎと蒲団を蹴る。全員、腰刀をつかみ、音のする方向へ走った。

武松と薩頭陀の対峙する光景を見て、九人は声と息をのむ。生きていたこともだが、それが杭州にあらわれた、そのおどろき。

「この化物が……！」

飛刀天下一。李応が自慢の武器をかざすのを、武松が制した。

「悪いが、手を出さんでくれ。この化物は、おれが倒すから」

「わかった。だが退路ぐらいは絶たせてくれ」

と孫立。武松は返事をしなかったが、九人はそれぞれ四方に散って壁ぎわに立つ。

もっとも文弱と思われる蕭譲でさえ、なみの相手なら五、六人は倒せる。それが梁山泊の頭領である。

むろん薩頭陀はなみの相手ではない。

「虎は人を喰うが、人は国を喰う。どちらが性質が悪いかな」

燕青がつぶやく。呼延灼がいう。

「薩頭陀め、虎より強いということはあるまいよ」

武松と薩頭陀は、じりじりと間合をつめながら、相手の左側へ左側へまわりこもうとしている。武松は酔拳の達人である。まるで酔った人間がふらついているような動きから、そう呼ばれるのだが、武松の場合、ほんとうに酔っていても酔拳の技に翳りはない。

「殺！」

怒号とともに、薩頭陀が動く。視認できないほどの速さで、掌底を武松の顔面にたたきつけてくる。この妖人は功夫の心得もあるのだ。

掌底を掌底で、武松ははね返す。双方、片腕なので、反対側の手は動かない。かわりに武松が左脚で薩頭陀の脚をなぐ。薩頭陀が脚で受けて、しかしびくともしない。

「薩頭陀め、なぜここへ」

「ここには公孫勝先生がいない」

あっ、と徐晟は心のなかで叫んだ。

「ここでまた彼奴を逃がすと、公孫勝先生のいないところいないところをねらって、我々を害しようとするだろう。ここで必ず決着をつけねばならぬ」

上品で優雅な柴進の顔に、殺気が走る。やはりこの人も梁山泊の一党なのだ。あらためて徐晟はそう感じた。

二本の腕と四本の脚が風を切る。そのたびに灯燭の炎がゆれる。掌底どうしがぶつかりあい、脚は床を蹴って宙を飛ぶ。薩頭陀が壁を駆け上り、天井から武松の頭部めがけて蹴りを放つ。武松は跳んでそれをかわす。薩頭陀の素足が床を蹴り割って、四方に木片が飛んだ。

またも薩頭陀が強烈な蹴りを放つ。

武松は肘までしかない左腕でその蹴りを払う。ふたたび薩頭陀の蹴り。武松は大きく身体をのけぞらせてかわす。空の袖がふたつ、風をはらんで音をたてる。

徐晟は腰刀の柄に手をかけたまま、必死で自分をおさえている。この、暹羅国に災厄をもたらした魔人を、自分の手で斬ってすてたい。だが、おとなたちも皆そうであろう。自分が他に先んじて刀を抜けば、何よりも一対一の決闘を望む武松の面子をつぶすことになる。

薩頭陀も白手（すで）である。徐晟の刀で右腕をうしなった彼は、両手をあわせて呪文をとなえることができない。呪力を使わず、暹羅国の使者たちを皆殺しにするつもりなのだ。呼延灼や李応たちを。

「傲慢なやつ」

孫立が鉄鞭を手に吐きすてる。

「武行者（ぶぎょうじゃ）（武松）、やってしまえ」

と、これは李応。

その声に呼応したわけでもあるまいが、武松が攻勢に出た。かつて人食い虎をなぐり殺した右の拳が、うなりを生じて薩頭陀におそいかかる。速さといい重さといい、超人的な一撃を、だが薩頭陀は、左の掌底で受けとめた。

受けとめはしたものの、床を鳴らして、大きく二、三歩後退する。踏みとどまると、肘までしかない右腕で、武松の耳のあたりをねらって一撃した。とどかない。武松は、かるく笑って、左の脚を飛ばした。

薩頭陀が跳びすさる。武松の脚は相手のひざをかすめるにとどまった。

ふたたび薩頭陀が攻勢に出る。左の拳、右の脚、左の脚、たてつづけにくりだして、武松は防御にいとまがないように見える。思わず徐晟は一歩前に出た。

その瞬間、薩頭陀の身体が反転する。はっとして反射的に跳びさがったが、薩頭陀の蹴りが、徐晟の左太腿をかすめて、焼けるような痛みを走らせた。

呼延灼が徐晟の肩をつかんで引き寄せる。

「出るな！」

「は、はい」

「わしのほうから手を出さぬといったおぼえはないぞ」

薩頭陀が嘲笑する。燕青、李応、孫立らが武器をかまえなおす。

武松の一撃が飛んだ。

薩頭陀がかわしそこね、武松の蹴りを腹にくらう。一丈ほど後方に飛ばされて、一回転し、はね起きる。

「他人にも目を配って、わしに勝てると思うか？　なめられたものよな」

武松が突進する。その脚を、薩頭陀の脚が払う。武松が跳躍してそれをかわす。着地する瞬間、薩頭陀がもう一本の脚を突き出して、武松の脚にからめる。

武松がよろめき、音をたてて転倒する。

「あっ」

徐晟は本当に叫びをあげた。

だが、これは武松の計算である。もしここで無理に立ったままでいようとすれば、からめられた脚が折れる。床の上で、武松は巨体を回転させ、右手を伸ばす。薩頭陀の左腕を間一髪でつかんで、ねじあげる。

「うむッ」

薩頭陀がうめく。武松はまるで舞うように位置を変え、ねじっていた相手の腕を放すと、掌底を薩頭陀にたたきつける。顔、胸とたてつづけに二度。薩頭陀の鼻孔と口から血が流れ出す。

「いいぞ、やってしまえ！」

李応がどなる。

顔を紫色にはらした薩頭陀は、悪鬼の形相となり、つづけざまに攻撃をくり出す。拳、掌底、蹴り。一発は武松の肩口に命中してよろめかせる。だが、武松は虎の動きが読める男だ。くるりと身体を回転させ、薩頭陀の背後にまわって、太い腕を相手の咽喉に巻きつけた。

「ぐうう……むうッ」

薩頭陀はうめき、あえいだ。呼吸が苦しくなり、目の前が暗くなる。左手だけでは呪法を使うことができず、むなしく左手は宙をかくばかり。

武松は容赦なく右腕でしめあげた。かつて景陽岡で人食い虎を白手でなぐり殺した、その剛力は、右腕だけの身体になっても、おとろえを知らぬかのようだ。もがきまわる薩頭陀の頸に力を加える。さらに加える。武松自身の顔にも血色がたぎって真赤になっていく。

薩頭陀の頸骨が、小さな、だが、はっきりした音をたてる。薩頭陀の全身が小さく慄え、力が抜けた。武松が大きく息を吐き出し、薩頭陀の身体を離すと、薩頭陀は床を地震のようにひびかせて倒れこんだ。永久に。

暹羅国にかずかずの災禍をもたらした魔人・薩頭陀は、打虎の行者・武松の手によって、ついに絶息したのである。

力をつかいはたした武松がよろめくのを、李応と徐晟が、あわててささえた。

楽和が房室に取ってかえし、小荷物の中から巴豕の胆の乾物をとって、駆けもどってきた。

「武哥哥、これを食べてください。飲みこんでもいい」

「水を！」

と、鄆哥が茶碗を差し出す。受けとった武松は一気に飲みほした。

呼延灼と孫立は、地上に投げ出された薩頭陀の死体を、用心深く見おろした。

「本当に死んだのか……？」

「ためしてみよう」

孫立が、腰刀を逆手ににぎり、死体の胸をめがけて突きおろす。刃は勢いよく死体を貫通し、尖端が床に達した。

「死んでいる、たしかに。それで、この死体をどうする？」

「首と胴を斬り放した上で、焼きましょう。それでまず、まちがいないと思います」

「それがよい」

「もう、それ以上のことはできんな」

「とにかく、ひとつ国難の種がへった。まあ、これだけでも、杭州に来た甲斐があるってものだ」

九人は顔を見あわせてうなずきあった。どの顔も、疲れはてた表情を浮かべている。

「あの、首を国へ持っていかなくていいのでしょうか」

徐晟がおそるおそる問うと、呼延灼が、

「持って帰る途中で、首から胴が生えてきたらどうする？」

徐晟は絶句した。ありそうなことだ、という気がする。

「それにしても、さすが武行者。天下一よ」

李応や柴進が口々に賞賛した。

II

三月にはいって、ようやく高宗からの詔書が下った。それを暹羅国に持っていく勅使も決定した。太尉・陳宗善である。

「おや、陳宗善といえば……」

「誰ですか？」

燕青が蕭譲に尋ねる。

「小乙哥哥は知らないか。まだ梁山泊にはいる前だからね。いや、朝廷が最初に帰順をすすめる使者を梁山泊によこしたときの、その勅使さまが、陳太尉さ」

「失敗したんですね」

「本人のせいじゃないんだが、さんざんな目にあって逃げ帰ったよ。それが、こんどは暹羅国への勅使か。気の毒なもんだ」

軽口も出てくる。

一同はふたたび六和塔の武松をおとずれ、袈裟と数珠を贈って、涙ながらに別れを告げた。

「国へ帰ったら香雪春を送るよ」

「ぜひたのみたいね。道中、気をつけてな」

そのころ暹羅の本国でも、高官たちがいらだちをつのらせていた。

「いつまで待たせる気だ」

と関勝はいい、欒廷玉は、

「まさか、わざと詔書を出すのを、おくらせているわけではあるまいな」

「もったいぶった連中だからな」

と朱仝が受ける。黄信が、

「いっそ戴宗どのに、消息をしらべにいってもらったらどうだろう」

と言うと、扈成が一同をなだめる。

「神行法は海の上では使えません。それに、なまじ船を出すと、途中で出会うならいいが、行きちがいになる恐れもある。ここは待つしかありません」

しぶしぶ一同は納得するのだが、いちばん過激な阮小七が、めずらしく何もいわないので、

「阮小七哥哥は、やけにおとなしいですね」

楊林がすこし皮肉っぽく声をかけた。すると阮小七は、

「詔書なんて、おれはべつに読みたくもねえよ。来なけりゃ来ないでいいさ」

と、冷淡なものである。

李俊はというと、その間に、熊勝、許義、吉孚、唐牛児、和合児、鄆哥、方明、花信ら副頭目級の功労者に対して恩賞と地位をあたえるなど、こまごました仕事をしている。

裴宣と蔡慶がやって来て、

「共濤の娘、薩頭陀を追うのに功ありとて、罪一等を減じ、入牢させておりますが、いかがいたしましょうか」

と、うかがいを立てた。

「そうさな、牢から出してやるのはいいが、そのあとどうしようか」

すこし悩んでいると、意外な方向から助け舟がやってきた。

呼延鈺である。

「いま鄆哥は杭州に行っておりますが、帰国したら、共濤の娘を嫁にしてやってくださいませんか」

「ほう、こりゃ意外な組みあわせだな」

「鄆哥は共濤の娘にひとめぼれして、牢に差し入れなどしてやっていました。共濤の娘のほうでも、たよりにしていたようです」

「両方がそうなら、さまたげることもない。鄆哥が無事に帰ったら、そうしてやろう」

　そんなある日、公孫勝らの修行組をのぞいた一同が酒宴をしている最中に、ひとりの道士が飄然(ひょうぜん)とやってきた。羽衣(はごろも)に竹の冠といういでたちである。花逢春(かほうしゅん)はその姿を見ると、すぐに席を立って拝礼する。道士は笑って、

「駙馬(むこぎみ)は、拙道をおぼえておられましたかな」

　李俊は、道士の世俗を超越した姿を見て、上座にすわらせる。道士は、わるびれるようすもなく、座につくと、たちまち大杯に十杯ほど酒を飲みほしたが、なまぐさ料理だけは口にしない。李俊が花逢春に、

「この方はどういう御仁か」

　と問うと、花逢春、答えて、

「以前、前王が丹霞山に遊ばれましたとき、この先生が国王の気色よろしからず、と看てとり、退位と出家をおすすめになったのです。そして国王に鏡をお見せになりましたが、不祥のことであったらしく、国王はいささか不機嫌になられました」

「拙道は先ほど国王の墓参をしてまいりましたよ」

花逢春、

「もし国王が、あのとき先生にしたがって出家していたら、今回の災厄は、まぬがれることができたでしょうか」

「仙道は、わざわいを転じて福とすることができます。もちろん、まぬがれることはできたでござろう。じゃが、国王が出家を承知するはずもなかった。老病貧苦にせまられた不幸な者さえ、なお俗世に未練を持つものを、国王たる者が富貴をすてて出家などできようはずがない。拙道の、よけいなおしゃべりでござったよ」

「共濤は宰相として富貴の身にありながら、なぜあのようなだいそれた反逆をくわだて、みずから滅亡を招いたのでしょう？」

「貪欲な者は、利のみを知って害あるを知らぬによって、こうなったのですじゃ。人たるものは、心を掃ききよめれば、たとえ悪事をはたらいた者でも、後に必ずよい結果があるもの。もし心よこしまにして、みだりに出世栄達を望み、天の理にそむくことあらば、必ず屍を人々の前にさらすことになりますのじゃ」

なかなかおもしろいことをいう道士だ。そう思った李俊は、問うてみた。

「失礼ながら、ご尊名は？」

「徐神翁と呼んでくださればけっこう」

「では、徐神翁、わしのような者でも、先生にしたがって出家できますかな」

徐神翁は李俊をつくづくとながめた。

「貴殿は、まだ俗世で重い荷をせおっておられる。いずれはおろせるでござろうが」

「先生、この国におとどまりあって、公孫勝先生とお住まいになり、ともに修練なさってはいかがです」

「公孫勝はわが師の甥じゃが、薩頭陀ごときに手こずっておるようでは、まだまだ。天を飛翔するにはなお修行が必要じゃな」

一同、へえ、公孫勝よりすごい道士が世の中にはいるもんだ、これこそ真の仙人なのだろうな、と感服する。

「これもよけいなことかもしれぬが、歓待していただいたによって、お報せしておきましょう。貴国に対する危害の因は、ひとつへり申した。じゃが、いまひとつの危害が、数日中にせまっております。その害をとりのぞけば、当分、国に憂いはございますまい」

徐神翁はそういうと、大きな漆塗りの盆をとりよせ、袖の中から小さな果物をとり出した。あとからあとから、どんどん出てくる。それは福州で産する茘枝であった。さらに袖から出したのは洛陽で産する姚黄・魏紫なる牡丹の花二枝。それを卓上に挿して、にこにこ笑い、

「拙道は貧乏人。この二品を献上いたしましょう」

さらに香雪春を三杯飲みほすと、空中に手をあげてさし招く。すると、いずこからともなく一羽の大きな白鶴が舞いおり、宴席の前で鳴声をたてる。徐神翁はその背にまたがり、

「おじゃまいたしました」

と、ひと声。空へ飛び去っていった。

Ⅲ

仙人の秘術を見物したのはのどかだったが、その直後から騒動になった。徐神翁が語った「国の危害」についてである。

「ここについてから危害ばっかりだったからなあ。危害がひとつへって、あらたな危害が生まれるって何のことだ」

と童威（どうい）、考えこんでいた童猛（どうもう）が、

「もしかして、薩頭陀のやつ、どこかでもう死んでるんじゃないか」

関勝、

「だとすれば、めでたいことだが、それなら何か報告がありそうなものだ」

欒廷玉、

「数日中にあらたな危害があるというのは何だろう」

黄信、

「もしや杭州に行っている連中に何ごとかあった、いや、これからあるのではないか」

朱仝、

「そもそも杭州にはちゃんと到着したのだろうな」

扈成、

「それは大丈夫でしょう。海はおだやかだし、金（きん）軍もしりぞけましたから」

王進（おうしん）、

「だとすれば、危険なのは帰路だ。なくなった危害については、もうないのだから、気に病む必要はない。あらたな危害について考えればよかろう」

裴宣、

「だとしたら、やはり、杭州へ行った連中の帰路だ。迎えの船団を出したほうがよいのではないか」

賛成、賛成の声がおこって、一同うちそろい、李俊に進言した。むろん李俊も気にかけていたところである。まずは杭州方面の海域に船を出して状況をさぐることになり、童威と童猛がそれを指揮する。ついで、水軍は百五十隻の軍船を用意し、いつでも出動できる態勢をととのえた。総大将は水軍都総管・阮小七である。

「本来なら、わしが自分で行きたいところだが、そうもいかんな」

李俊はぼやいた。

「国王とは不自由なものだ。『征海大元帥』などといってたころが、いちばんよかったかもしれんて」

「国王にはまだ重荷がある、と、先ほど仙人がいっていたでござろう？　あきらめていただくことですな」

と関勝がいい、一同、哄笑した。李俊も苦笑せざるをえない。

「なってしまったものは、しかたないな。よろしくたのむぞ」

こうして暹羅国は、着々と、「つぎの危害」にそなえて準備をすすめた。

杭州にいる八名の使者は、詔書を手にしたうれしさと、帰国準備のあわただしさにはさまれて日を送っている。八名以外の、たとえば鄆哥などは、帰国したら花嫁が待っていることなど知らず、三十人の従者たちを指図して、あれやこれやと多忙のきわみだった。

「皆さまがた、お忘れ物のないようにねがいますよ。お買い物がありましたら、お早めに。すぐ梱包いたしますからね」

まるで子どもをさとすようである。

「やれやれ、やっと……」

「これであとは、帰るだけだ」

「おいおい、帰り着くまでは任務は終わらないぞ」

いちおう柴進がたしなめるが、彼自身も解放感にとらわれている。本来の任務だけでも重大なのだが、思いもかけぬ薩頭陀の出現、武松によるその成敗など、みやげ話の種が両手いっぱいである。

一同はせっせと土産物を買いこんだが、燕青の買い物がいちばん豪快だった。

「国には歌舞音曲といえるようなものがない。やぼったい芸や唄ばかり。文化や芸術も普及させなきゃ」

そういって、梨園小子弟（少年歌劇団）をまるごと買いこんだのだ。

諸事万端おわると、高宗皇帝にいとまごいし、勅使・陳宗善に同行をねがって銭塘江を渡り、明州に着いた。ここでは二千の兵と五十隻の船が待機している。一泊して、翌日ただちに船を出した。

風が荒れている。船頭が孫立に告げた。

「来たときは十日ですみましたが、帰りは十五日はかかりますなあ」

「ま、風にはさからえん。詔書が出るまで二ヵ月もかかったんだ。それに比べりゃ、五日ぐらい延びたって、どうということはない」

楽和が笑った。

「無事に着きさえすればね」

「おいおい、縁起でもないことというなよ」

苦笑して、孫立は帆柱を見あげた。

「薩頭陀は死んだ。武行者がやつを片腕だけでしめ殺した。おれたちは、この目でそれを見て、死体を処理した。まちがいなく薩頭陀は死んだのだ。よけいな心配をする必要はない」

大きな波に持ちあげられて、船は高く宙に浮き、ついで沈みこんだ。

「ふ、船は大丈夫であろうの」

勅使の陳宗善が、こころもとなげな声で楽和に確認する。やれやれと内心思いながら、楽和はなぐさめるために琵琶をひく。陳宗善が樊瑞(はんずい)のような船酔い体質でなかったのは、さいわいだった。もっとも、薬を服(の)ませて寝かせておいたほうが、うるさくなくてよかったかもしれない。

燕青と呼延灼が船頭にようすを尋ねようとすると、答えのほうが早く返ってきた。

「変ですな」

「変って何が？」

「空が晴れているのに、水平線上に黒雲が……」

燕青と呼延灼は顔を見あわせ、千里鏡(とおめがね)をのぞいて水平線上を見つめた。黒い線が水平線上にあらわれている。方角は北。

燕青は必死に目をこらした。もし鯨の群れなら、避けて通ればすむことだ。だがちがった。

「金軍の船だ！」

最悪の状況を、燕青は看てとった。千里鏡に映ったのは、敵の大将の名を記した旗だ。

「……阿黒麻！」

燕青はうめいた。何度も「梁山泊の残党」にしてやられた男の復仇心をひしひしと感じる。

こちらは兵二千名、軍船五十隻。敵は軍船約百五十隻、兵およそ六千名というところか。戦ってもとうてい勝ち目はない。

「逃げろ！」

燕青は叫んだ。こちらの目的は、高宗皇帝の勅使を、無事、暹羅本国につれていくことだ。金軍と戦うことではない。

「な、何ごとじゃ」

「金軍でございます」

ひえー、と、陳宗善は、なさけない声をあげた。

「だ、大丈夫ではなかったではないか」

「最後には大丈夫になります」

そう答えておいて、楽和は陳宗善を荷物の蔭に隠した。

黒く塗られた金国の軍船が、波を蹴って突進してくる。船首は鋭くとがり、鈎状になっていた。衝角で体あたりする気だ。

「うわッ……！」

衝撃は、すさまじかった。

金国軍船の衝角は、こちらの船首近くに、がっちりと食いこんでいる。波の揺れていどでは離れそうもない。そして敵の船首からこちらの船首へ、続々と金兵が乗りこんでこようとしている。

「おのれ！」

怒号した李応が、槍をふるって船首に駆けつけた。足を踏みしめ、敵のくり出す槍をはね返す。返す一撃、金兵の咽喉を突きぬいた。ぶんと槍を振ると、金兵は血をふりまきながら、海面へ落下していく。

そこで、ふたたび衝撃と轟音。

船体の左側面に、また一隻、金国の軍船が衝角を突き刺している。李応はよろめき、後方へでんぐりかえった。金軍の兵士が、刀をかざして躍りこんでくる。飛刀一閃、李応の手から飛んだ兇器が、金兵の胸に突き刺さる。

「ひええ、ひえええ」

勅使・陳宗善は詔書のはいった箱を抱きかかえて逃げまわる。自分の使命を忘れないのはりっぱだが、宋の高貴な衣冠をまとい、箱を手放さないその姿は、金兵の注意をひいた。

金軍の士官が何か叫ぶ。「あの箱をうばいとれ」とでもいったのだろうか、何人かの金兵が、いっせいに陳宗善におそいかかる。

「ひええ、ひええ」

異様な音がして、血の雨が陳宗善の身体をたたく。金兵の死体が船底にころがって、燕青が刀から血しずくを振り落とす。楽和も徐晟も、刀をふるって、金兵を斬り倒していったが、一瞬の隙に、

「アイヤー、助けてくれえ!」

陳宗善が箱をかかえたまま、二名の金兵に引きたてられていく。

「おのれ、まさか勅使をさらわれるとは」

李応は歯がみした。六本の飛刀は、すでにつかいはたしている。

「追え、逃がすな!」

槍をしごいて、飛ぶように追う。行手に躍り出た呼延灼が、腰刀をななめに斬りおろす。陳宗善の左腕をおさえていた金兵が、肩から腰にかけて割りつけられ、空をつかんで倒れる。蕭譲が、あらたな船団を海上に発見したのはそのときだった。

「あれは……」

蕭譲は目をこらす。黒い船体ではない。

「味方だ！」

呼延灼が声を張りあげた。

「皆がんばれ、援軍が来たぞ！」

歓声があがる。反対に金兵たちは動揺して口々に何か叫んだ。燕青以外には理解できない。

Ⅳ

「おうい、まだみんな生きてるか」

人を食った台詞（せりふ）は阮小七のものだった。先頭の軍船の船首に立って、いくら波が船体を揺動させても平然としている。

「まだみんな無事だ。早く助けてくれ」

「助けに来たんだぜ、敵将はどいつだ」

「敵は阿黒麻自身だ！」

「何だ、いつもやられっぱなしのやつか」

阮小七は鼻で笑うと、味方の軍船と将軍たちを三手に分けた。

左は童威、猊雲、関勝、朱仝、穆春、杜興。

右は童猛、費保、欒廷玉、黄信、孫新、顧大嫂。

中軍は阮小七、王進、扈成、呼延鈺、花逢春、凌振。

「まず一発おみまいしてやれや！」

「こころえた」

凌振が船首の近くに子母砲をすえ、火を点じる。人工の雷鳴が海上を走って、金国の軍船の一隻に突き刺さり、船体をえぐる。またも大音響がとどろいて、金船の船体は火を噴きながら、まっぷたつに折れる。身体を火につつまれた金兵たちが、ばらばらと海面へ落ちていく。

「つぎ、猛火油櫃！」

石油の成分であるナフサを燃料とする火炎放射器である。脚のついた箱の上に筒がついている。箱が燃料庫になっており、筒から火を噴く。

ごおっと火炎音がして、火の波が金船をつつむ。一隻、また一隻と、金船は炎のかたまりと化す。

「ひええ、ひええ」

陳宗善が泣き声をあげる。彼がどうしても箱を放さないので、金兵が斬り殺して箱をうばおうとしたのだ。瞬間、弓弦のひびきがわずかにして、頸（くび）を射られた金兵が倒れる。花逢春の弓だ。つづいて、ふたりめの金兵が、李応の刀に倒れる。李応は陳宗善を左腕でかかえこむようにかばいながら、敵と刃をまじえる。

べつの船でも混戦が生じ、血が飛びかう。この船には唯一の女将軍、顧大嫂が乗っており、敵といわず味方といわず男どもを叱咤する。

「それでも男かい、なさけないねえ！」

顧大嫂が朴刀を振りまわすたびに、血しぶきが海の中へ飛んでいく。

その傍で、夫の孫新も奮戦している。彼の闘いかたは、すこし変わっていた。左手の朴刀で敵の攻撃をふせぎながら、右手の匕首（あいくち）で敵の脇腹をえぐるのだ。その動きは俊敏そのもの、顧大嫂が母大虫（めすとら）なら、孫新は狼である。

おなじ船には欒廷玉と黄信も乗っている。

欒廷玉の鉄槍は、金兵をつらぬき、たたき伏せ、なぎ払い、突き刺して海へ放りこむ。黄信ご自慢の喪門剣（そうもんけん）は、右に左に金兵を撃ち倒し、血の虹を宙に描く。関勝は青竜偃月刀を縦横にふるい、血に飽かせては、べつの船に躍りこむ。

「阿黒麻、どこにおる？」

またひとり血祭りにあげながら、関勝は咆える。

「名が惜しくば、出てきて闘え！」

徐晟は槍を持った金兵と激闘をまじえていた。強敵だ。思いきって後方に跳び、距離を置こうとしたとき。

徐晟の足がすべった。血と海水が彼の沓（くつ）をすべらせたのだ。どうっと倒れた徐晟の身体の上に、槍をかざしたままの金兵が、表情を消して倒れこんでくる。

「賢弟（おとうと）、無事か!?」

「あっ、兄長（あにうえ）！」

徐晟を救ったのは呼延鈺だった。金兵の冑（かぶと）がへこんでいる。呼延鈺の鉄鞭の猛打を、まともに受けたのだ。

またも砲声がとどろきわたり、二隻の黒い金船が同時に船腹に穴をあけられて沈んでいく。

「た、助かりそうか？」

箱を抱く、というより箱にしがみつきながら、陳宗善が声をふるわせる。いま、彼の左右は燕青と楽和に守られている。

「大丈夫、助かります」

楽和が安心させてやる。

「潮の流れに乗れやあ！」

阮小七がどなる。

暹羅国の船団は、金軍よりはるかに、この海域の潮流にくわしい。潮流に乗って整然と隊形を組んだ。それにひきかえ、金軍は潮流にもてあそばれ、動きがばらばらで、隊形を組めずにいる。

「二隻で一隻にかかれ！」

船首に立って刀で指示する阮小七の姿は、甲冑を身につけていることもあって、水軍都総管の風格充分である。

「おのれ」

歯ぎしりした阿黒麻が、部下の手から弓をひったくり、矢をつがえる。阮小七めがけて射放そうとした瞬間、自分の船が潮流につかまって、ぐるりと半回転する。反射的に放たれた矢は、むなしく宙を飛んで、燃えあがる船の炎の中へと消え去った。

「このままでは、どの面さげて四太子（兀朮）に見えん」

阿黒麻は弓を放り出し、刀を抜くと、一隻の敵船を指ししめした。衝角でもって体当たりせよ、との合図である。

阿黒麻の船は、水と火と煙のなかを突進して、その船に衝突した。鈎状の衝角は、敵船にかみついて離れない。阿黒麻は船首から敵船に飛びうつる。宋兵、ではない、暹羅兵たちがいっせいにとりかこみ、斬ってかかる。阿黒麻の刀がひらめくと、ひとりの首が胴体から離れた。つぎのせつな、声を放ったのは阿黒麻である。

花逢春の射た矢が、みごとに阿黒麻の左右両眼の間をつらぬいている。

「う……うむッ……」

阿黒麻は、かっと両眼を見開いた。花逢春をにらみつけたように見えたが、そのときはすでに死んでいたのであろう。そのままの姿勢で、ぐらりとよろめくと、さかまく波濤の中へ、まっさかさまに落ちこんでいった。

敵も味方も、何人かがそれを見ていた。声と息をのむ者。歓声をあげる者。

「お前たちの大将は死んだぞ！　もはや、誰のために戦うというのだ!?」

関勝の朗々たる声は、聞いた者から聞いた者へ、つぎつぎとつたわっていき、金軍はあきらかに動揺した。

一隻が船首をめぐらせると、二隻、三隻とそれにつづく。炎上しながらもそれにつづく船がある。まだ戦っていた船も、ついに継戦(けいせん)を断念して船首をめぐらせた。

「もういい、追うな！」

燕青は叫んだ。

「勅使はご無事だ。これ以上、追う必要はない。とどまれ！」

「た、助かったのか……助かったのじゃな」

陳宗善があえぐ。楽和は、けんめいに笑いをこらえ、うやうやしく拝礼した。

「勅使のご威光と、上天の意思をもちまして、一同、助かりましてございます」

去りゆく敵船団を見送りながら、燕青が王進に告げた。

「阿黒麻は金国の水軍総管でした。その彼が死んだ以上、金国は当分、水軍を動かすことはできないでしょう」

「どのくらい？」

「そうですね、すくなくとも二、三十年は」

燕青の予言は的中する。金国がつぎに水軍を動かすのは、これからちょうど三十年の後になるのだ。

金軍は北方へ去った。いくら何でも、これ以上の兇事はおこるまい、おこらないでほしい、と、一同は願わずにいられない。

「勅使閣下には、ご無事で幸甚と存じあげます。これより先、何ごとがおこりましょうとも、御身のご無事を誓約いたします。ご安心あれ、ご警護の船は二百隻におよび、何者も手を出せるものではございませぬ」

柴進がひざまずくと、一同それにならって低頭する。勅使・陳宗善は、「うむうむ」と鷹揚にうなずいたが、顔色は青く、早々に船室に引きとった。文句をいう気力もなかったらしい。

呼延灼が叫んだ。

「そうだ、皆に良い報せがある！」

何ごとか、と、いぶかしむ何十もの顔に向かって、

「薩頭陀が死んだぞ！　杭州で武行者がみごとに討ちはたした！」

一瞬の間をおいて、救援の諸将の間から、

「うわああ！」と歓声があがった。

ついに勅使は無事、暹羅の港に到着した。型どおりの拝礼が終わると、陳宗善は、

「すぐにでも詔書を渡そう。手あつい歓迎は無用」

といい、すぐ朝堂に国王・李俊らを呼びあつめた。一刻も早く帰国したいのであろう。

詔書の内容は、李俊を暹羅国王に冊封し、彼のさだめた人事を認める、というものであった。

「……勲猷の原冊を考え、錫命の崇階を明らかにせんに、爾宜しく海邦を奠主め……山海の屏藩となりて、永業を変うることなく栄名を長く保つべし。欽しめよや。恩を謝せよ。紹興元年三月……」

「何だとお？」

やはり気にさわったと見える。阮小七がどなり声を発した。

「恩を謝せ、とは何ごとだ。生命を救ってもらったのは、そっちだろうが！」

「おちついて、阮哥哥」

「天子ってのは、人に礼をいうことも知らねえのか」

「詔書とは、そういう書きかたをするものなんです。形式です。いわせとけばいいんですよ」

阮小七は、フンと鼻を鳴らした。

壇上で慄えあがっている勅使を、国王みずから、柴進、燕青、楽和とともに言葉をつくしてなだめすかし、盛大な祝宴を開く。

青ざめてやたらと左右を見まわしていた陳宗善も、香雪春を二、三杯かたむけると、すっかりおちついた。巴豕の肉の乾物と、鯨の肉の煮つけに箸をつけると、その珍味に目を丸くする。阮小七はなるべく陳宗善の視界にはいらないよう努めた。

翌日、早くも勅使は帰国することになった。

勅使個人に対しても、大量の礼物をして、せいぜい好意的な報告をしてもらわなくてはならない。真珠に伽羅、香雪春に巴豕肉の乾物、などなど先の高宗皇帝に対するものよりは劣るが、目をみはるような礼物が贈られた。陳宗善は大いに機嫌をなおしたが、滞在を延期するとは、とうとうひとこともいわなかった。

楊林と穆春は、二十隻の船と八百人の兵で、陳宗善を明州まで送りとどけ、二十日で帰国してきた。その報告に、

「杭州にも開封にならって大相国寺を建立することになり、武行者が国師として招かれました」

というものがあり、旧い兄弟たちを大いによろこばせた。

V

　ある日、阮小七は、海を見おろす小高い丘の中腹の草地に寝ころんでいた。いちおう水軍都総管の軍装をしているが、冑はかぶらず、つまらなそうな表情である。

「小七哥哥、いいかね？」

　声がする方角に視線を送って、阮小七は、ばねじかけのようにはね起きた。

「こ、国王さま……!?」

「いまは国王はやめてくれ。ただの長江の漁夫だった李俊だ」

　こちらも、いちおう国王の衣冠をまとっているが、阮小七の傍の草地に、直接、腰をおろした。

「どうだ、怒ってるかね」

「いや、怒ってやしねえ。あれは、おれのただのわがままだ。せっかく宋国の外に新天地をきずいたのに、何でまた朝廷にへこへこしなきゃならねえ、と思うと、つい……」

「もっともだ」

「悪かったよ。どんな罰でも受ける」

李俊は、わははと笑った。

「罰なんぞあたえる気はない。ただし、勅使のほうには、罰したといっておいたがね。まあ、機嫌をなおして帰ってくれたんでよかった」

阮小七は李俊の顔を見ると、もういちどあおむけに寝ころがった。

「暹羅は小さな国だ。まわりの島々も、いつ敵になるか知れん。新天地だが、けっして極楽じゃない。これから先、何ごとがあるかわからん。宋とは仲良くしておかなくては」

政治、外交ってやつもたいへんだな、と、阮小七は思った。

「それでだな」

李俊は鼻の頭を指でかいた。柄になく、照れているようである。

「じつは、おれはこの年齢（とし）になって、結婚することになった」

阮小七は目をむいた。

「え、え、ええ!?」

「何度も言わせるなよ、結婚するんだよ」

「だ、だれと?」

「聞煥章どののご令嬢とだ」

阮小七は啞然とした。

「へえ、あんたら、そんな仲だったのか」

「いや、全然そんな気はなかった。だいたい、顔もろくに知らんしな。燕青君とその一派に、してやられたようなもんだ」

……まず燕青が李俊のもとにやって来て力説した。

「一国の王が独り身で、王妃が不在であるというのは、よろしくありません。万物にはそれぞれ配偶があり、昆虫にすら雄と雌があります。陰陽そろってこその天地の調和です。後継も必要です。国王、なにとぞ、官員と民間とを問わず、よき婦女子あれば選んで王妃となし、世継ぎの君をおつくりください。そうやって王統を受けつがせていくのです」

「そういうが、わしは才もなく徳も薄い男だ。最初から、こんな身分になろうとは、考えてもいなかった。ただ、事の成りゆきから、辞退しきれず、かりにこの座についたままでのことだ。十年もたったら、公孫勝先生の弟子になって修行の道にはいるつもりでいる。そのときは、兄弟たちの中から人望ある者を選んで、後をついでもらえばいい。王位はべつに子子孫孫に伝えなきゃならんとは、かぎらんだろう」

「古代の聖人の世でしたら、それもよろしいでしょう。ですが、この乱世でそのようにしたら、かえって争いの種をまくことになりかねません。どうかご考慮のほどを……」

そういって燕青が帰っていくと、その日のうちに、柴進、燕青、楽和、裴宣、安道全の五人がそろって謁見に来た。

「国子監祭酒（国立大学学長）・聞煥章の娘、容姿といい徳性といい、世に抜きん出ております。なにとぞ王妃となされますよう。これは臣ら衆議一決の結果なれば、すぐにもご婚礼なさいますよう」

「おい、ちょっと待ってくれ。聞煥章どのの令嬢とは年齢も離れておるし……」

「王者が妃を選ぶにあたって、年齢の差など問題になりません。私ども、この縁組をまとめることにいたしますから」

……こうして李俊は、しぶしぶ結婚することになったのだ。

阮小七は、涙をこぼすほど笑った。

「臣下に縁談を押しつけられる国王なんて、聞いたことがないぜ、いや、ありませんぜ」

「笑うな、こっちの身にもなってみろ」

「いやなのかね」

「いやというわけじゃないが……」

李俊は指先で鼻の頭をかいた。こいつ、照れてやがる。そう思って阮小七はまた笑った。

「阮小七哥哥」

李俊は不愉快そうでもなく笑われていたが、まじめな声を出した。

「何だい？」

「まさか、お前さん、この国を離れて、どこかへ行ってしまうつもりじゃないだろうな」

阮小七はまたまた笑った。

「この国以外、どこに行くところがあるよ。おふくろも、この国を気に入ってる。おれだってそうだ」

「それならいいんだ。安心した。死ぬまでいっしょで、死んでからも皆いっしょだぞ」

語りあうふたりを、べつのふたり組が、離れたところからながめている。燕青と楽和であった。

「阮小七哥哥も、大声で勅使をどなりつけてやって、気がすんだようだな」

「気がすんだ、というより、これでいいんだ、と自分に言いきかせてるんだ、と思うね。実際、我々にできることは、この小さな国をよりよくするため努めることだけだ。他に行くところは、もはやない」

「そこが宋江どののちがいだな。あの人は、新天地や別天地を、むしろ否定していたと思うよ。だからこそ、ああまでして帰順して、帰順するときは寨に火をつけて焼いてしまって、二度と帰ることもあつまることもできなくしてしまった。結局、あの人の望みは何だったんだろう」

「あの人は、たぶん、皆そろって宋の忠臣になりたかったんだろうよ」

楽和の言葉に、燕青は中途半端にうなずいた。

「そうだな、たぶんそうだったんだろう。だが、もっと大きかったのかもしれない」

「というと？」

「忠や義が堂々とまかりとおる世の中をつくりたかったのかもしれない。自分たちが梁山泊にこもる必要のない世の中をさ」

「……ああ、そうかもしれないね」

それきりふたりはだまった。

李俊の結婚の日が来た。

李俊は猩々緋の袍に烏紗の帽、頭に二枝の金花をかざし、金鑾殿で所定の位置に立つ。

同時に、笙や簫の悠揚たるしらべ。国母と公主が座につくと、それぞれの席がさだめられ、裴宣が式の次第を読みあげる。

聞煥章の息女が鳳冠をかぶった姿であらわれ、まず天地を拝し、つづいて李俊と新妻がたがいに拝をかわし、国母にも拝礼する。

宮女が金樽をかかげて、新郎新婦に三杯ずつ酒をすすめる。

羽林軍が隊伍をととのえ、鼓楽の音が天地にひびきわたる中、めでたく礼式は終了した。

あとは祝宴である。

香雪春の樽がつぎつぎと開けられ、巴豕や鯨の肉がみるみる減っていく。燕青が笙を吹き、楽和が歌い、梨園小子弟が歌い踊り芝居を演じる。歓声はとぎれることなくつづいた。

阮小七はひたすら飲みかつ食い、手をたたき、声だけはよい漁師の歌をうたってい

たが、梨園小子弟のひとりが横を通りかかったので、袖をつかまえて尋ねた。

「こんどの演目(だしもの)は何だ?」

「つくられたばかりの新作です」

差し出された演目表を見て、阮小七は、一同がおどろくほどの大声で快笑した。

『阮小七、梁山泊に旧(ふる)きを感(おも)う』

梁山泊の残党三十二名、あたらしい義兄弟四名、太湖(たいこ)で義を結んだ者四名、義兄弟たちの息子四名。合計四十四名の国づくりの物語は、これでお終(しま)いである。

——了——

後記

中国古典の大作『水滸伝』については、読んだことがない方でも名をご存じの場合が多いだろう。しかし、その続篇として『水滸後伝』なる作品があることを知る人は、残念ながらすくないと思う。これは清(しん)代に陳忱(ちんしん)という人が書いたもので、『水滸伝』の続篇としては高い評価を得、日本でも江戸時代や明治時代にはそこそこ読まれていたらしい。曲亭馬琴(きょくていばきん)の『椿説弓張月(ちんせつゆみはりづき)』の後半に影響をあたえてもいる。

私は五十年前に平凡社の「東洋文庫」でこれが翻訳刊行されているのを知り、コツコツとこづかいをためて入手した。以後、十回は読んだと思うのだが、いっこうに世間には広まらず、そのおもしろさを知る人もすくないままである。

私は奸計(かんけい)を案じ、講談社のK文芸局長をそそのかして、『水滸後伝』を読んでもらい、あらたに翻訳刊行してもらおうとたくらんだ。

奸計の前半はうまくいって、K局長は「とてもおもしろい」といってくれた。ところが、それにつづいて、「で、いつからとりかかってくれますか？」ときた……？？？

じつは五十年の間、私は『水滸後伝』を読むつど、おもしろさを堪能しつつも、一方で、「ここはくどいな」とか「ここはこう変えたほうがいいんじゃないかな」とか、生意気なことを考えていたのである。K局長はたくみにその点を突き、気づいたときには『新・水滸後伝』を書くことになってしまっていた。

原典があるのに、あたらしく書きなおすから「新」の一字がつくわけだが、業を終えていまさら、だいそれたことをしてしまった、という思いで身がちぢむ。しかし、原典の存在を知ってもらうだけでも、恥をかく価値はある、と考えて刊行してもらうことにした。

『水滸伝』をすでに読んだ方々のみならず、そうでない方々にも独立して読める作品として書いたつもりだが、はたしてうまくいったかどうか。読んで判断していただければ、これにまさる幸いはない。

それにしても、奸計という点では、作家は編集者に遠くおよばないなあ。

二〇一八年七月

田中芳樹

解説

本郷和人（歴史研究者）

一、官と侠

日本の中世史を専門にしている私が中国の物語を楽しんでいると、あれ？これは同じ頃の日本にはなかったな、と気付かされることがある。たとえば、塩と鉄の専売制度。官吏登用を目的とした国家試験である科挙の制度。堅牢な城壁を張り巡らせた町等々。

そうした中で、これは日本史の根幹に関わる可能性があるな、ととくに注目しているものがある。それは「侠」、男伊達の世界である。任侠道といえば「やくざ」ということになるが、「やくざ」が社会に定着するのは江戸時代になってから。中世には存在しない。社会が大きく揺れ動いた南北朝時代には「ばさら」、戦国時代には「かぶき者」が出現し、当時の価値観から逸脱した振る舞いを示して世の人を驚かせたが、短期間で廃れてしまっている。もちろん社会の奥深いところに沈潜して人々の精神や行動に影響を与えてはいるのだろうが、支配的な潮流にはなっていない。

これに対し、中国社会の「俠」の世界は、強靱である。「弱きを助け、強きをくじく」。そうした行動理念を持つ人、またそれを賛美する精神は古くから見ることができる。「文人」や「読書人」への評価が高く、彼らが官僚として政権を動かしていたからこそ、そうした「官」に対する「俠」が発達したのかもしれない。

古くは戦国時代の紀元前二〇〇年代、「戦国四君」と呼ばれた斉の孟嘗君、趙の平原君、魏の信陵君、楚の春申君はいずれもその国の有力な政治家で、それぞれ三千人もの食客を養っていた。食客とは家来ではなく俠者であり、四君は主君というより、俠の大親分である。彼らが協力して軍事活動をしていた頃は、強国である秦もなかなか東進しての中華統一には踏み出せないでいた。

始皇帝の秦を継ぐ漢帝国を樹立した高祖・劉邦も、信陵君を尊敬する俠の人で、無頼な彼と創業の功臣との交わりは、主従というより「親分・子分」と捉えた方がしっくりするほどだ。高祖の麾下にあっては随一の読書人である軍師・張良ですら、財産をなげうって遊俠の徒と交わるような人物であった。そのつきあいの中で親友になった項伯との縁で、劉邦と張良は「鴻門の会」（劉邦と項羽の会見の席）の死地から辛くも脱出している。この時代は、まだ、「官」と「俠」の越境が容易だったのだろうか。

官吏登用の全国試験である科挙は隋の時代に考案され、唐で取り入れられ、宋の時代に社会に定着したといわれる。試験は男子はだれでも受験できたが、実質的には地主など、労働せずとも食べられる富裕層に限られた。試験はたいへん難しく、受験生は四六時中勉学に励み、遊ぶ暇などはなかった。ここで「官」の世界と「俠」の世界は、かなり明瞭に区切られることになる。平時においては両者はそれぞれに安定していた。両者の境が不確かになるのは、異民族の大規模な侵入とか、王朝の交代期など、動乱の時代であった。

「弱きを助け、強きをくじく」勇者たちが集結していく『水滸伝』の物語は、こうした「官」と「俠」の状況を踏まえて、展開していく。

二、水滸伝

北宋（九六〇年〜一一二七年）の末期、第八代皇帝徽宗は暗愚で、佞臣が国を私物化する悪政を布いていた。近衛軍の武術師範の王進は佞臣の一人、高俅に憎まれ、老母を連れて都を脱出した。旅の途中で泊まった史家村の有力者の家には、武芸自慢の息子「九紋竜」の史進がいた。王進は宿泊の礼に彼を弟子に取り、半年ほど武術を教えて村を去る。

史進は父のあとを継ぐが、不正が許せぬ性格のためにもめ事を起こし、旅に出る。旅先で出会った偉丈夫が軍人の魯達。彼は悪の有力者に騙されて困り果てる父娘を助けるために、有力者を殴り殺し、おたずね者に。出家して「花和尚」魯智深と呼ばれることになる。

魯智深はさらに各所で弱きを助けるために暴れまわるが、そこで交誼を結んだのが近衛軍の武術師範「豹子頭」林冲だった。林冲の妻は高俅の養子に目を付けられていて、林冲は罠にかけられ、流罪に処せられる。林冲はおとなしく従っていたが、旅の途中に何度も命を狙われ、ついに梁山泊という山賊の砦に身を寄せることとなる……。

このように、物語は「弱きを助け、強きをくじく」を地でいく一人一人の「好漢」の劇的な生きざまを物語りながら、奇縁に結ばれた彼らが出会い、やがて梁山泊に集結していく様子を活写する。梁山泊に集った百八人の好漢はかつて伏魔殿から解き放たれた三十六の天罡星と七十二の地煞星の生まれ変わりでもあった。宋江を首領に仰ぎ、「天に替わりて道を行う」「忠と義ふたつながら全し」を旗印として掲げた。

梁山泊の討伐に何度も失敗した宋の朝廷は、彼らを利用することを考え、帰服するように呼びかける。好漢たちの多くは帰服に懐疑的で、このまま自由気ままに暮らしたい、と考える者が多かった。だが首領の宋江が彼らを懸命に説得した。好漢たちは宋江に反対しても、背くことはできなかった。かくて「俠」の百八人は「官」の一員となったのである。だが、「俠」は「俠」の領域にあるからこそ、輝きを放つ。「俠」が「官」になったこの時から、『水滸伝』は一気に陰鬱な話になっていく。

宋王朝は異国の侵掠と国内の反乱に悩まされていた。好漢たちは兵を率いて、そうした勢力と戦っていく。異民族の遼、反乱を企てた田虎・王慶はみごとに打ち破った。けれども佞臣たちは戦功を揉み消し、恩賞の沙汰は無かった。水軍をまとめる李俊は強く不満を抱き、「官」を去って梁山泊に帰ることを勧めるが、宋江は意見を変えなかった。

続いて好漢たちは江南で大規模な叛乱を起こした方臘の軍勢と戦う。方臘軍は強力で梁山泊軍は苦戦を強いられた。ようやくこれを倒した時には史進をはじめ多くの好漢が落命し、仲間は三分の一にまで減っていた。凱旋の途中、李俊たちは盟約から脱した。林冲、魯智深らは病などで死亡。都に戻った二十七人は漸く恩賞を与えられたが、地方の官職に任じられて離ればなれになる。それでも佞臣たちは彼らを怖れ、ついには宋江に死を命じる。宋江は従容として毒を仰ぎ、梁山泊は滅びの道をたどったのだった。

三、水滸後伝

作家の杉本苑子（すぎもとそのこ）先生は「『水滸伝』は百八人の豪傑が悪い奴をやっつける痛快な話と受け取られがちだが、実はどんな英雄も権力には勝てない、という物語である」と語ったそうである。たしかに、梁山泊に集結するところまでは生き生きと躍動した好漢たちが、朝廷軍に組み込まれた途端に個としての輝きを失い、さしたる見せ場もなく必然性もなく戦場に倒れていく。そのありさまは、読むのに忍びない。李俊は宋江に「梁山泊に帰ろう」と願ったが、それは読者みなの思いでもあった。

明（みん）末期から清（しん）初期にかけての作家、陳忱（ちんしん）もおそらくは梁山泊の結末に悔し涙した人物だったに違いない。彼は「侠」に戻っていった李俊を主人公として、『水滸伝』の続編を書いた。それが『水滸後伝』である。全四十回の物語は、一六六四年に刊行された。時はあたかも女真族（じょしんぞく）の清が明王朝を倒し、中国大陸を制覇した時代。物語の舞台となったのは、同じく女真族の金が北宋を壊滅させた「靖康の変」の混乱期である。

梁山泊は自身の崩壊と引き替えに、北宋に束の間の平和をもたらした。官職を解かれ、再び漁師に戻っていた阮小七はふと昔を懐かしみ、宋江ら昔の仲間たちの眠る梁山泊へ足を運ぶ。そこへ、かつて帰服を勧める使者を務めた張通判が現れる。張通判の無礼な言動に腹を立てた阮小七は彼を殺害。逃亡することになる。

この事件をきっかけに、生き残りの梁山泊の好漢たちは再び運命の糸にたぐり寄せられるように活動を開始。北宋が倒れる時代のうねりに巻き込まれていく。徽宗は金軍の捕虜となり、梁山泊と敵対した高俅ら佞臣は流罪に処せられる。梁山泊残党はこの情報を得て、護送途中の彼らを捕縛、殺害することに成功した。

悪党はついに落命したが、金軍の侵略はやまず、梁山泊残党は李俊が根拠地を築いていた暹羅国（タイ王国の旧称ではなく、架空の南海の島国）に渡る。同国でも政変が起こって戦いは続くが、好漢たちはついに勝利し、李俊を王位に推戴する。李俊はこれを受けて王となって国をまとめ、それぞれが高位高官に昇った好漢たちと、今度こそ幸せに過ごしたのであった。私が注目していた「官」と「俠」との対立はこの物語ではうやむやになった感じだが、「俠」による国作りは劉邦の漢に前例があるし、何より好漢たちが幸せになってくれたのだから、こんなにうれしいことはない。

四、そして『新・水滸後伝』へ

『水滸後伝』は刊行されて程なく、一七〇三年には江戸時代の日本に伝わっている。滝沢馬琴は一八三〇年に苦労して入手している。その時に彼は「世にまれな本である」「大坂の本屋を訪ねて回ったが、本の存在を知らぬ店が多くて困った」と言っているので、知る人ぞ知る、というくらいの、珍本の類いだったのだろう。

馬琴の代表作といえば江戸時代では『南総里見八犬伝』より『椿説弓張月』だったそうだが、この小説は源　為朝の大暴れを描く。彼は保元の乱の後に大島からはるか琉球に渡って同国の兵乱を平らげ、息男を舜天王として即位させた。このストーリーは『水滸後伝』と密接な連関をもつとつとに指摘されていて、よく似た人物も出てくる。たとえば為朝を苦しめる妖僧・曚雲は、好漢の宿命の敵、薩頭陀そっくりである。

明治になってからは、一八九五年に森槐南（官僚。また漢詩人で、明治漢文学界の中心にいた）による翻訳が完成した。また一九六六年、天理大学教授の鳥居久靖による翻訳が完成し、東洋文庫の一冊となった。いま『水滸後伝』を読みたければ、この本を何とかして入手すれば良い。

いやいや、早まる勿れ。『水滸伝』を愛し、「弱きを助け、強きをくじく」精神に共鳴する愛書家諸氏には、もっと良いお勧めのテキストがある。それが本書。田中芳樹先生による『新・水滸後伝』である。

大半の方はすでに買って読まれているのだろうから贅言を費やす必要はないのだろうが、田中先生は『水滸後伝』を下敷きにアレンジを加え、全く新しい傑作に仕上げている。日本の関白（モデルは豊臣秀吉に違いない）の軍事介入が削られたり、天罡星で生き残ったスーパースター、武松のために檜舞台を用意したりと、多少の相違点はあるが、筋立て自体にはさほど変わりは無い。しかし文章が読みやすく、入り組んだストーリーが頭にすっと入ってくる。何より、北宋末の社会の様子が活写されていて、舞台がしっかりしている。それで、好漢たちの躍動が本当に生きるのだ。中国史に、中でも宗沢や岳飛がいたこの時代に通暁した田中先生だからこそ書き得た逸品である。

最後に、無理やりな考察を付言することをお許し戴きたい。私の用意した対比の概念に落とし込むならば、『銀河英雄伝説』のヤン・ウェンリー、『タイタニア』のファン・ヒューリック、『アルスラーン戦記』のナルサス等々、田中作品で無類の人気を誇る人物、つまりは田中先生の魂が乗り移っているかのような人物はみな、「俠」の精神を分かち持っている気がする。出世や金品に拘泥せず、我が道を往く。よくいえば自由人。ヘタをすればはみだし者、役立たず。田中先生は社会のトップに立つリーダーの責任の重さを理解しながらも、本質的にこうした人間がお好きなのではないか。だからこそ、『新・水滸後伝』を愛情いっぱいに描き出せたのではないか。

とまれ、名作である。再三再四、謹んで読むべきであろう。

主要参考資料

『水滸後傳』陳忱／著　上海古籍出版社
『宋史』中華書局
『金史』中華書局
『水滸後伝』（全三巻）陳忱／著　鳥居久靖／訳　平凡社東洋文庫
『水滸伝』（奇書シリーズ　全三巻）施耐庵／著　駒田信二／訳　平凡社
「大宋宣和遺事」中国古典文学全集7　神谷衡平／訳　平凡社
『宮崎市定全集12　水滸伝』宮崎市定／著　岩波書店
『梁山泊——水滸伝・108人の豪傑たち』佐竹靖彦／著　中公新書
『「水滸伝」を読む——梁山泊の好漢たち』伊原弘／著　講談社現代新書
『中国の五大小説（下）——水滸伝・金瓶梅・紅楼夢』井波律子／著　岩波新書
『武器と防具　中国編』（Truth In Fantasy 13）篠田耕一／著　新紀元社
「水滸伝」（DVD）張紹林／監督　CONNY VIDEO

本書は二〇一八年七月、小社より刊行されたものです。

|著者| 田中芳樹　1952年熊本県生まれ。学習院大学大学院修了。'77年『緑の草原に……』で第3回幻影城新人賞、'88年『銀河英雄伝説』で第19回星雲賞、2006年『ラインの虜囚』で第22回うつのみやこども賞を受賞。壮大なスケールと緻密な構成で、SFロマンから中国歴史小説まで幅広く執筆を行う。著書に『創竜伝』、『銀河英雄伝説』、『タイタニア』、『薬師寺涼子の怪奇事件簿』、『岳飛伝』、『アルスラーン戦記』の各シリーズなど多数。近著に『創竜伝15〈旅立つ日まで〉』などがある。

田中芳樹公式サイトURL　http://www.wrightstaff.co.jp/

新・水滸後伝(下)（しん・すいここうでん）

田中芳樹（たなかよしき）

2021年3月12日第1刷発行

講談社文庫
定価はカバーに
表示してあります

発行者——渡瀬昌彦
発行所——株式会社　講談社
東京都文京区音羽2-12-21　〒112-8001
電話　出版（03）5395-3510
　　　販売（03）5395-5817
　　　業務（03）5395-3615

デザイン—菊地信義
本文データ制作—講談社デジタル製作
印刷———豊国印刷株式会社
製本———株式会社国宝社

Printed in Japan

落丁本・乱丁本は購入書店名を明記のうえ、小社業務あてにお送りください。送料は小社負担にてお取替えします。なお、この本の内容についてのお問い合わせは講談社文庫あてにお願いいたします。

ISBN978-4-06-522754-1

講談社文庫刊行の辞

二十一世紀の到来を目睫に望みながら、われわれはいま、人類史上かつて例を見ない巨大な転換期をむかえようとしている。

世界も、日本も、激動の予兆に対する期待とおののきを内に蔵して、未知の時代に歩み入ろうとしている。このときにあたり、創業の人野間清治の「ナショナル・エデュケイター」への志を現代に甦らせようと意図して、われわれはここに古今の文芸作品はいうまでもなく、ひろく人文・社会・自然の諸科学から東西の名著を網羅する、新しい綜合文庫の発刊を決意した。

激動の転換期はまた断絶の時代である。われわれは戦後二十五年間の出版文化のありかたへの深い反省をこめて、この断絶の時代にあえて人間的な持続を求めようとする。いたずらに浮薄な商業主義のあだ花を追い求めることなく、長期にわたって良書に生命をあたえようとつとめるところにしか、今後の出版文化の真の繁栄はあり得ないと信じるからである。

同時にわれわれはこの綜合文庫の刊行を通じて、人文・社会・自然の諸科学が、結局人間の学にほかならないことを立証しようと願っている。かつて知識とは、「汝自身を知る」ことにつきていた。現代社会の瑣末な情報の氾濫のなかから、力強い知識の源泉を掘り起し、技術文明のただなかに、生きた人間の姿を復活させること。それこそわれわれの切なる希求である。

われわれは権威に盲従せず、俗流に媚びることなく、渾然一体となって日本の「草の根」をかたちづくる若く新しい世代の人々に、心をこめてこの新しい綜合文庫をおくり届けたい。それは知識の泉であるとともに感受性のふるさとであり、もっとも有機的に組織され、社会に開かれた万人のための大学をめざしている。大方の支援と協力を衷心より切望してやまない。

一九七一年七月

野間省一

講談社文庫 最新刊

藤井太洋　ハロー・ワールド

僕は世界と、人と繋がっていたい。インターネットの自由を守る、静かで熱い革命小説。

江上　剛　一緒にお墓に入ろう

田舎の母が死んだ。墓はどうする。妻と愛人の狭間で、男はうろたえる。痛快終活小説！

原　雄一　宿　命
〈國松警察庁長官を狙撃した男・捜査完結〉

警視庁元刑事が実名で書いた衝撃手記。長官狙撃から8年後、浮上した「スナイパー」の正体とは。

本城雅人　時　代

仕事ばかりで家庭を顧みない父。彼が息子たちに伝えたかったことは。親子の絆の物語！

三國青葉　損料屋見鬼（けんき）控え　1

見える兄と聞こえる妹が、江戸の事故物件に挑む。怖いけれど温かい、霊感時代小説！

中田整一　四月七日の桜
〈戦艦「大和」と伊藤整一の最期〉

戦艦「大和」出撃前日、多くの若い命を救う英断を下した海軍名将の、信念に満ちた生涯。

講談社文芸文庫 

柄谷行人

柄谷行人対話篇Ⅰ 1970－83

デビュー以来、様々な領域で対話を繰り返し、思考を深化させた柄谷行人の対談集。第一弾は、吉本隆明、中村雄二郎、安岡章太郎、寺山修司、丸山圭三郎、森敦、中沢新一。

978-4-06-522856-2 かB18

柄谷行人・浅田 彰

柄谷行人浅田彰全対話

二〇世紀末、日本を代表する知性が思想、歴史、政治、経済、共同体、表現などの諸問題を自在に論じた記録——現代のさらなる混迷を予見した、奇跡の対話六篇。

978-4-06-517527-9 かB17

竹本健治　トランプ殺人事件
竹本健治　狂い壁　狂い窓
竹本健治　涙香迷宮
竹本健治　新装版　ウロボロスの偽書(上)(下)
竹本健治　ウロボロスの基礎論(上)(下)
竹本健治　ウロボロスの純正音律(上)(下)
高橋源一郎　日本文学盛衰史
高橋克彦　写楽殺人事件
高橋克彦　総門谷
高橋克彦　炎立つ　壱　北の埋み火
高橋克彦　炎立つ　弐　燃える北天
高橋克彦　炎立つ　参　空への炎
高橋克彦　炎立つ　四　冥き稲妻
高橋克彦　炎立つ　伍　光彩楽土〈全五巻〉
高橋克彦　火怨　〈北の燿星アテルイ〉(上)(下)
高橋克彦　水壁　〈アテルイを継ぐ男〉
高橋克彦　天を衝く(1)～(3)
高橋克彦　風の陣　一　立志篇
高橋克彦　風の陣　二　大望篇
高橋克彦　風の陣　三　天命篇
高橋克彦　風の陣　四　風雲篇
高橋克彦　風の陣　五　裂心篇
髙樹のぶ子　オライオン飛行
田中芳樹　創竜伝1〈超能力四兄弟〉
田中芳樹　創竜伝2〈摩天楼の四兄弟〉
田中芳樹　創竜伝3〈逆襲の四兄弟〉
田中芳樹　創竜伝4〈四兄弟脱出行〉
田中芳樹　創竜伝5〈蜃気楼都市〉
田中芳樹　創竜伝6〈染血の夢〉
田中芳樹　創竜伝7〈黄土のドラゴン〉
田中芳樹　創竜伝8〈仙境のドラゴン〉
田中芳樹　創竜伝9〈妖世紀のドラゴン〉
田中芳樹　創竜伝10〈大英帝国最後の日〉
田中芳樹　創竜伝11〈銀月王伝奇〉
田中芳樹　創竜伝12〈竜王風雲録〉
田中芳樹　創竜伝13〈噴火列島〉
田中芳樹　魔天楼〈薬師寺涼子の怪奇事件簿〉
田中芳樹　東京ナイトメア〈薬師寺涼子の怪奇事件簿〉
田中芳樹　巴里・妖都変〈薬師寺涼子の怪奇事件簿〉
田中芳樹　クレオパトラの葬送〈薬師寺涼子の怪奇事件簿〉
田中芳樹　黒蜘蛛島〈薬師寺涼子の怪奇事件簿〉
田中芳樹　夜光曲〈薬師寺涼子の怪奇事件簿〉
田中芳樹　魔境の女王陛下〈薬師寺涼子の怪奇事件簿〉
田中芳樹　タイタニア1〈疾風篇〉
田中芳樹　タイタニア2〈暴風篇〉
田中芳樹　タイタニア3〈旋風篇〉
田中芳樹　タイタニア4〈烈風篇〉
田中芳樹　タイタニア5〈凄風篇〉
田中芳樹　ラインの虜囚
田中芳樹　幸田露伴 原作　運命〈二人の皇帝〉
田中芳樹　土屋守　「イギリス病」のすすめ
田中芳樹ほか文　皇名月画　中国帝王図
田中芳樹　赤城毅　中欧怪奇紀行
田中芳樹 編訳　岳飛伝(一)〈青雲篇〉
田中芳樹 編訳　岳飛伝(二)〈烽火篇〉
田中芳樹 編訳　岳飛伝(三)〈風塵篇〉
田中芳樹 編訳　岳飛伝(四)〈悲曲篇〉

田中芳樹 編訳 岳 飛 伝 (五)〈凱歌篇〉
高田文夫 TOKYO芸能帖〈1981年のビートたけし〉
高村 薫 李 歐
高村 薫 マークスの山 (上)(下)
高村 薫 照 柿 (上)(下)
多和田葉子 犬 婿 入 り
多和田葉子 尼僧とキューピッドの弓
多和田葉子 献 灯 使
高田崇史 Q E D〈百人一首の呪〉
高田崇史 Q E D〈六歌仙の暗号〉
高田崇史 Q E D〈ベイカー街の問題〉
高田崇史 Q E D〈東照宮の怨〉
高田崇史 Q E D〈式の密室〉
高田崇史 Q E D〈竹取伝説〉
高田崇史 Q E D〈龍馬暗殺〉
高田崇史 QED ~ventus~〈鎌倉の闇〉
高田崇史 Q E D〈鬼の城伝説〉
高田崇史 QED ~ventus~〈熊野の残照〉
高田崇史 Q E D〈神器封殺〉

高田崇史 QED ~ventus~〈御霊将門〉
高田崇史 QED ~flumen~〈九段坂の春〉
高田崇史 Q E D〈諏訪の神霊〉
高田崇史 Q E D〈出雲神伝説〉
高田崇史 Q E D〈伊勢の曙光〉
高田崇史 QED ~flumen~〈ホームズの真実〉
高田崇史 毒 草 師〈QED Another Story〉
高田崇史 Q E D〈~flumen~月夜見〉
高田崇史 Q E D〈~ortus~白山の頻闇〉
高田崇史 試験に出るパズル〈千葉千波の事件日記〉
高田崇史 試験に敗けない密室〈千葉千波の事件日記〉
高田崇史 試験に出ないパズル〈千葉千波の事件日記〉
高田崇史 パズル自由自在〈千葉千波の事件日記〉
高田崇史 化けて出る〈千葉千波の怪奇日記〉
高田崇史 麿の酩酊事件簿〈花に舞〉
高田崇史 麿の酩酊事件簿〈月に酔〉
高田崇史 クリスマス緊急指令〈~きよしこの夜、事件は起こる!~〉
高田崇史 カンナ 飛鳥の光臨
高田崇史 カンナ 天草の神兵

高田崇史 カンナ 吉野の暗闘
高田崇史 カンナ 奥州の覇者
高田崇史 カンナ 戸隠の殺皆
高田崇史 カンナ 鎌倉の血陣
高田崇史 カンナ 天満の葬列
高田崇史 カンナ 出雲の顕在
高田崇史 カンナ 京都の霊前
高田崇史 軍 神 の 血 脈〈楠木正成秘伝〉
高田崇史 神の時空 鎌倉の地龍
高田崇史 神の時空 倭の水霊
高田崇史 神の時空 貴船の沢鬼
高田崇史 神の時空 三輪の山祇
高田崇史 神の時空 嚴島の烈風
高田崇史 神の時空 伏見稲荷の轟雷
高田崇史 神の時空 五色不動の猛火
高田崇史 神の時空 京の天命
高田崇史 神の時空 前紀〈女神の功罪〉
団 鬼六 悦 楽 王〈鬼プロ繁盛記〉
高野和明 13 階 段

富樫倫太郎 風の如く 高杉晋作篇
富樫倫太郎 スカーフェイス 〈警視庁特別捜査第三係・淵神律子〉
富樫倫太郎 スカーフェイスII デッドリミット 〈警視庁特別捜査第三係・淵神律子〉
富樫倫太郎 スカーフェイスIII ブラッドライン 〈警視庁特別捜査第三係・淵神律子〉
豊田 巧 警視庁鉄道捜査班 〈鉄血の警視〉
豊田 巧 警視庁鉄道捜査班 〈鉄路の牢獄〉
夏樹静子 新装版 二人の夫をもつ女
中井英夫 新装版 虚無への供物(上)(下)
中島らも 僕にはわからない
中島らも 今夜、すべてのバーで 〈新装版〉
鳴海 章 フェイスブレイカー
鳴海 章 謀略航路
鳴海 章 全能兵器AiCO(アイコ)
中嶋博行 ホカベン ボクたちの正義
中嶋博行 新装版 検察捜査
中嶋博行 新検察捜査
中村天風 運命を拓く 〈天風瞑想録〉
中山康樹 ジョン・レノンから始まるロック名盤
梨屋アリエ でりばりぃAge

梨屋アリエ ピアニッシシモ
中島京子 妻が椎茸だったころ
中島京子ほか 黒い結婚 白い結婚
奈須きのこ 空の境界(上)(中)(下)
中村彰彦 乱世の名将 治世の名臣
長野まゆみ 簞笥のなか
長野まゆみ レモンタルト
長野まゆみ チマチマ記
長野まゆみ 冥途あり
長野まゆみ 45° 〈ここだけの話〉
長嶋 有 夕子ちゃんの近道
長嶋 有 佐渡の三人
永嶋恵美 擬態
永井 均 内田かずひろ 絵 子どものための哲学対話
なかにし礼 戦場のニーナ
なかにし礼 生きる力 〈心でがんに克(か)つ〉
なかにし礼 夜の歌(上)(下)
中村文則 最後の命
中村文則 悪と仮面のルール

中田整一 編/解説 真珠湾攻撃総隊長の回想 〈淵田美津雄自叙伝〉
中村江里子 女四世代、ひとつ屋根の下
中野美代子 カスティリオーネの庭
中野孝次 すらすら読める方丈記
中野孝次 すらすら読める徒然草
中山七里 贖罪の奏鳴曲(ソナタ)
中山七里 追憶の夜想曲(ノクターン)
中山七里 恩讐の鎮魂曲(レクイエム)
中山七里 悪徳の輪舞曲(ロンド)
長島有里枝 背中の記憶
長浦 京 赤刃(セキジン)
長浦 京 リボルバー・リリー
中脇初枝 世界の果てのこどもたち
中脇初枝 神の島のこどもたち
中村ふみ 天空の翼 地上の星
中村ふみ 砂の城 風の姫
中村ふみ 月の都 海の果て
中村ふみ 雪の王 光の剣
中村ふみ 永遠(とわ)の旅人 天地の理(ことわり)

講談社文庫 目録

西澤保彦 麦酒の家の冒険
西澤保彦 新装版 瞬間移動死体
西村 健 ビンゴ
西村 健 地の底のヤマ(上)(下)
西村 健 光陰の刃(上)(下)
楡 周平 陪審法廷
楡 周平 宿命〈ワンス・アポン・ア・タイム・イン・東京〉(上)(下)
楡 周平 血戦〈ワンス・アポン・ア・タイム・イン・東京2〉
楡 周平 修羅の宴(上)(下)
楡 周平 レイク・クローバー(上)(下)
西尾維新 クビキリサイクル〈青色サヴァンと戯言遣い〉
西尾維新 クビシメロマンチスト〈人間失格・零崎人識〉
西尾維新 クビツリハイスクール〈戯言遣いの弟子〉
西尾維新 サイコロジカル(上)〈兎吊木垓輔の戯言殺し〉(下)〈曳かれ者の小唄〉
西尾維新 ヒトクイマジカル〈殺戮奇術の匂宮兄妹〉
西尾維新 ネコソギラジカル(上)〈十三階段〉
西尾維新 ネコソギラジカル(中)〈赤き征裁vs.橙なる種〉
西尾維新 ネコソギラジカル(下)〈青色サヴァンと戯言遣い〉
西尾維新 ダブルダウン勘繰郎 トリプルプレイ助悪郎
西尾維新 零崎双識の人間試験
西尾維新 零崎軋識の人間ノック
西尾維新 零崎曲識の人間人間
西尾維新 零崎人識の人間関係 匂宮出夢との関係
西尾維新 零崎人識の人間関係 無桐伊織との関係
西尾維新 零崎人識の人間関係 零崎双識との関係
西尾維新 零崎人識の人間関係 戯言遣いとの関係
西尾維新 xxxHOLiC アナザーホリック ランドルト環エアロゾル
西尾維新 難民探偵
西尾維新 少女不十分
西尾維新 本題〈西尾維新対談集〉
西尾維新 掟上今日子の備忘録
西尾維新 掟上今日子の推薦文
西尾維新 掟上今日子の挑戦状
西尾維新 掟上今日子の遺言書
西尾維新 掟上今日子の退職願
西尾維新 新本格魔法少女りすか
西尾維新 新本格魔法少女りすか2
西尾維新 新本格魔法少女りすか3
西尾維新 人類最強の初恋
西村賢太 どうで死ぬ身の一踊り
西村賢太 夢魔去りぬ
西村賢太 藤澤清造追影
仁木英之 まほろばの王たち
西川善文 ザ・ラストバンカー〈西川善文回顧録〉
西川 司 向日葵のかっちゃん
西 加奈子 舞台
貫井徳郎 新装版 修羅の終わり(上)(下)
貫井徳郎 妖奇切断譜
貫井徳郎 被害者は誰？
A・ネルソン 「ネルソンさん、あなたは人を殺しましたか？」
法月綸太郎 雪密室
法月綸太郎 誰彼
法月綸太郎 法月綸太郎の冒険
法月綸太郎 新装版 密閉教室
法月綸太郎 怪盗グリフィン、絶体絶命
法月綸太郎 怪盗グリフィン対ラトウィッジ機関
法月綸太郎 キングを探せ

講談社文庫 目録

法月綸太郎 名探偵傑作短篇集 法月綸太郎篇
法月綸太郎 新装版 頼子のために
乃南アサ 不 発 弾
乃南アサ 地のはてから(上)(下)
乃南アサ 新装版 鍵
乃南アサ 新装版 窓
野沢 尚 破線のマリス
野沢 尚 深 紅
野村克也 宮本慎也 師 弟
橋本 治 九十八歳になった私
原田泰治 わたしの信州
原田泰治 原田武雄 泰治が歩く〈原田泰治の物語〉
林 真理子 幕はおりたのだろうか
林 真理子 女のことわざ辞典
林 真理子 さくら、さくら〈おとなが恋して〉
林 真理子 みんなの秘密
林 真理子 ミスキャスト
林 真理子 ミ ル キ ー
林 真理子 新装版 星に願いを

林 真理子 野心と美貌〈中年心得帳〉
林 真理子 正 妻(上)(下)〈慶喜と美賀子〉
林 真理子 大原御幸〈帯に生きた家族の物語〉
林 真理子 見城 徹 過剰な二人
帚木蓬生 日 御 子(上)(下)
帚木蓬生 襲 来(上)(下)
坂東眞砂子 欲 情
花村萬月 信長私記
花村萬月 續信長私記
畑村洋太郎 失敗学のすすめ
畑村洋太郎 失敗学実践講義〈文庫増補版〉
はやみねかおる そして五人がいなくなる〈名探偵夢水清志郎事件ノート〉
はやみねかおる 都会のトム&ソーヤ(1)
はやみねかおる 都会のトム&ソーヤ(2)〈乱! RUN! ラン!〉
はやみねかおる 都会のトム&ソーヤ(3)〈いつになったら作戦終了?〉
はやみねかおる 都会のトム&ソーヤ(4)〈四重奏〉
はやみねかおる 都会のトム&ソーヤ(5)〈IN塀戸〉(上)(下)
はやみねかおる 都会のトム&ソーヤ(6)〈ぼくの家へおいで〉
はやみねかおる 都会のトム&ソーヤ(7)〈怪人は夢に舞う〈理論編〉〉

はやみねかおる 都会のトム&ソーヤ(8)〈怪人は夢に舞う〈実践編〉〉
はやみねかおる 都会のトム&ソーヤ(9)〈前夜祭 内人side〉
はやみねかおる 都会のトム&ソーヤ(10)〈前夜祭 創也side〉
服部真澄 クラウド・ナイン
原 武史 滝山コミューン一九七四
濱 嘉之 警視庁情報官〈シークレット・オフィサー〉
濱 嘉之 警視庁情報官 ハニートラップ
濱 嘉之 警視庁情報官 トリックスター
濱 嘉之 警視庁情報官 ブラックドナー
濱 嘉之 警視庁情報官 サイバージハード
濱 嘉之 警視庁情報官 ゴーストマネー
濱 嘉之 警視庁情報官 ノースブリザード
濱 嘉之 オメガ 対中工作
濱 嘉之 ヒトイチ 警視庁人事一課監察係
濱 嘉之 ヒトイチ 画像解析〈警視庁人事一課監察係〉
濱 嘉之 ヒトイチ 内部告発〈警視庁人事一課監察係〉
濱 嘉之 カルマ真仙教事件(上)(中)(下)
濱 嘉之 新装版 院内刑事
濱 嘉之 新装版 院内刑事〈ブラック・メディスン〉

講談社文庫 目録

樋口卓治　ボクの妻と結婚してください。
樋口卓治　続・ボクの妻と結婚してください。
樋口卓治　もう一度、お父さんと呼んでくれ。
樋口卓治　「ファミリーラブストーリー」
樋口卓治　喋る男
平山夢明　魂豆腐〈大江戸怪談どたんばたん（土壇場譚）〉
東川篤哉　純喫茶「一服堂」の四季
東山彰良　流
東山彰良　女の子のことばかり考えていたら、1年が経っていた。
樋口直哉　偏差値68の目玉焼き〈星ヶ丘高校料理部〉
平田研也　小さな恋のうた
日野　草　ウエディング・マン
藤沢周平　新装版　春秋の檻〈獄医立花登手控え㈠〉
藤沢周平　新装版　風雪の檻〈獄医立花登手控え㈡〉
藤沢周平　新装版　愛憎の檻〈獄医立花登手控え㈢〉
藤沢周平　新装版　人間の檻〈獄医立花登手控え㈣〉
藤沢周平　新装版　闇の歯車
藤沢周平　新装版　市塵（上）（下）
藤沢周平　新装版　決闘の辻

藤沢周平　新装版　雪明かり
藤沢周平　義民が駆ける〈レジェンド歴史時代小説〉
藤沢周平　喜多川歌麿女絵草紙
藤沢周平　闇の梯子
藤沢周平　長門守の陰謀
船戸与一　新装版　カルナヴァル戦記
藤田宜永　樹下の想い
藤田宜永　女系の総督
藤田宜永　血の弔旗
藤田宜永　大雪物語
藤　水名子　紅嵐記（上）（中）（下）
藤原伊織　テロリストのパラソル
藤本ひとみ　新・三銃士　少年編・青年編〈ダルタニャンとミラディ〉
藤本ひとみ　皇妃エリザベート
福井晴敏　亡国のイージス（上）（下）
福井晴敏　川の深さは
福井晴敏　終戦のローレライ　I～IV
藤原緋沙子　遠花火〈見届け人秋月伊織事件帖〉
藤原緋沙子　春疾風〈見届け人秋月伊織事件帖〉

藤原緋沙子　暖鳥〈見届け人秋月伊織事件帖〉
藤原緋沙子　霧の路〈見届け人秋月伊織事件帖〉
藤原緋沙子　鳴子守〈見届け人秋月伊織事件帖〉
藤原緋沙子　夏ほたる〈見届け人秋月伊織事件帖〉
藤原緋沙子　笛吹川〈見届け人秋月伊織事件帖〉
藤原緋沙子　青嵐〈見届け人秋月伊織事件帖〉
椹野道流　亡羊の嘆〈鬼籍通覧〉
椹野道流　新装版　暁天の星〈鬼籍通覧〉
椹野道流　新装版　無明の闇〈鬼籍通覧〉
椹野道流　新装版　壺中の天〈鬼籍通覧〉
椹野道流　新装版　隻手の声〈鬼籍通覧〉
椹野道流　新装版　禅定の弓〈鬼籍通覧〉
椹野道流　池魚の殃〈鬼籍通覧〉
椹野道流　南柯の夢〈鬼籍通覧〉
深水黎一郎　世界で一つだけの殺し方
深水黎一郎　ミステリー・アリーナ
深水黎一郎　倒叙の四季〈破られた完全犯罪〉
藤谷　治　花や今宵の
古市憲寿　働き方は「自分」で決める

講談社文庫　目録

講談社文庫　目録

堀川恵子　永山則夫〈封印された鑑定記録〉
堀川恵子　教誨師
堀川恵子　戦禍に生きた演劇人たち〈演出家・八田元夫と「桜隊」の悲劇〉
堀川惠子／小笠原信之　チンチン電車と女学生〈1945年8月6日・ヒロシマ〉
誉田哲也　Qros（キュロス）の女
松本清張　草の陰刻
松本清張　黄色い風土
松本清張　黒い樹海
松本清張　連環
松本清張　花氷
松本清張　ガラスの城
松本清張　殺人行おくのほそ道(上)(下)
松本清張　塗られた本
松本清張　熱い絹(上)(下)
松本清張　邪馬台国　清張通史①
松本清張　空白の世紀　清張通史②
松本清張　カミと青銅の迷路　清張通史③
松本清張　天皇と豪族　清張通史④
松本清張　壬申の乱　清張通史⑤
松本清張　古代の終焉　清張通史⑥
松本清張　新装版 増上寺刃傷
松本清張　新装版 紅刷り江戸噂
松本清張　大奥婦女記〈レジェンド歴史時代小説〉
松本清張他　日本史七つの謎
松谷みよ子　ちいさいモモちゃん
松谷みよ子　モモちゃんとアカネちゃん
松谷みよ子　アカネちゃんの涙の海
眉村卓　ねらわれた学園
眉村卓　なぞの転校生
麻耶雄嵩　翼ある闇〈メルカトル鮎最後の事件〉
麻耶雄嵩　痾（あ）
麻耶雄嵩　メルカトルかく語りき
麻耶雄嵩　神様ゲーム
町田康　耳そぎ饅頭
町田康　権現の踊り子
町田康　浄土
町田康　猫にかまけて
町田康　猫のあしあと
町田康　猫とあほんだら
町田康　猫のよびごえ
町田康　真実真正日記
町田康　宿屋めぐり
町田康　人間小唄
町田康　スピンク日記
町田康　スピンク合財帖
町田康　スピンクの壺
町田康　スピンクの笑顔
町田康　ホサナ
舞城王太郎　煙か土か食い物〈Smoke, Soil or Sacrifices〉
舞城王太郎　世界は密室でできている。〈THE WORLD IS MADE OUT OF CLOSED ROOMS〉
舞城王太郎　好き好き大好き超愛してる。
舞城王太郎　イキルキス
舞城王太郎　短篇五芒星
真山仁　虚像の砦
真山仁　新装版 ハゲタカ(上)(下)
真山仁　新装版 ハゲタカII(上)(下)
真山仁　レッドゾーン(上)(下)

2020年12月15日現在